のり平（へい）さんの息子

SAYUKI Takeshi
紗雪 剛

文芸社

のり平さんの息子　目次

のり平さんの息子

第一章　鍵音

一

　教室にチャイムの音が響き渡ると、そこかしこからうめき声にも似たため息の合唱が始まった。四月になって初めての六時間目の授業が終わりを告げると、剛はふわと欠伸をしてからまどろみ、そして重力と本能に従うまま社会の教科書の上に突っ伏して静かに瞼を閉じた。

　パンッ！

　爆竹が弾けたような乾いた破裂音が教室に響いて、眠気と戦う生徒たちの驚きの視線を一点に集めると、

「いってぇっ！」

　と、剛が大声を上げた。頭をさすりさすり、うー、と呻りながら剛が顔を上げると、出席簿を手の中で踊らせる担任の工藤良子先生が眉間に皺を寄せていた。

「ほら斉須君、授業が終わってすぐに寝ない！」

「あーもー……先生、それで叩くのはやめてよ、痛いよ」

「痛くなんてないでしょ？　男の子なんだから」

「痛いに決まってるじゃん！」

緊張の糸が切れた四年二組の教室には、つい先程まで皆を支配していた眠気など微塵もなく、あっという間に笑い声が充満していった。剛はなんとなく不条理さを感じながらも、クラスメイトの笑顔にしぶしぶ口を閉ざして不貞腐れた。

「それじゃ先生はプリントを持ってくるから、寝ないで、静かに待っててね」

工藤先生の言葉にクラスメイトが、はーい、と声を揃える中、剛がチラと工藤先生に恨みの視線をやると、工藤先生の眼鏡の奥に潜む目尻がクシャリと皺を寄せた。剛は思わず目を背けた。

剛は、決して本人の意図するところではないのだが、クラスで目立つ存在ではあった。頭が一番よいという訳でもなければ、スポーツが特別できた訳でもない。男子と喧嘩をしたり、女子を泣かせたり、そうして先生たちに目をつけられるようになったのは事実ではあるが、それ以上になんに対しても積極的であるという点で、いわゆるクラスのムードメーカーという位置づけを担っているような生徒だった。そしてなにより、面白いことが大好きだった。

工藤先生が教室から出ていくのを見届けた剛は、鬱憤を晴らすように後ろの席の白石亮太に話し掛けた。

「なあ亮太、オレなにも悪くないよな？」

「悪いもなにもさ」、亮太が冷静かつ冷淡な言葉を放つ。「先生がいなくなってから寝ればいいのに」

亮太の言葉など聞く耳持たずの剛は負けじと言う。

「だってさ、六時間目の社会はダメでしょ」

「ダメだね、ほら」

そう言って差し出した亮太の左手の甲には、シャーペンで突き刺したであろう小さな跡が三ヶ所あった。

「お前、バカでしょ」

と言って顔をしかめる剛に、亮太は右手の親指で穴の開いた手の甲を擦ると、ほら消えた、とケロリと笑った。

亮太は小学校入学から今に至るまで剛とクラスがずっと一緒だった。名字が斉須と白石ということから、年度始めで名前の順で席に座るといつも席が並んだ。亮太はいつも沈着冷静で、運動神経はクラスで一番（足の速さは学年一である）。ドジで感情的な剛とは不思議と馬が合ったのだ。剛は野球で亮太はサッカーとやっているスポーツは異なるものの、学校はもちろんのこと、遊び、そろばん塾、バレンタインのお返しを買いに行くのも、二人はいつも一緒に行動した。一緒にいるのが当然、という次第であった。

程なくして、ガラガラと教室のドアが開くと、工藤先生が大層大変といった様子でプリントを抱えて戻ってきた。

「はい静かに。今から二枚プリントを配ります。家庭数の人は手を挙げてね」

剛はなにを考えることもなく右手を上げた。そうしてふと周りを見渡すと、クラスの半数以上が手を上げていたにもかかわらず、亮太は手を上げていなかった。

「そういえば亮太って『家庭数』じゃないの？」

「お兄ちゃんが六年だから、来年からかな」

「あー、えーと……家庭数ってそういうものなの？」

「そうだよ、なんだと思ってたのさ」

「親がサラリーマンじゃないと家庭数だと思ってた」、亮太の冷たい視線を感じた剛は、苦笑しながら言い放った。「貰えるものは貰っておけって」

「バカ」

お兄ちゃんか、と剛は心の中で呟きながらプリントに目をやった。プリントには、昭和六十三年度、給食費二千九百円。剛はすぐにつまらなそうに二つ折りにして机にしまった。

一枚目のプリントを配り終えた工藤先生は、二枚目のプリントを手に持つと満面の笑みで言った。

「では、もう一枚は全員に配ります。皆が凄く楽しみにしていたものですよ」

教室の端々から『遠足だ』とか『新しい先生がくるのかな』という声が上がっていたが、剛は冷めた顔でざわついた教室を傍観しながら一言漏らした。

「出たよ、絶対に悪いことだ……」

剛の通う南台小学校の担任は二年毎に変わる。一年と二年、三年と四年、五年と六年の二年間ずつという具合である。三年生だった時から一年以上工藤先生を見てきた剛は、工藤先生が皆の気持ちを十分に上げてから下げるタチだということを知っていた。その逆に、皆が喜ぶことや楽しいと思うことはさもつまらなそうに、サラリと言ってのけるのである。剛はそんな工藤先生の性格を『意地悪だ』と思った時もあったのだが、何度か痛い目をみる内に工藤先生の言動の裏をかくようになった。

工藤先生が笑いながら口を開く。

「再来週はなんと……授業参観がありまーす！」

教室に、えー、という声が響き渡った。悲観と歓喜の声が入り混じった、異様なハーモニーである。

「ほら、やっぱりじゃん」

剛が亮太に目をやると、亮太も「ね」と同意を返した。

工藤先生は剛の列の先頭に立つと、剛と亮太のお喋りを見逃すはずがなかった。

「斉須君と白石君、なにか言いたそうね。二人で掃除したい？」

わあ、とクラスメイトの賛同の声が沸きあがった。

「うわっ、やだやだ。亮太が話し掛けてきたんだよ」

剛の必死の証言に、亮太はなにも言わずに右手で剛を指差した。

「仲がよいのは相変わらずだけど、あんまりうるさいと罰だからね」

「はい……」

二人は声を合わせ、そして静かに閉口した。剛は受け取ったプリントを亮太に回しながら、「亮太んちはどっちがくる？」。

「そりゃお母さんでしょ。服とか化粧とか張り切ってさ、めちゃくちゃ恥ずかしいんだよな。剛のうちは？」

「多分……うちもお母さんかな」

剛はなんとも歯切れ悪く答えながら、『授業参観のお知らせ』と書かれたプリントを二つ折りにして、教科書と一緒にくたびれた黒いランドセルにクチャリと押し込んだ。

二

剛が四室からなるアパートの階段を駆け上がって二〇二号室のドアを開けると、母親の幸子が晩ご飯の仕度をしていた。ランドセルを下ろしながら靴を脱ぐ剛を横目にした幸子が「ただいまは？」と言うと、剛はさも面倒臭そうに「ただいまただいま」という言葉を残して、キッチンに充満する肉じゃがの匂いを切り裂いていった。

２ＤＫという間取りのキッチンを抜けた先には、六畳の居間と寝室がある。居間には剛が入学した時に買ってもらった大きな木製の学習机があって、それは未だ勉強机としての機能を十分に発揮したことはなかった。剛は勉強机に乱暴にランドセルを投げると、すぐに机の下にしまってあるキャッチャーミット二つ分ほどの大きさの灰色の箱を取り出して蓋を開けた。いかにも慣れた手つきで、箱からファミコンの本体と電源ケーブルを取り出して冒険の準備を始めた。

居間とつながった寝室には、既に大小二つの布団が敷き詰められていた。大きい方の布団には父親の憲夫と母親の幸子が、小さい方の布団には剛が眠り、いわゆる歪な川の字となって同じ部屋で眠るのである。寝室の窓は全開で、さらに居間と寝室を隔てる引き戸も開け放たれていたので、春風がぴゅうと吹き抜けて剛のまつ毛にそっと綿埃を乗せた。剛は、もう、とこぼして、目を擦りながらこれもまた面倒臭そうに立ち上がって引き戸を閉めた。

剛は居間にある二台のテレビの内、小さい方のテレビにファミコンをつなげた。二十五インチのテレビを先月新しく買ったので、今まで使われていた十七インチの、リモコンもついていない上に簡易アンテナを乗せている小さなテレビは、剛が独占使用権を得ることになった。憲夫と幸子の、ナイター中継か明石家さんまの番組か、という醜いテレビのチャンネル争いをしている時でも、画質は悪くても小さいテレビで観たいチャンネルを自由に観られるようになったのには、小さな優越感さえ覚えていた。

剛はファイナルファンタジーのカセットにフウと息を吹きかけると、ゆっくり丁寧にファミコン本体にカセットを差し込んだ。以前カセットを乱暴に扱ったせいか、セーブデータが消えてしまったことがその動作に影響を与えていた。剛はデータが消えたことに一時的にショックを受けたものの、それでも、消えてしまったのなら仕方がない、二回目は宝箱一つ逃さないように完璧に攻略をしよう、と考えを改めた上での行動である。剛が行うまるで儀式のようなその所作には、引き戸を閉める時のような面倒な様子は一切なく、まさに職人のようでもあった。

テレビの電源を入れて2チャンネルに変えると、テレビの画面はザーという砂嵐に変わる。カセットを差し込んだファミコンの電源を入れると、砂嵐はすぐにゲーム画面に変わった。その様子を見届けた剛は、コタツに潜り込んで、指先以外のほとんどの動作を止める。いわゆる『コタツムリ』になるのだ。

晩ご飯を作り終えた幸子は居間に戻ってくるなりセブンスターに火を点けると、「学校はどうだった？」。

剛はテレビ画面から目を離すことなく、「なにもないよ、普通だよ」と返した。

「普通って、なによ？」

「普通は普通だよ。それより煙草やめてよ、臭いよ」

剛は分かりやすい嫌悪の表情をしながら、右手であおいで紫色の煙を切ったのだが、幸子は表情を変えることなく、普通ねぇ、とだけ言って急須の蓋を開けて中を覗いた。

「お茶っ葉替えようかしら。やっぱりお茶は渋くなきゃ、ねえ剛」

「どうでもいいよ」

「どうでもいいことないでしょ。剛が赤ちゃんの頃は、ミルクじゃなく渋いお茶をあげてたんだから」

「そんなの嘘だね」

「嘘じゃないよ。だから剛、渋いお茶好きでしょ？」

言葉をなくす剛を横目に幸子は立ち上がると、キッチンでお茶の葉を替えたついでにかりんとうを持ってきてコタツに載せた。

「ほら、食べるでしょ」

「えー？　ポテトチップスとかないの？」

「お煎餅ならあるけど」

剛はコントローラーから右手を離して、しぶしぶかりんとうにかじりついた。そして湯呑みに注がれた熱く渋いお茶を数秒眺めてから、味わうように静かにすすった。口の中に残る黒糖の甘さを渋いお茶で流し込む。そして後味として残る心地のよい苦味を堪能しながら、小さな空想に耽っていた。赤ん坊の泣き顔と渋いお茶、頭の中に浮かべて思う。赤ちゃんが渋いお茶なんて飲むのだろうか……？

「あっ！」

と、剛は急に湯呑みとコントローラーを置いて立ち上がると、ランドセルから二枚のプリントを取り出して幸子に突きつけた。

「ねえ、授業参観があるんだけど、うちもお母さんがくるよね？」

プリントを開き見た幸子は、「あら、給食費上がったかしら」。

「ふざけないでよ、授業参観の方だよ！」

「授業参観っていっても、どうせあんた怒られてばっかりなんでしょ？」

「そんなことないよ。あ、亮太のとこはお母さんがくるって言ってたよ」

「よそはよそでしょ」

「そりゃそうだけど……お母さんきてよ、お願い」

「お父さんと相談してからね」

「えー、やだよ。お母さんがいいよ」

ふくれる剛を横目に、幸子はなにかに気づいたように小さな目と口を精一杯開いた。

「五時間目って、午後の授業でしょ？　お父さんはお店の仕込みがあるからいけないんじゃないかしら」

「えっ、そうなの？」、剛はその後に続く、やった、という言葉を心にしまった。

「お母さんも外に出るのは面倒だし」

「そっか、二人ともこないのか……」

剛は皆への言い訳を考えた。お父さんは仕事、お母さんは用事で、二人ともこられないんだって。しめしめ、と剛の気持ちは一気に晴れ渡っていった。

「さて、そろそろお風呂に入らなきゃね」

時計の針が十六時半を指しているのを見た幸子は、最後にお茶を一啜りしてから立ち上がると、寝室の箪笥からタオルを一枚持って風呂場に向かった。身なりを整えて仕事へ行くのだ。

憲夫と幸子は、剛が生まれた年に二人で小さな飲み屋を開いた。神奈川県のほぼ中央、太平洋に面した平塚市。都会への大動脈とも言えるJR東海道線の平塚駅西口から歩いて五分の場所にある『大衆割烹　のり平』という店だ。憲夫はいつもお昼頃に起きて家で昼ご飯を食べ、お風呂に入った後、買出しと仕込みの為に家を出る。幸子は剛の学校の帰りを待って、晩ご飯の仕度をした後、のり平に十九時を目処に行くので、お風呂やら化粧やらといった準備をこの時間から始めるのだった。

福島県生まれで男四人兄弟の次男である憲夫と、福岡県生まれで兄と姉と弟を持つ幸子が、神奈川県の平塚市という街で出会い、結婚し、のり平を開業した五ヶ月後に剛はこの世に生を受けることになった。だが生まれたばかりの乳飲み子である剛を、酒場という場所で幸子が背負いながら働いていたという訳ではない。剛は〇歳の時から、のり平が開いている夜の間はずっと知り合いの家に預けられていた。〇歳から三歳になるまでの間は、憲夫と幸子の共通の知人であった七十歳になるスナックのママで、剛が生まれる一ヶ月前にスナックを閉めるという話を聞いた二人は、懇願してベビーシッターを引き受けてもらった。三歳から小学二年生の間は、今のアパートの前に住んでいた平屋のお隣さんで、剛よりも四つと二つ年上の二人の娘を持つ真島さん一家。そして小学三年生の一年間は、今のアパートへの引越しに伴い、親同士が仲のよかった同じアパートの一〇二号室に住む同級生の住吉学の家に預けられていた、という具合である。

九年間で自宅以外に三つの家での寝食を経験した剛は、同じアパートに同級生が住んでいるという安心感もあり、小学四年生となった今月から夜を一人で過ごすようになった。いわゆる、鍵っ子になったのである。これは剛にとって非常に都合のよいものだった。夜眠るまで、一人でテレビを独占することができる。お菓子を食べながらファミコンをやっていても、漫画を読んでいても、怒る人は誰もいない。家の鍵が首にぶら下げられたのと同時に手に入れた自由なんだ、剛はそう思っていた。

かくして、平塚市という場所で、核家族で一人っ子、両親が飲み屋を経営しているという環境に加えて、新たに『鍵っ子』という属性が今の剛に与えられることとなった。

幸子が風呂から上がり、化粧を始めた。店用の洋服に着替えた幸子のオーデコロンの香りが剛の鼻腔をくすぐると、剛はファミコンをしながらも授業参観の一件が気になり出した。二人ともこられないのならそれでもいい、だけどどちらか一人ならお母さんにきてほしい。体は横に大きいし外(ほか)のお母さんと比べても決して綺麗な訳じゃないけど、皆はお母さんがくるに決まってる。お母さんがこないならどちらもこない方がまだマシだ、でも、もし、お父さんがきてしまったら……。

ファイナルファンタジーの主人公に名づけた『たけし』が、モンスターの強烈な一撃を喰らって瀕死になった。

剛が憲夫にきてほしくない理由は明確だった。憲夫は……スキンヘッドなのだ！　剛が幼稚園の時、迎えにきた憲夫を見た園児たちは口々に、ツルツルだ、といって憲夫の頭を撫で回した。父親の頭が同級生たちに撫で回されているという滑稽(こっけい)な情景は、小さくいたいけな少年の心に影を落としていた。当時、坊主頭だった剛の頭と比較され、ザラザラ、ツルツル、と子供ながらに嫌な気持ちにもなった。小学三年で野球を始めてからは周りの皆に合わせてスポーツ刈りにしてはいるが、将来自分もツルツルになるのでは？　そんな不安にまで駆られていた。剛は切に願った。憲夫が学校にきたら絶対に皆にからかわれる、絶対にきてほしくない！

「ねぇお母さん、授業参観、本当に大丈夫だよね？」

化粧を施しながら幸子は、「大丈夫大丈夫、お母さん行くつもりだから」。

すっかりのり平へ行く準備を整えた幸子は、晩ご飯のおかずの野菜炒めと肉じゃがを温めなおしてコタツの上に並べた。「じゃあお母さんは仕事行くから、知らない人がきたら絶対に鍵を開けちゃダメよ」

「もう、分かってるよ」、ぶっきらぼうにファミコンの電源を切った。「それより授業参観、本当に大丈夫だよね？」

「はいはい。それじゃ、行ってきます」

「行ってらっしゃい」

剛が幸子を追い出して鍵を閉めると、カタン、という金属的な音が玄関に響いた。剛はふと首にぶら下げた鍵を取り出して、右手でぎゅっと掴んだ。離して、首を振ってぶらぶらと揺らすと、なんの装飾も施していないそれはさらさらと紐と首の擦れる微かな音を鳴らした。

三

授業参観日、五時間目である国語の授業直前の四年二組の教室は、特有の緊張感に包まれていた。親に恥ずかしい思いをさせたくないのだろうか、入念に発表する作文の内容を確認している者もいれば、心が浮き足だってそれどころではない者もいる。剛も落ち着かない様子であるのには変わりはなかったが、その理由は皆と異なっていた。

授業開始のチャイムが鳴った時、既に七人の親が教室の一番後ろに陣取って、小声で挨拶を交わしていた。剛が後ろを一瞥すると、全員が母親であった。そりゃそうだ、とため息混じりに漏らすと、剛と同様に後ろを覗き見た亮太が言った。

「剛のお母さん、まだきてないね」

「だね。亮太のところもまだだな」

「うちはお兄ちゃんのところに行ってからかも」

「お兄ちゃんのところか、そっか……」

剛はどこかうつろに答えた。工藤先生が教室に入ってくると、学級委員の安達さんが妙にはきはきとした声で、「起立、礼、着席」。

工藤先生が高らかに宣言する。「今日は皆さんに『将来の夢』というテーマで作文を発表してもらいます」

いつもなら作文発表なんて誰もやりたくないのであろう、えー、という声が教室に響き渡るのであるが、当然ながら不満の声は上がらない。それが授業参観なのだ、と全員が承知しているからである。工藤先生は気分のよい様子で続けた。

「今日は皆さんのお父さん、お母さんが見守ってくれていますが、緊張せず、いつも通りに楽しく授業をしましょうね。それじゃ、誰からいこうかな？」

学級委員の安達さんがすぐに力強く右手を上げた。安達さんがチラと後ろに視線を投げると、小綺麗なお母さんが小さく手を振った。

「あれ、安達さんのお母さんかな？」、と亮太がこそっと呟いた。

「似てないね、お母さん綺麗だもん」

剛はそう答えながらも、やはり話半分であった。視線は教室の後ろのドアに向けられていたからだ。

安達さんが作文を高らかに読み上げる。

「私の夢。

私の夢は、お母さんみたいに綺麗なお嫁さんになることです。お母さんはとても優しくて、綺麗で、料理も上手で、理想のお母さんです。中でも、お母さんの作るオムライスは、どこのレストランで食べるオムライスより美味しくて……」

その間も一人、また一人と、誰かの母親が教室の後ろのドアを開けた。その度に後ろを見てはため息を漏らす落ち着きのない剛に、亮太が言った。

「なに？　そんなに親がくるの、待ち遠しいの？」

「いや、逆。もしかしたら今日はうちの親、こないかもな」

「そうなんだ。うちはお兄ちゃんとオレの二人だから絶対くるな。こないでほしいのに」

「いいじゃん、亮太のおばさん、綺麗だから」

「全然綺麗じゃないよ」

「痩せてるし」

「それだけじゃん」

こほん、咳払いが聞こえて剛が教壇に目をやると、工藤先生が睨みを効かせていて、剛は思わず肩を上げて愛想笑いで誤魔化した。

「はい安達さん、ありがとうございました。皆、拍手」

工藤先生の誘導で教室内にパラパラと乾いた拍手が巻き起こり、安達さんが顔を赤らめながら満更でもない様子で一礼して座った。

「さて、次は誰にしようかな？」

安達さんが先導したことで心に余裕ができたのか、クラスの皆が手を上げ始めた。周りの様子を窺(うかが)っていた剛は、亮太の右手が高らかに上げられているのに驚きを隠すことなく、「なに？　亮太、そんなに作文読みたいの？」。

「いや、親がくる前に読んじゃった方が楽じゃん」

その手があったか、と剛は二回頷いて、元気よく右手を上げた。

「それじゃ次は、三浦君」

三浦君の発表が終わる。手を上げる剛と亮太。それじゃ次は、と工藤先生。

「花井さんに発表してもらおうかな」

花井さんの発表が終わる。手を上げる剛と亮太。それじゃ次は、と工藤先生。

「次は……星野君にお願いしようかな」

剛は星野君の発表を聞きながら思わず亮太に、「なあ、手を上げても無駄じゃない？」。

「なんで？」

「だってさ、親がきた人から指してるでしょ、工藤先生」

「そうかな、さすがに全員の親の顔までは覚えてないでしょ」

「ならいいけどさ……」

工藤先生の二度目の咳払いは、前よりも鋭く剛の心臓に突き刺さって、剛は申し訳なさそうに小さく頭を下げた。反省した剛が星野君の発表に耳を傾けようとした時、ん？　となにかを感じた様子で視線を宙に泳がせた。教室ではないどこからか、一定のリズムでなにか硬いものを叩くような音が剛の鼓膜をくすぐったのだ。剛は音源を探ろうと耳を澄ましたのだが、聞こえてくるのは星野君の元気のない声だけである。音が消えた、気のせいか、と剛は姿勢を正すと、なぜか工藤先生と目が合った。

星野君が発表を終え、クラス内に恒例となった拍手が響いた。工藤先生が黒縁の眼鏡を左手の中指で押し上げてから口を開く。

「じゃあ次は、元気があり余ってどうしても読みたそうな斉須君にしようかしら」

「え、いいの？　やった！」

剛は内心、しめしめと思った。親がきても、こなくても、先に発表を終わらせてしまえばなにも気を揉むことはない。

剛が席を立って作文用紙を開いた、その時である。教室の後方のドアがガラと開いて、一人の親が教室に入ってきた。左の胸元に『のり平』と刺繍された白い割烹着姿のスキンヘッドの男……まごうことなき憲夫である。

剛は思わず、「お父さん！」。

「おう剛」

「おう、じゃないよ！　なんでくるんだよ」

「なんでって授業参観だろ？」

剛と憲夫の掛け合いに、教室に張りつめていた異様な緊張の糸が弾けて、クラス内に笑い声が湧き上がった。

「なんだよ、その格好は」、となおも剛は責め立てた。

「格好ったって、なあ、スーツなんて持ってないし、これから仕事行かなくちゃなんないからなあ」

「お母さんがくるんじゃなかったの？」

「お母さんが面倒だって言うから、つい」

「つい、じゃないよっ！　あーもうっ」

湧き上がる爆笑の渦。自分に当てられた歓声だと勘違いしたのか、気をよくしたお調子者の憲夫は、いつにも増してツルツルな頭を右手で撫でながら、周りの親に恐縮ですと何度も頭を下げた。なんで剃りたてなんだよ、と言いたいのを剛はぐっと堪えた。

工藤先生は口元を隠しながら、「うふふ、そろそろいいかしら。それじゃ、斉須君のお父さんもきたことだし、作文を読んでちょうだい」。

「えー？　オレが読むの？」

「はい、お願いね」

剛はあまりの恥ずかしさに掘った穴に永眠したい気分であったが、工藤先生、クラスメイト、後ろのお母さんたちの熱い視線を感じて、心を決めるしかなかった。意を決して、小さな声でサラリと読んでしまおうと思った。

「大人。僕はいつか大人になるんだと思う……」

間髪入れずに工藤先生が声を上げる。「いつもみたいにもっと元気よくお願い。はい、最初から！」

剛は、この時ばかりは工藤先生を恨んだ。

「大人。

僕はいつか大人になるんだと思う。でも大人って一体なんだろう。仕事をするから大人。二十歳になったら大人。お酒を飲んだら大人。煙草を吸ったら大人。もしかしたら、結婚したら大人になるのかもしれないし、全部かもしれない。

僕が大人になった時、僕はなにをしているのかな？　野球選手かもしれないし、サラリーマンをしているかもしれない。お金は欲しいけど、偉い人になりたいとは思わない。

でも一つだけ分かっていることがある。それは、お父さんのような大人にはなりたくないということ。だってお父さんは、旅行にもあまり連れて行ってくれないし、土日は野球ですぐ怒るし、勉強を見てくれたこともないし、ハゲてるし……」

ワッと教室に沸き起こる笑い声。憲夫はタコのように頭を赤らめて、

「ハゲてるんじゃない、剃ってるんだ、ほら」

と、頭を下げてクラスの皆にハゲたてっぺんを披露しながら弁解した。

「あーもう、ハゲてるよ！　静かにしててよ！」

一喝した剛と静かになる憲夫を除く、その他全員が笑っていた。

「もー、続けるからね。

ハゲてるし、屁も臭いし足も臭いし口も臭いし（この文節は作文には書いていない）、まるでよいところがありません。ゲタを履いてる人なんて見たことありません。

大人になるということはとても大変なことだと思う。でも、どんなことをしていても、人に嫌がれるような人にはなりません。終わり」

あまりの恥ずかしさに剛は早口で読み上げ、そそくさと椅子に座った。クラス内に響く拍手と笑い声は剛の羞恥心を刺激して、剛は下を向いたままじっと耐えた。

「斉須君は人を笑わせるのが得意ね。その気持ちを忘れなければ、お父さんみたいに立派な大人になれると思うわ」

工藤先生の締めの言葉に、なんでお父さんなんだよ、と剛は抗議したくなり顔を上げると、そこにあってはならないものを視界の端で捉えた。教室の後ろにいるはずのスキンヘッドが、剛の幼馴染である児玉沙希の席に移動していた。

「お父さん、なにやってんだよ！」

「なにって、沙希がいたから元気にやってるかって」

「だからって、勝手に教室を歩き回るなよ」

参観していたお母さんたちの聞き慣れない高い笑い声が聞こえて、剛はただただ恥ずかしさに身をよじって唇を噛んだ。工藤先生はおほほと笑って、「あら、それならいつもの斉須君と同じじゃない」。

剛は閉口して、作文を四つ折りにして机にしまった。憲夫は、

「先生、いつも剛が迷惑を掛けて申し訳ない。もう退散しますんで一つ授業を進めてください。今度先生方で飲み会でもやられる際は、是非のり平で」

と一礼してから、春に吹く突風のように去っていった。開け放したドアから入れ違いに亮太のお母さんが教室に入ってきた。

「さて、気を取り直して発表を続けましょう。次は仲良しの白石君にしようかな」

「うわー、タイミング悪い。やっぱ先生、親の顔覚えてるな」

亮太はさも苦々しい顔で言ったが、もはやその声は剛の耳にはまるで届いていなかった。遠ざかっていく、コンクリートを打つ下駄の音が、カラン、コロン、と剛の脳内を巡っていた。

四

剛は帰宅するなり、早速幸子に食ってかかった。

「お母さん、なんで授業参観こなかったんだよ！」

幸子は既に晩ご飯を作り終えて、居間のコタツでテレビを観ながらくつろいでいた。

「なんでって、面倒だって言ったでしょ」

「子供の授業参観だぞ。きて当たり前じゃん。ってか、お母さんくるって言ったじゃん、嘘つき」

「お父さんと相談するって言ったでしょ」

うー、と奥歯を噛んだ剛はなおも抵抗の意を崩さなかった。「皆のところはお母さんがきてたよ」

幸子はセブンスターに火を点けた。「学君のところも？」

「学は隣のクラスだから分からないけど……」

「それなら、皆かどうか分からないじゃない」

幸子はプカと煙を吐き出して、いつものようにお茶を淹れ始めた。

「だからって、お父さんがくることないじゃん」

「昨日になって突然お父さんが行くって言うのよ。珍しいこともあるのね」

「仕事があるって言ったじゃん。それに、サラリーマンのお父さんは誰もきてなかったよ」

「お父さん、サラリーマンじゃないでしょ」

「そりゃそうだけど……」

ランドセルを下ろした剛は、全然同意を貰うことができない幸子に対して、腹の虫を抑えることなく抗議を続ける。

「すげぇ恥ずかしかったんだから。授業参観にくるならくるで、あの格好はないでしょ。皆のお母さんは、綺麗に化粧して、綺麗な服を着て、凄くいい匂いがしてるのに」

「仕方がないじゃない、すぐ仕事に行かなきゃならないんだから」

「着替えるだけじゃん。絶対目立ちたいだけでしょ、お父さん」

「そんなことないでしょ」

「あるよ、絶対にある。だってさ、オレが作文を読んでる時だって後ろから話し掛けてくるし、教室を歩き回って沙希と話してんだよ、信じられる？」

幸子は笑いに合わせて小刻みに煙を吐き出した。「それはお父さんが悪い」

「でしょ、すげー恥ずかしいよ。それにさ、教室を出て行く時にも先生に向かって、『のり平をよろしく』とか言っちゃってさ。堀君に『剛のお父さん、お店の営業にきたんだろ』ってからかわれちゃったんだから」

「許してあげなよ、それくらい。確かにちょっと度が過ぎるところはあるけど」、幸子はお茶を一啜りしてから、「お父さん、昨日夜遅くまでお仕事してたんだから」。

「お店が忙しかったからだろ、関係ないじゃん」

「授業参観に行く為に今日の分の仕込みをしてたのよ」

剛はどこかそわそわした様子で、もうっ、とだけ言って、コタツに潜り込んだ。入れ替わりに幸子が席を立って、キッチンから斉須家のおやつとしては珍しいのり塩味のポテトチップスを持ってきた。剛はおもむろにポテトチップスに手を伸ばすと、「全部食べていい？」。

「晩ご飯もちゃんと食べるならね」

剛は腹の虫を抑えるように、ただ黙々と、ポテトチップスとお茶を交互に口に運んだ。パリパリ、ズズズ。パリパリ、ズズズ。ポテトチップスの塩味と、淹れたてのお茶の渋さが口の中に広がって、剛の心の中のように複雑に混ざり合った。

その様子を見て、幸子は羽織っていたカーディガンを脱いで、風呂の湯を沸かし始めた。

「そろそろお店行く準備しなきゃ。剛もそろそろ準備しなくていいの？」

「なんの？」、剛は少し考えてから、「あ、やべっ」。

そろばん塾の日であったのを瞬間的に思い出して、剛はコタツの天板に膝をぶつけた。痛いと呟いて、それでもコタツからは出ようとはしなかった。

「ねえ、今日休んじゃダメ？」

「休むって、どこも悪くないでしょ？」

「気分じゃないんだよ」

「亮君はちゃんと行くんでしょ」

剛は幸子が以前口にした言葉を思い出して、少しだけ強気に言った。

「よそはよそなんだろ」

幸子は笑いながら剛の言葉を無視するように、「今日はハンバーグだから、帰ってきたらチンして食べてね。冷蔵庫に昨日の煮物と納豆もあるから、後は好きに食べなさい」。

「だから、行かないって」

「あら大変ね。風邪でも引いたのなら、ハンバーグはやめてお粥でも作ろうかしら」

剛はガバッとコタツ布団をめくって座り直すと、「え？　なんでそうなるんだよ」。

「そろばんできないくらい辛いんでしょ？」

剛は幸子をキリと睨んだが、幸子は表情を崩すことなく、朗らかに笑うばかりである。

幸子の作るハンバーグは剛にとってはご馳走だった。安達さんのように、お母さんが作るオムライスはレストランよりも美味しいです、なんて胸を張って言える代物ではないが、それでも剛にとってのご馳走であることに代わりはなかった。和食好きな両親のせいで、家族三人で食卓を囲む休日などは、八割方焼き魚や煮物やお新香で食卓を埋めることになる。剛が肉じゃがの中の肉ばかりに箸が向いている時も、憲夫は見逃すことなく、野菜も食え、とすぐに丸い頭を赤くして怒る。しぶしぶ野菜を食べながら、やっとの思いでお茶碗を空にしてごちそうさまをしても、憲夫は空になった剛のお茶碗にきゅうりのお新香を投げ入れて、「まだお茶碗が空になっていない、残さず食え！」、と理不尽に茹でたタコになるのだ。つまり、憲夫も幸子もいない平日一人の夕食こそ、剛が食べたい洋食を食べられるスペシャルなものなのだ。

剛はなにかを吹っ切るように、

「あー、もう！」

としぶしぶコタツから這い出て、学習机に掛けられたそろばん塾の緑の鞄を手にした。

「帰ってきたらちゃんと鍵をかけるのよ」

幸子の言葉に剛はなにも言わずに、玄関に脱ぎ散らかした靴につま先を無理矢理ねじ込んだ。

「ちゃんとご飯も食べるのよ」、と幸子。

剛が玄関を開けると、またもその背中に向かって幸子が言った。

「行ってきますは？」

「あーもう、行ってきます！」

ドタドタとアパートの階段を下りる剛の背中に、「静かに下りなさい。あ、後……」。

「もー、なんだよ？」

「冷蔵庫にプリンも入ってるから食べなさいね」

剛の頭の中にメリーゴーランドのように巡る、ハンバーグ、プリン、ハンバーグ、プリン、茹でたタコ。あれ？　と思い直して再び、ハンバーグ、プリン、ハンバーグ、プリン……。

五

剛がそろばん塾の駐輪場に自転車を止めると、その片隅でうずくまっている人影を目にして声を掛けた。

「亮太、なにしてるの？」

「剛、きて」

亮太は塀際にしゃがみ込んで、地面をいじくっていた。何事かと剛は亮太の肩口から手元を覗き見ると、その指先は地面から二センチ程覗き出た茶色い袋を壊さないよう慎重に取り出しているのだった。

「なに、それ」

「地蜘蛛」

剛はしゃがみ込んでその様子をじっと見つめながら、「ジグモ？」。

「蜘蛛だよ、土の中の。よし、上手く取れた」

亮太は茶色い袋を地面から抜き出すと、剛の手の平にそっと載せて、袋の先を爪で破いた。すると袋の中から一センチにも満たない小さな蜘蛛がのそりと這い出てきた。

「うわ、ほんとに蜘蛛だ！」

剛は大きな声を上げ、手の平の蜘蛛をジッと観察した。蜘蛛は日に当たっていないせいか薄い茶色で、太陽に照らされたお腹の部分は赤く透き通って見えた。また地面に埋まっていたせいか、動きもノソノソと遅く、八本の足をキュッと閉じて歩くのを見た剛は思わず声を上げた。

「うわっ、なにこれ、かわいくね？」

「ね、お兄ちゃんに教えてもらった」

「雅君か、そういえば最近会ってないな」

「お兄ちゃんが、この前ドラクエII貸してくれてありがとう、だって」

「あー、全然いいよ」

剛は手の上の蜘蛛の尻を指先で突きながら思い出していた。亮太の兄である雅君は二つ上の学年で、剛が小学校低学年の頃、亮太の家に遊びに行ってはファミコンやボードゲームで一緒に遊んでくれた人である。剛が少年ジャンプを読むようになったのも、亮太の家で雅君が読んでいたものを拝借して読んだのがきっかけであった。雅君はサッカーをやっているので体格もガッシリしていて、同級生の中では一番強い亮太でさえ力でも口でも勝てない絶対的な存在であった。そんな雅君と亮太の関係を見ていた剛は、兄とはそういう存在なんだ、と漠然と考えさせられていた。

「お前ら、時間だぞ。早く入ってこい！」

やべ、と剛と亮太が体を震わせた。そろばん塾の有森先生は恐怖の存在であった。憲夫や亮太のお父さん、学校の男の先生、少年野球の監督やコーチといった、今まで剛が見てきたどんな大人の男たちよりも、顔も、声も、その迫力は圧倒的なのだ。剛より一学年下の日村君は、その迫力と溜め込んだ尿意に負けて、先生の前でそろばんを弾きながら立ったままお漏らしをしてしまった程である。

そろばんなんて習いたくない、剛は最初はそう思っていた。そろばんに魅力を感じていた訳でもなく、子供ながらに便利な電卓の存在に気づいていたからだ。学君もやっているからと憲夫と幸子に勧められたそろばんではあったのだが、小学三年生からこれまで続けてこられたのは、やはり一緒に通い始めた亮太の存在が大きいのだろう。なにかを競い合うライバルの存在は、どんな物事に対しても成長のきっかけとなる。それに加えて有森先生の強面だ。剛と亮太はみるみる内に実力をつけていき、先月の試験で三級まで昇級した。いつの間にか一番の得意科目は算数と胸を張って言える程になっていた。

剛は、またね、と地蜘蛛を地面にそっと返してから、先を行く亮太の背中を小走りで追った。

その日の科目は『全珠連・時間』であった。全珠連というのは、基本的な乗算、除算、見取算、暗算に加えて、三級から習い始めた伝票と応用を加えた六つの科目の総称で、それぞれを時間内に行う。中でも剛は暗算が大の苦手であった。有森先生は、頭の中でそろばんを弾け、と言うが、頭で理解はしていてもどうしても上手くいかずに、頭の中の珠はぼんやりと膨張を始め、震えて、四散して、叫びたい衝動に駆られるのを必死で堪えていた。しかし、暗算と応用はどちらかよい点数を選択できる。応用とは文章問題で、与えられた金額や利益率などから純利益や損失額を計算するものである。よって剛は応用を必死で練習せねばならなくなり、なんとか有森先生の雷を落とされずに済んでいるという次第だった。

　そろばん塾を終えた二人は、帰りしな近くの酒屋さんに寄った。何十円というお金を握り締めて、駄菓子を買い食いするのが二人の最近の楽しみになっていた。剛はすもも漬けを、亮太はよっちゃんイカを買って、酒屋横の駐車場でたむろした。すもも漬けの酸味はなぜか剛の大好物である。今にも破れそうな薄いプラスチックの容器に、酢の入った赤い液体と二つのすももが沈んでいるのを見て、剛は思いついたように言った。

「そうだ、これにストロー二本挿して一気しようぜ」

「いいよ」

「それじゃ行くよ、ヨーイ、ドン」

　赤い液体が半分になったところで、亮太が酸味に負けてゴホゴホとむせた。

「オレの勝ち！　それじゃでかい方貰うね」

　剛は大きい方のすももを頬張り、小さなすももが入った容器を亮太に差し出した。亮太は咳が落ち着いてから、ありがと、と言って残りのすももを頬張った。

　剛は上方に向かってすももの種をペッと吐き出した。その種をもう一度口でキャッチしようとするが、種は右の頬を打って砂利の中に消えた。夜の闇に染まった空を見上げたまま、右手の甲で濡れた頬を拭いながら剛は呟いた。

「そろそろ帰ろうか」

剛が先導して自転車に跨ると、亮太は思い出したように、「そうだ、うちにちょっとだけ寄ってよ。お父さんが買ってきたお土産があるから」。

庭も駐車場もある立派な二階建ての一軒家である亮太の家に二人が着いたのは、十九時半を過ぎた頃だった。

亮太は鍵穴を回すことなく玄関を開けて、「ただいまー」。

すかさず亮太のお母さんが、「おかえりー」。

玄関先で待っている剛の耳に自然と家族の会話が入ってくる。

「ねえお母さん、先週のお菓子、剛にあげたいんだけどいいよね？」

「剛君きてるの？」

キッチンにいた亮太のお母さんが玄関に姿を現した。

「剛君、お久しぶりー。上がっていく？」

「あ、いえ……」、と剛は少しの沈黙の後、「家にご飯があるので」。

今度はトタトタと亮太が玄関まで歩いてきて、「はい、これ」。

剛は亮太が差し出した鳩サブレを受け取った。その時、リビングから聞き覚えのある笑い声が玄関まで届いた。雅君の笑い声だった。もう一人の渋い男性の声は、きっと亮太の父親の声だろう。剛は不意に居場所をなくしたように、モジモジして、玄関先を小さく後ずさりながらなんとか言葉を絞り出した。

「ありがと亮太……。それじゃ、オレ、帰るね」

「うん、また明日」

剛が亮太のお母さんを見て一礼すると、亮太のお母さんが、

「今度またゆっくり遊びにきてね」

と、優しく微笑んだ。剛は、はい、とだけ言って後ろ手で玄関を閉めた。止めていた自転車のかごに鳩サブレをぶっきらぼうに入れると、その衝撃で鳩サブレが頭と胴体で二つに割れた。剛は亮太の家の居間からこぼれ出る明るい光と談笑の声を横目に、そそくさと、できる限り素早くその場を離れた。

帰る道すがら剛は自転車に乗りながら、なんとなしに夜空を見上げた。雲がかかっているせいか、月を見つけることはできなかったが、なんとか雲の切れ間に一つの星を見つけることができた。助かった、という思いになった。

剛はアパートの駐輪場に着くと、音を立てないよう慎重に自転車を止めた。去年までお世話になっていた一〇二号室の学の家のキッチンからも光が漏れているのを見つけたからだ。剛はアパートの階段を忍び足で上った。

首にぶら下げた鍵を鍵穴に差し入れ、右に九十度回すと、カタン、という音と共に鍵が開いた。薄暗い玄関、左側の壁の三つのスイッチの内一番上のスイッチを入れると、チカチカとキッチンの電気が点いた。

「……ただいま」

鍵っ子となった剛が自分で鍵を開けた中で、初めて呟いた「ただいま」の声は、キッチンの先の居間の暗闇に吸い込まれて消えた。ドアを閉めて、鍵のつまみを回すと再度、カタン、と鍵穴を回した時と同じ音が静寂の空間に再び響いた。

玄関を上がった剛はそろばん塾の鞄を机に掛けると、思い出したように鞄の中の鳩サブレをコタツの上に置いて、しばらくの間眺めていた。割れた鳩サブレの横にある幸子の置手紙にはこう書いてあった。

『おかえりなさい
ハンバーグはチンして食べてください
行ってきます』

剛はテレビの電源を入れてからおもむろに立ち上がると、キッチンテーブルのラップがかけられたハンバーグをレンジに入れてつまみを回した。お茶碗にご飯をよそってから冷蔵庫の麦茶をコップに注いで、居間のコタツに運ぶ。再び冷蔵庫の中を覗き見た剛は、ただぼんやりと眺め見ただけでなにも取り出さずに、レンジで温められたハンバーグだけを持って居間に行った。

居間のコタツには、ご飯とハンバーグと麦茶と、半分に割れた鳩サブレと幸子の置手紙。置手紙を手に取った剛は、グシャと握り締めてゴミ箱に投げ入れた。同時に、剛の視界がジワリと歪んだ。

寂しいんだ、剛は思った。鍵っ子になって、夜を一人で過ごせるようになって、自由になったなんて嘘だ。いや、嘘じゃない。嘘じゃないけど、やっぱり一人は寂しいんだ。亮太の家は、帰れば誰かが待っている。お母さんが温かい出来立てのご飯を用意してくれるし、ご飯が出てくるまでの間は雅君と話でもしていればいい。しばらくすればサラリーマンのお父さんが帰ってきて、学校はどうだったとか、そろばんは順調かとか、そういう会話をするんだろうな。ご飯を食べ終えたら、雅君とファミコンをしたりして、時には絶対に敵わない兄弟ケンカでもするのかもしれない。学の家だって同じだ。学には亮太とは違って、二つ下の茜ちゃんという妹がいる。泊めてもらっていた時、茜ちゃんはよく光ゲンジの歌を唄っていたっけ。なんだか凄くにぎやかで、温かかったな。なんで……なんでオレには兄妹がいないんだ？　親がサラリーマンじゃないからか？　サラリーマンじゃなく料理人だから、働く時間も違うし、きっと稼ぐお金も違うんだ。だから兄妹もいないし、ご飯をチンして一人で食べなくちゃならないんだ。ご飯も一人、ゲームも一人、眠る時も一人、どうしてだろう、クソ、泣きたくないのに、涙が止まらないよ……。

剛は鳩サブレの封を開け、半分に割れた鳩の頭を取り出して、頭頂部にかじりついた。ほのかな甘

み と涙の塩気が混ざり合って、美味しいのか美味しくないのか分からないまま、口の中の水気だけがなくなって小さくむせた。

「家族団らんか……」

テレビから聞きなれたお笑い番組の音楽が流れ出した。ちょうど二十時を廻って、『志村けんのだいじょうぶだぁ』が始まった。剛はさも当然かと思われる程自然な流れでビデオテープを入れ、録画ボタンを押した。憲夫は『志村けんのだいじょうぶだぁ』が好きで、録画を忘れると怒る。怒る程のことか、と剛はどこか納得ができない気持ちもあったが、そうして番組を観ている内に剛もいつの間にか志村けんが大好きになっていた。テレビには志村けんと石野陽子の毎度変わらないコントが映し出されていた。

『明日ゴルフなんだよ』

『ゴルフ？　聞いてないわよ』

『だから今言ってんだろ』

『それで、何時に起きるの？』

『五時』

『ご、ご、五時？』

毎度お馴染みのやり取りだった。お馴染みのやり取りにもかかわらず剛は、笑った。さっきまでの涙を忘れて、笑った。剛はズズズと鼻をすすってから、冷めかけたハンバーグに箸をつけた。

　二十二時、布団に潜り込んだ剛は、隣に敷かれている大きな布団を眺めると、思い出したように寂しさがぶり返してきた。布団を這い出て黒電話のダイヤルを回す。

『はい、のり平です』

　幸子の外行きの声だった。遠くに憲夫とお客の楽しそうな談笑の声が聞こえる。

「お母さん、今日まだ帰ってこないの?」

『剛?　今日はお客さんがいるからまだ帰れないわよ。どうしたの?』

「さっきから……お腹が痛いんだよ」

　剛は涙声でなおも訴えかける。

「熱っぽいし、風邪かもしれない。だから早く帰ってきてよ!」

『お薬が戸棚に入ってるでしょ、それ飲んで眠ればよくなるから』

「嫌だよ、帰ってきてよ!」

『無理言わないで、今日はお薬飲んでお布団入って待っててね』

　ガチャン。

　受話器を力強く置いた剛はこの時理解した。自分は一人なのだ、と。

　どんなに嘘をついても、涙を流しても、寂しくても、一人で乗り切るしかない。誰かが助けてくれる訳でもない。神様が見ていてくれて、頑張っているからと助けてくれる訳でもない。兄妹や家族の団らんを望んだところで、ないものはないんだ。だから、強くなるしかないんだ。大丈夫、大丈夫、

大丈夫、可哀想じゃない。きっと強くなれる。
剛はチラシを破って、裏側に書き置きを残した。

『だいじょうぶだぁは
録画してテープを右に立ててあります
おやすみなさい』

布団に戻った剛は少しだけむせび泣いた。悲しみの涙ではなく、弱い自分への決別の、最後の涙であった。眠りにつくまでの間、剛は一縷の望みを懸けるように、耳を澄ました。もしかしたら、鍵が回った時の、カタン、という音がすぐに聞けるかもしれない。そして十分後、剛は鍵の音を聞くこともなく、静かに眠りに落ちた。

六

次の土曜日。午前授業を終えると、午後には野球の練習があった。
家で昼ご飯を食べた剛がユニフォームに着替え、グローブとバットを準備して玄関でスパイクを履いている時、酒と魚の匂いが染み込んだ割烹着姿の憲夫が話し掛けてきた。

「練習行くのか？　俺も一緒に行くから待ってろ」

「えー？　先に行ってるよ」

「いいじゃねえか、少し待ってろ」

アパートの階段を下りた所で剛がグローブにボールを投げ入れていると、階段を叩く下駄の音が近づいてきた。下駄履いて野球なんてできるもんか、と剛はボールを強く握った。

二人が学校の門を潜ると、既に数人のチームメイトがいて、校庭の隅の倉庫からボールやベースを出して準備を始めていた。憲夫は学校に到着するなり、煙草を吹かしながら監督と談笑を始めた。剛が準備の輪に加わろうと、持っていたグローブとバットを下ろした時、

「斉須君、斉須君」

と、背中の方から声が聞こえた。剛が振り向くと、工藤先生が小さく手を振っていた。

「工藤先生、なに？」

「お父さんもきてるでしょ、ちょっと呼んできてくれるかな」

「えー、先生が行けばいいじゃん」

「一言お礼が言いたいだけだから、ほら早く」

お礼？　と思いつつ、剛はしぶしぶ監督と憲夫の間に入って、「お父さん、ちょっと」。

憲夫はどうしたと振り返ると、その視野に工藤先生を捉えるや否や、あーどうもどうも、と聞き慣れない外向きの声色を上げながら工藤先生の下に歩みを進めた。剛は猫のように丸まった背中を追っ

た。

「のり平さん、この間は本当にお世話になりました」

そう言って工藤先生は憲夫に一礼した。

「こりゃどうも。こちらこそお口に合いましたかどうか」

「天ぷらもお刺身も凄く美味しかったですよ」

剛は会話を遮るように、「なにかあったの？」。

「新任の先生の歓迎会をこないだのり平さんでやったのよ。突然だったのに快く受けてくださって、凄く助かったのよ」、と工藤先生。

「忘年会の時にでも、またよろしくお願いします」、と憲夫。

決して生徒に頭を下げることのない工藤先生が、憲夫にどうもと頭を下げている。憲夫は恐縮ですと言わんばかりに、ツルツルの頭をどうもどうもとさらに低く下げていた。剛はなんとなく嬉しさが込み上げてきて、「忘年会の時にはまたのり平をよろしくお願いします」。

「生意気に！」

憲夫は剛の頭を小突いて、それを見た工藤先生はケラケラと笑った。小突かれた拍子に剛の胸元で鍵が揺れて、鍵先がお腹の真ん中をくすぐった。剛は紐をたどって鍵を取り出すと、それを手の中で転がした。

「それにしても」、と工藤先生が剛を見て続けた。「こんなに立派な息子さんがいたらお店も安泰ですね」

　剛はその言葉の意味が、お店を継ぐこと、だとすぐに理解することができた。小さな頃から言われ続けてきた言葉だからである。幼稚園の先生にも、のり平のお客さんであろう剛の知らないおじさんからも、『のり平さんの息子』と言われ続けてきては、剛が将来を考えた時に『のり平』が切っても切れないものだとは子供でも分かる。

　校舎に戻っていく工藤先生の背中を見送りながら剛は言った。

「ねえ、オレ、将来のり平継ごうかな」

「馬鹿コノッ！」、憲夫が頭を赤く染めて続ける。「勉強して大学行ってサラリーマンになれ。サラリーマンが一番だ！」

「えー？　なんでよ」

　剛の疑問に言葉を詰まらせた憲夫は、もう一度、

「サラリーマンが一番だ」

　と、呟きながら視線を逸らした。剛も、ふうん、とだけ呟いて、サラリーマンってそんなに儲かるのかな、と疑問を無理矢理納得に変えた。それでも気持ちが高ぶったまま、収まりのつかない剛は思わず言った。

「じゃあさ、オレ、妹が欲しい！」

「馬鹿コノ！　毛が生えてから言え！」

剛の頭に思いの外強いゲンコツが落ちてきて、剛はその衝撃で腰を九十度に曲げた。首に下げた鍵がブラブラと揺れる。遠ざかる憲夫の足音が鍵の揺れと同調していく。鍵が右へ、カラン、左へ、コロン、右へ、カラン、左へ、コロン。揺れる鍵音は、乾いていて、でもとても澄んでいて、気持ちのよい春先の青空に溶けて消えた。

第二章　七夕友愛物語

一

「今日の学活の時間は、皆で七夕飾りを作ります」

担任の工藤先生の言葉に、四年二組の教室は二つの感情が混ざり合い、異様などよめきに包まれた。各係の意見交換のような時間だと思っていた生徒からは歓声が上がるが、七月の初めという時期を考慮することができる勘のよい生徒からはどこか納得といった声が上がるのだ。剛は後者の感情を抱いて、

「七夕ね……」

と呟いて、席替えをして席が離れた亮太を覗き見ると、亮太も同じようにどこか浮かない表情をしていた。しかし、剛がこのような態度を取るのはあくまでも皆の手前であって、心の奥底では楽しみで仕方がなかった。年に一度だけ会うことが許されている織姫と彦星のロマンティックな話に同情している訳ではないし、そんな少女趣味は持ち合わせていない。ましてや、短冊に『お金が欲しい』などと書き綴ったところで叶うものではないことも知っている。剛が興味があるのは、平塚で開催され

る七夕まつりの方である。

神奈川県平塚市に住む者にとって七夕まつりとは、一年を通じた催し物の中で最も特別なものである。毎年、七月七日と土日を含む数日間、駅前の商店街には煌びやかな七夕飾りが施され、道路の両脇には様々な露天が何百も立ち並ぶ。七夕期間中は駅前の何本もの道路が車両通行止めとなり、近隣の市町村、さらには遠方から何十万人もの人が押し寄せる一大行事なのだ。中でも一番の見世物となるのは、長崎屋と滝口カバン店の飾り物である。長崎屋正面入り口には毎年、巨大な恐竜や昆虫などが動く大掛かりな仕掛けがなされていて、子供たちの心を掴んで離さない。滝口カバン店の出し物はキチンと七夕飾りのように道路の端からぶら下げられているのだが、飾られたそれは大変凝られていて、例えば織姫と彦星がお城から出てきて優雅に踊り、その周りを多数の魚たちが舞い踊るといったからくり時計のような仕掛けがなされているのだ。その二つの飾りは大人でも十分に楽しめるものだった。もっとも、剛や亮太のような年代からすれば、一番の楽しみは飾り物や願い事よりも、専ら露天の方なのである。

工藤先生は生徒の表情を一瞥してから、「それじゃ班毎に机を寄せて、班長さんは短冊を人数分取りにきてください」。

剛の班は、同じ野球部のミヤこと宮下悟と、幼馴染で負けん気の強い児玉沙希、沙希と仲のよい控えめな性格の安藤久美の四人である。班長のミヤが先生の所に行っている間、剛は何度か亮太の班に視線を配ったが、亮太は班の人たちと楽しそうに話をしていてその視線には気づかなかった。

「ねえ、斉須は願い事なに書くの？」

沙希が馴れ馴れしい態度で剛の視線を遮りながら言った。

「えー、なにも考えてないよ」

「どうせ『将来ハゲませんように』とか書くんでしょ」

それはお前にそそのかされて去年書いただろ！　と、剛は心の中でひっそりと叫んでから、お返しに、「沙希こそ、どうせ『光ゲンジのかーくんに会いたい』とか書くんでしょ？」。

「べ、別にいいじゃない！　ねえ、久美」

「え、なに？　まさか久美ちゃんも光ゲンジが好きなの？」

久美は、うーん、と伏し目がちに首を傾けて、「私はあっくん」。

剛には女子が男性アイドルに夢中になる理由をなに一つ理解することができなかった。格好のよいことが正義、とはどうしても思えなかったのだ。むしろ顔なんて分からないけど、どんなに不細工であったとしても、リンダリンダを歌うブルーハーツのボーカルの方がカッコいいに決まっているさ、そう思っていた。しかし剛は、それをそのまま言葉には出さずに、

「へー、久美ちゃんも光ゲンジが好きなんだ」

と言い残して席を立ち、工藤先生に見つからないようにこっそりと亮太の班に歩みを進めた。

「なあ亮太、今年はなんて書く？」

「決めてないよ」

「そっか。面倒だよな、毎年毎年……」

剛は手持ち無沙汰に任せて、亮太が愛用している紫と黄色で彩られたレイカーズカラーの筆箱をいじくり出した。持ち手が薄いゴム状になっている黒いシャーペン、シャーペンの芯、MONOの消しゴム、三色ボールペン。そして赤、青、黄の蛍光ペン三本を取り出すと、それをまじまじと見つめた。

「これいいな、買ったの？」

「いや、お兄ちゃんから貰った」

「いいなぁ……」

剛はそう言いながらも、やはり気も漫ろに、だけど決して亮太の班を離れようとはしなかった。亮太に用事がある訳ではない、にもかかわらず剛がその場所を離れないのは明確な目的と感情があったからである。

剛が意を決して顔を上げたその時であった。突然教室内に、パンッ、とポンポン菓子のような気持ちのよい乾いた音が響くと、剛の目の前に星が舞った。

「いってー」

剛が頭をさすりながら振り向くと、丸めて棒状にした新聞紙を振り抜いた工藤先生が静かに佇んでいた。

「ほら、席に戻りなさい。のり平さんに言っちゃうわよ」

「うわっ、ごめん先生！　それだけは勘弁して！」

皆から笑い声が上がる中、剛は自分の席に戻りながらチラと亮太の班を振り返った。その視線の先には、平井美樹が俯きながら、クスクスと小さく笑っていた。

席に戻った剛は、どこか満足げな表情を浮かべていた。そんな剛の表情を見た沙希はつまらなそうに唾を飛ばした。

「ほんと昔からバカよね。もう四年になったんだからそろそろ落ち着いたら？」

「バカってなんだよ、いいんだよ別に」

「バカはバカでしょ。ねえ久美、聞いてよ。斉須、幼稚園の頃スカートめくりばっかりしてて、しょっちゅう先生に怒られてたんだよ」

「うわ、今更それ言うか。今はやってないんだからいいじゃん。そういう沙希も実は楽しんでたでしょ」

「ちょっと！　楽しんでた訳ないでしょ！」

と、沙希はシャーペンを机に強く叩きつけた。久美はクスクスと、二人の言い合いを温かく見守っていた。まだ心に燻ったなにかがあるのか、沙希が食ってかかる。

「調子に乗って田中先生のお尻触って、園長室に呼ばれて怒られるようなバカと一緒にしないでよ」

「あー……」、剛は思い出すように宙を見上げた。「あったあった、懐かしいなー。覚えてる？　園長室に貼ってあった新幹線の絵」

幼稚園生の剛は田中先生のお尻を触った罰として、園長室で一人きりでお絵描きを命じられたことがあった。園長先生から終了の声を貰っても描き続けた絵は、午後の時間を一杯に使った画用紙二枚の大作となって、怒られてそこにいるにもかかわらず園長先生にお褒めの言葉を頂くという不思議な事態となったことを剛は思い出した。

「あの、園長室に貼ってあった白と緑のやつ？」、沙希が言った。

「そうそう、福島のおじいちゃん家に行った時に乗った東北新幹線。覚えててくれたんだ、嬉しいな。多分沙希だけだよ、そんなの覚えてるの」

「ほんと、バカ……」、沙希は急に顔を背けた。「久美、なに書こうか」

ミヤがカラフルな短冊四枚と、飾りつけに使う折り紙やセロハンテープを持って戻ってきた。沙希が奪うようにピンクと黄色の短冊を取って、ピンクは自分用にと大事そうに手元に置いて、黄色の短冊を久美に渡した。残された赤と青の短冊を見てミヤが言った。

「久美ちゃん、黄色でいいの？　女子用に赤とピンクを持ってきたんだけど」

久美は黄色の短冊を両手で大事そうに持って、「うん、あっくんの色だから」。

「そっか……」、ミヤは残された赤と青の短冊を右手と左手にそれぞれ持って、「剛はどっちがいい？」。

剛は一呼吸空けて、「赤」、と言ってミヤの右手から赤い短冊を取った。

「本当に赤でいいの？」、と驚き顔のミヤ。

「青嫌いだし。それに、ほら、五人戦隊のリーダーは大体赤でしょ」

ミヤは左手に残った青い短冊を見て、満足そうに笑った。その様子を横目に、剛の顔もほころんだ。

教室のドアが二回のノックの後に開いて、初老の男性が顔を覗かせた。用務員の近藤さんが天井に届く程の高さの竹を持ってひょっこりと姿を現した。近藤さんは工藤先生と何度か言葉を交わした後、窓際にある教員用のガッシリとした机に持ってきた竹をくくりつけ始めた。

工藤先生は声高らかに、「それじゃ、願い事が書けた人からこの竹に順番につけていきましょう。早くできた人は飾りつけもお願いしますね」。

剛は工藤先生の言葉を無視して机の下に潜り込むと、片膝をつけて教員用の机の足に竹を結んでいる近藤さんに話し掛けた。

「近藤さん、近藤さん」、振り向いた近藤さんの額から汗の雫がこぼれるのを見て、「暑い？　手伝おうか？」。

近藤さんの汗で輝く顔がくしゃりと歪んで、小さく横に振れた。剛は近藤さんに近づこうとして、ギクリと止めた。顔を上げた剛の視線の先には、工藤先生が怒ったような顔をして、でも眼鏡の向こうはどこか温かさを帯びていて、剛は思わず苦く笑った。

剛は近藤さんが好きだった。低学年の頃から先生に生活態度のことで怒られてばかりいた剛は、いつも朗らかに笑って話を聞いてくれる用務員の近藤さんに癒されていたのだ。先生に怒られた、友達とケンカした、お父さんに怒られた、お母さんとケンカした、野球でエラーをした。どんなことでもなにも言わずに笑って聞いてくれる近藤さんは、剛にとって仏のような存在だった。

なにより、剛と近藤さんの間には二人だけの秘密があった。

剛が二年生の秋、放課後一人で、枯れ木を剣に見立てて校内を冒険していた時に、中ボスとも呼べるような存在を見つけた。炎の魔人、とでも言うのであろうか、剛が焼却炉からチロチロと顔を出す炎に向かって勇猛果敢に枯れ木を振り回していた時に、

「危ないよ」

と、声を掛けたのが近藤さんだった。

「先生？」

「いや、用務員の近藤ですよ」、ほっほっ、と近藤さんは笑った。

「ねえ近藤さん、見てていい？」

「それ以上絶対に近づかないって約束できる？」

「分かった」

しゃがみ込んで炎を見ている剛の横に、近藤さんが同じようにしゃがみ込んだ。近藤さんが焼却炉の窓を開けて枯れ葉を投げ入れる度に、剛は、熱ちぃ、と言葉を漏らしたが、決して火に近づくようなことはなく、静かに火を眺め続けていた。その様子を見ていた近藤さんは、「君は静かでよい子だね」。

「君？　オレは斉須剛、二年二組だよ。それに……」、剛は剣に模していた枝を四つに折って焼却炉に投げ入れると、「オレ、先生に怒られてばっかなんだよ」。

「どうして？　テストで悪い点数でも取ったのかい？」

「ううん、落ち着きがないってよく言われるんだ。この前の通信簿なんて、『女の子を泣かせないで優しくしましょう』なんて書いてあるんだぜ。沙希なんかは何人かのグループで追っかけてくるのに、まいっちゃうよ」

「ほっほっほぅ。斉須君は活発な子なんだね」、近藤さんは日の沈みかけた淡い空を見上げて、「でもね、女の子には優しくしましょうっていうのは間違ってないんだよ」。

「なんで？」

「男の子と女の子の体は、今は斉須君とそんなに変わらないけど、もう何年かすれば男の子の方が大きくなって、強くなるものなんだ。斉須君のお父さんとお母さんはどうかな？」

「お父さんの方が少しだけ大きいや。あ、でも体重はお母さんの方が重いかも」

「ほっほっほ、体重はあまり関係がないんだよ。だからね、先生は先のことを見越してそう言っているんじゃないかな」

「ふーん」、剛は枯れ葉を手でかき集めて焼却炉に投げ入れると、「分かった」。

「よし、いい子だ。それじゃご褒美をあげようかな。でもこれは斉須君と私との二人だけの秘密だ。いいね？」

「うん、秘密」

秘密、という言葉に剛少年は心をときめかせた。まるで中ボスを倒した後に手に入るキーアイテムを手にするような心持ちで、近藤さんが焼却炉の窓を開けて鉄の棒で炎の中を掻いている様子を、剛はじっと眺めていた。なにやら拳大の黒い物体が焼却炉の窓から転がり出ると、近藤さんは鉄の棒と指を使って黒く焦げついたアルミホイルを器用に剥いだ。剛はそれを見るなり思わず声を上げた。

「焼き芋だ！」

近藤さんは焼き芋を半分に折ると、一方を剛に差し出した。「はい。私の密かな楽しみだから、先生や友達には絶対に秘密にしておいておくれ」

剛は頷きながら焼き芋を受け取ると、すぐに口に運んだ。さつまいもの甘味とホクホクとした食感で、剛の口の中は幸せだった。近藤さんも幸せそうな顔で、焼き芋の黒く焦げついた皮を剥いて口に運んだ。


この一件があってからというもの、剛は校内で近藤さんを見かける度に声を掛けるのが習慣になっていた。

近藤さんは教員用の机に竹を結び終えると、立ち上がって工藤先生に一礼して教室を出て行った。出て行く間際に剛と目が合って、近藤さんの汗で濡れた顔がくしゃりと皺をよせたので、剛も反射的に笑った。

その様子を見ていた沙希が剛の肩をトントンと叩いてから、「斉須、近藤さんと仲いいの？」。

「うーん」、剛は少しだけ考えてから、「秘密」。

「別にいいけど。そんなことより、もう願い事書いたの？」

「まだ、考えてる」

剛はなんとなく飾りつけ用の折り紙を手に取ると、縦に二回折ってから広げて、線に沿って鋏を入れた。でき上がった四枚の細長い紙を一つずつ丸めてつなげていく。もう一枚、もう一枚と、剛は飾りつけのリングを黙々と作っていると、折り紙の鎖はあっという間に一メートル程の長さになっていた。

「それじゃ、願い事が書けたらどんどん竹に結びつけていってね。飾りつけもどんどんやっていいからね」

工藤先生の言葉を皮切りに、数名がパラパラと席を立って竹の周りに集結していった。

「久美、行こう」

沙希が久美を誘って席を立った。ミヤもなにも言わずにそれを追った。班に一人残された剛は、手持ち無沙汰に作った折り紙の鎖を持って席を立った。

竹の飾りつけをしている剛を、沙希がめざとく見つけた。「斉須、願い事書けたんだっけ？」

「書いたよ、ほら」

剛は赤色の短冊を沙希に突きつけた。

「なにも書いてないじゃない」

「そっち、裏だもん」

「見せてよ」

「ダメ」

剛はなにも書かれていない短冊を後ろ手に持つと、すかさず二つに折ってお尻のポケットにクシャリと入れた。沙希のピンクの短冊と久美の黄色の短冊から、それぞれ『かーくん』と『あっくん』という文字が目に入って、剛は思わず目を背けてせっせと竹の飾りつけに勤しんだ。そこへ亮太がやってきた。

「剛、なに書いた？」

「実は……まだ書いてない。亮太は？」

「適当に書いたよ」

亮太が差し出した短冊には、『ハワイに行きたい』。

「あー、オレもそういうのにしようかな。宇宙に行きたいとか」

「適当過ぎると先生にバレるよ」

「バレないよ、行きたいもん、宇宙」

「初めて聞いた」

「初めて言った」

亮太といつもの掛け合いをしていると、ふと剛の視界の隅で席を立つ美樹の姿が映った。「あ、じゃあオレ、席でもう少し考えてくるわ」

「飾りつけ途中じゃん」

「あ……」

剛はしぶしぶといった様子で竹に折り紙のリングを引っかけていると、隣にやってきた美樹が、

「斉須君と白石君って、本当に仲がいいよね。羨ましいな」

と言って、ふわりと笑った。剛が慌てて亮太の方を振り向くと、亮太もふわりと笑った。

剛はなんとなく気まずくなって必死に言葉を探した。「あ、平井さんはなに書いたの？」

「え？　恥ずかしいから……」

ぽっと顔を赤らめて下を向いた美樹のセミロングの髪がサラサラと首元に落ちて、剛の鼻腔をふわっと女子の香りがくすぐった。化粧や香水で彩られていない、シャンプーとリンスの健康的な香りである。沙希や久美も同じような匂いがするのだろうか、という剛の疑問は美樹の香りが大気に拡散されたようにすぐに消えた。目に入らない、耳に入らないことと同じように、気にならなければ鼻にも入るものではない。

剛はほけっとした顔を元に戻した。「なあ亮太、今年の七夕、いつ行こうか？」

「いつでもいいけど、土日は混みそうだよね」

「オーケー、なら金曜にしようか」

「いいね。別に七日に行く必要もないしね」

七夕に行く予定を上の空で決めると、剛は手早くリングを竹に引っかけて、落ち着きのない様子で

足早に自分の席に戻った。美樹が竹から離れた後、美樹がつけたであろう赤い短冊に目をやったのだが、短冊が向こう側を向いていてその文字を見ることはできなかった。

二

剛は家の勉強机に載せたクシャクシャになった赤い短冊を目の前にして、短冊に書くべきことを考えていた。どうでもいい候補はいくつか頭に浮かんでくるのだが、いざペンの蓋を開けると、なぜか美樹の顔が脳裏に浮かんで、全く筆を進めることはできずに蓋を開けては戻すということを何度も何度も繰り返していた。

『平井さんがオレのことを好きでありますように』

これでは告白と変わらない。

『平井さんとけっこんできますように』

結婚なんて早いに決まってる。

『好きな人と両思いになれますように』

これならバレない、けど好きな人がいることがバレてしまう。

恥ずかしさで悶々として、亮太の願い事のように適当なことを書いてしまえば楽なのかと考えたりもするのだが、剛の中で美樹とのことを書きたい気持ちもそれほどまでに強くなっていたのだ。短冊に願い事を書くのにこんなに悩むことになるとは……、と剛の頭の中はもう美樹のことで一杯だった。

剛が美樹を気になるようになったのにはいくつかの事由があった。


あれは剛が三年生の、二学期初めの全校集会の時である。背の順で並ぶと前から五番目だった剛は、同様に四番目ですぐ近くにいた美樹にふとちょっかいを出したのである。セミロングの髪の高い位置に留められた、灰色地に白の水玉模様の二つのリボンの内、一つを後ろから引っ張って取ったのだ。美樹は剛の顔を数秒見つめると、間もなく泣き出してしまったのである。これには剛も面を喰らった。

幼稚園の頃よりスカートめくりを生業としていた剛は女の子を追いかけ回してばかりいたのだが、次第に女の子たちもその愚行には慣れてきて、追いかけてもキャーキャーと楽しそうに逃げるのが日常になってきた。いわゆる、鬼の決まった鬼ごっこである。沙希のスカートなんかに手を出した日には、逆に女の子の集団に追いかけ回されるという恐怖さえ待ち受けている。当時の剛にとっては当たり前とも言える女の子との接し方であったのだが、スカート一つめくっていないにもかかわらず、リボンを取っただけで泣くという美樹の繊細な反応は初めて経験するもので、剛はこの時大層困惑した。どうして泣くのだろう、ぶってこないのだろう、沙希のように追いかけてこないのだろう。その戸惑いを感じてから、剛は美樹が気になりだしたのだ。

決定打はその年のクリスマス会という名の自由時間であった。十二月、冬休みを直前に控えた学級内でのクリスマス会は、迫りくる冬休みに向けて皆どこか落ち着きがなく、ただ楽しみばかりが先行している様子であった。五時間目に催されたクリスマス会は、トランプでも将棋でも談笑でも、仲のよい友達となにをしていてもよい空間が広がっていて、剛も亮太を含む仲のよい四人で流行っていたUNOに勤しんでいた、そんな時であった。

二人の女友達と机を寄せて談笑していた美樹は、突然口に手を当てて、席を立ち、教室を駆け足で出ていった。教室内は騒然として、皆の視線は美樹の影を追うように開け放たれたドアの向こうに集中していた。その張り詰めた糸を切ったのは、教室に響いた誰かの一言である。

「うわっ、くせぇ」

その言葉は、匂いと共にすぐに教室内に充満していった。口元を押さえた美樹の指の間から、トイレまでの二十メートルの軌道を追うように、黄色い嘔吐物が転々と落ちていたのである。状況を察知した工藤先生がすかさず、

「皆、そのまま教室から出ないで静かにしていてね」

と、美樹を追って教室を出ていった。

工藤先生の残した言葉は、素直多感な少年少女の耳にはまるで届いていない様子で、クラスの男子からは相変わらず、「汚ねぇ」やら、「くせぇ」という言葉が漏れ、近くで美樹と談笑していた女子も両手で口と鼻を押さえている始末である。

そんな状況に剛は内心むかつきが込み上げていた。なにも言わず、一人教室を出て水飲み場で雑巾を濡らすと、美樹のこぼした教室内の嘔吐物を拭いた。教室を掃除している時、斉須汚ねぇ、くせぇ、

という心ない言葉を投げかける男子たちを、剛は睨んだ。ついでに美樹と談笑していたにもかかわらず、非難の視線を向けるだけでなにもしない女子たちを睨んだ。

そこへ亮太が雑巾を濡らして、剛の下にやってきて言った。

「手伝うよ」

「ありがとう、それじゃやここ頼む。オレは廊下を拭いてくる」

亮太は一緒にUNOをしていた前田弘孝と山本光輝に、「ヒロ、コウ、窓開けて！　皆、ちょっと寒くなるけど我慢して」。

ヒロとコウが行動に移ったのを横目に、剛は教室を後にした。水飲み場で一度雑巾を洗ってから、廊下にこぼれた嘔吐物を拭き始める。廊下に転々と転がるそれを拭いていくと、教室から一番近い場所にある女子トイレの前まで辿り着いた。これ以上は、と剛はそこで足を止めた。立ちすくむ剛の前に、美樹とその肩を抱いた工藤先生が女子トイレから出てきた。工藤先生は剛の持っていた雑巾を見るなり、「ありがとう、斉須君」。

剛には工藤先生のお礼の言葉がすぐには理解できなかった。こんなこと当たり前のことだろう、そう思っていたからだ。剛の目線の先には、俯いて、静かに涙を流している美樹がいる。

「大丈夫？」

剛の言葉に、美樹は小さく頷いた。

工藤先生は美樹の肩を擦りながら、「平井さんはもう大丈夫だから。先生はこのまま平井さんを保健室まで連れて行くね。多分早退することになると思うから、悪いけど平井さんのランドセルを保健室まで持ってきてくれるかな」。

剛はなにも言わず、頷いた。

工藤先生は剛の肩に手を置いて、「ありがとう。斉須君は優しいね」。

そうして歩き出した二人の背中を映す剛の視界が、じわりと歪んだ。むかつく、むかつく、むかつく！　心ない言葉を投げるだけの男子たちに？　なにもせずに非難の目を向ける女子たちに？　違う、と剛は思った。オレだ、むかつくのはオレだ、オレは優しくなんてない、そんな言葉を貰う為にやったんじゃない。なにもできなかった、平井さんが苦しんでいたのに、なにも気づいてあげられなかった。優しくなんて、絶対にないんだ……。

亮太が剛の下に近づいてきて、「ごめん」。

剛は首を振った。なんで亮太が謝ってるんだよ、と思いながら剛は右手の人差し指で鼻の下をずずと二回擦って、「亮太、ありがとうな」。

剛と亮太が教室に戻ると、雑巾を握り締めた沙希が待ちわびていたように近づいてきて言った。

「美樹ちゃん、大丈夫だった？」

「うん、先生が大丈夫だって言ってた。でも今日は早退するみたい」

沙希と、その後ろにいた久美が安堵の表情を浮かべた。剛は美樹の席に行き、ランドセルに教科書を詰めていると、美樹と談笑していた傍観するだけの女子が言った。

「保健室？　私たちが持っていこうか？」

剛はそんな女子たちをぼんやりとを見つめて、「いいよ、オレがやるから」。

女子たちはどこか心に引け目があるのか、それ以上なにも言わなかった。

美樹のランドセルを抱えた剛が保健室のドアを二回叩いて開けると、工藤先生と保健の先生が剛を出迎えた。

保健の先生は朗らかに笑った。「ランドセル持ってきてくれたの？　ありがとうね」

工藤先生が近寄ってきて、剛の手から赤いランドセルを受け取ると、「もうすぐ親御さんが迎えにくるから。皆に、授業が終わるまでは静かにしててって言っておいてね」。

工藤先生の言葉など耳に入らない様子で剛がベッドに視線を向けると、カーテンの隙間からベッドに座る美樹の姿を捉えた。美樹は顔を上げ、剛と目が合うなり、口をパクパクと開いた。声を出しているのか、出せない程に辛い状況なのか、敢えてそうしているのか、剛は理解できずに、やきもきとした気持ちに襲われた。

保健室から教室まで戻る間、剛は美樹がなにを言いたかったのかをずっと考えていた。美樹の口の形を思い出す。パク、パク、パク、パク、パク。五回、五文字。すぐに直感して、階段の踊り場で足を止めた。その言葉は剛だけに向けられた『あ・り・が・と・う』。剛にとってこの言葉は、工藤先生から言われたありがとうよりも、保健の先生から言われたありがとうよりも、今まで言われたどのありがとうよりも嬉しいものだった。剛は鼻の下を一擦りしてから、一段飛ばしで軽やかに階段を上っていった。この時、剛は初めて理解したのだ。それは鼻の下にほんのりと香る胃液の匂いと共にやってきた、すっぱいすっぱい初恋だと。

それ以降、バレンタインデーにチョコを貰ったり、ホワイトデーにキャンディを返したりする仲にはなったのだが、それ以上に親密になるようなことはなに一つなかった。

告白なんてできるはずがない、と剛は思っていた。オレの片思いだったらどうしよう。泣かしちゃったこともあるし、オレのことなんかどうとも思ってないよな。背も低いし、カッコ悪いし、絶対にかーくんとかあっくんとかの方がいいに決まってるんだ。

小一時間赤い短冊と向かい合った剛は、机を離れて、頭を抱えながらゴロンゴロンと二度寝転がると、ふと立ち上がり、クシャクシャの短冊を手の平で伸ばしてから綺麗に二つに折って、ランドセルのプリントをしまう為に作られた薄い空間にそっとしまった。座布団を二つに折ってクッションの代わりにして寝転ぶと、テレビのリモコンのボタンを上から順番に押していった。

三

七夕まつりが始まった二日目の金曜日、剛は亮太と二人で平塚の街に繰り出した。道路が閉鎖された市民センターの近くに自転車を止めると、まず手始めに市民センターの向かい側の裏道にある大衆割烹のり平に向かった。裏道には個人で営む居酒屋、銭湯、うなぎ屋などの小さな店が並んでいて、赤、白、黄、紫と、様々な配色の看板の明かりが二人が歩く薄暗い夜道を照らしていた。そのすぐ先の二階建ての建物にはスナックや飲み屋が軒を並べていて、その中の一つがのり平だった。

剛がのり平の引き戸をガラリと開けると、

「いらっしゃい！」

と、割烹着姿の憲夫の威勢のよい声が二人を出迎えた。

「あらあら、ご新規のお客様かしら。お金は持ってなさそうだけど」

と、おとぼけ顔の幸子に、剛は苦虫を噛んだ。

「なんだよ、それ……。今日亮太と顔を出すって言ったろ」

どこか気恥ずかしそうな剛の言葉をさらりと受け流した幸子は、「亮君、お久しぶりね。お店にくるのは初めてだったかしら？」。

亮太は一つ頷き、目に入るもの全てが珍しいといった様子で店内を一周窺ってから、

「剛に大体の場所は聞いていたのですが」

と言って、まだ物珍しそうに店内を見回していた。

「ほら、いいから早く上がりなさい」

幸子は笑いながら畳の敷かれたお座敷のテーブル席に二人を手招いた。二人は招かれるままに靴を脱いで座席に着くと、やはり物珍しそうに周囲を見渡すのだった。

のり平は、一階にはカウンター席が六席にテーブル席が二つある。狭く急な階段を上った二階には、宴会が行われる際に使用される畳の部屋が一つあるのだが、剛も大掃除の手伝いをした時にしか上ったことはなかった。店内は多種多様な和の装飾で彩られていた。何十個と連なる手の平サイズの提灯の群れ、一メートルを超える大きさの団扇、ピンク色の電話の下には小さなお賽銭箱と、非日常ともいえる空間は二人の小学生の興味を惹かせるには十分過ぎるものであった。

中でも剛がそれを強く感じるのは、引き戸を開けた瞬間に鼻腔をつく匂いであった。他人の家に上がった時にもその家庭独特の匂いというものがあるが、のり平のそれは特に異質なものである。憲夫のさばく生魚や煮たり焼いたりした魚、天ぷらの油など、様々な料理の匂いに加えて、酒と煙草の匂いが店内に染みついている。そこに多種多様な客の、一日の仕事を終えた汗、安い香水、酒気を帯びた息などが彩りを加えたその匂いは、酒場独特のもので、違和感はあるがなぜか剛は嫌いではなかった。

天井から吊るされたハリセンボンの剥製に目をチラつかせている亮太をおかしく思った剛は、「そんなに珍しい?」。

「だって、こういう場所に入ったの初めてだもん」

と、亮太の目は既に『商売繁盛』と書かれた直径五十センチの大きな提灯に向けられていた。そんな友達の様子を見た剛は、嬉しい気持ちになった。自分の一番の友達に、サラリーマンでもない自分の父親の仕事が認めてもらえた、少なくとも嫌悪されなくて済んだ、と剛は胸を張りたい気分になったのだ。

　店の雰囲気を十分に味わった剛が改めて店内を見渡すと、カウンターの離れた場所に二人の客が座っていた。入り口から見て手前の椅子に座る客は、灰色の作業服の胸元にボールペンを三本も差した、憲夫のスキンヘッドに負けないくらいのハゲたおじさんだった。もう一人のカウンターの奥に座る客は、黒っぽいスーツこそ着てはいたが、派手な花柄のワイシャツにネクタイは締めておらず、黒々とした髪をジェルでベタベタと撫でつけたオールバックの四十前後の男だった。店の中にもかかわらずサングラスをかけたその風貌に言い知れぬ恐怖を感じた剛は思わず目を逸らした。

「のり平さんの息子さんかい？」

と、ハゲた方の客が剛に声を掛けてきた。剛は、またか、とその言葉にむっとした表情で無言の抵抗をした。

　剛は『のり平さんの息子』という言葉は嫌いではないが、好きでもなかった。小さな頃から言われ続けてきたのだ、今更嫌悪するようなものではない。だけど不思議でもあったのだ、なんで頭に『のり平さんの』とつくのだろう、と。剛と初めて会った大人が特にその言葉を口にするのだが、そう言われる度に剛は、将来大人になったらのり平を継ぐのが使命、という気にさせられる。成長するにつれ、剛にも決められた将来に対する反抗心が生まれてきてもおかしくはない。

　そんな剛の複雑な表情を見たハゲた客は、なにかまずいことを言ったかな、という様子で憲夫に視線を投げた。そんなやり取りなどおかまいなしの憲夫は上機嫌な様子で言った。

「なにか食ってくか？」

「えー、七夕でなにか食べるからいいよ」

剛の不貞腐れた顔など気にすることなく憲夫は、「そんなこと言わずにゆっくりしてけよ。なあ、亮太君」。

亮太は一礼して、剛の顔を窺った。剛の苛立ちの表情は一つも変わっていなかった。

「ほら剛、なに怖い顔してるのよ、ねぇ亮君」

と、幸子がビンのコーラとコップを運んできて二人の目の前でプシュと栓を開けた。

「ありがとうございます。僕、ビンのコーラ、初めてかも」

という亮太の言葉に、剛が反論する。

「前に専売公社の近くの駄菓子屋で飲まなかったっけ？」

「あれはチェリオじゃん」

「あ、そっか。オレ、あの時オレンジのやつ飲んだわ」

憲夫が外向けの甲高い声を上げる。

「今ポテト揚げてるから食ってけなー」

「えー、いらないよ」、剛は怪訝（けげん）な顔で答えた。

「いいじゃねぇか、ポテトの一個や二個。なあ、亮太君」

憲夫の気持ちの悪い笑みに、亮太はクスリと笑いながら一礼した。剛は落ち着きのない様子で、

「早く七夕行きたいよな、なあ亮太」。

「ポテト揚げてるってさ」

「オレらが食べなくてもお客さんが食べるでしょ」

「でもオレ、食べてみたいし」

「え、そうなの？」

二人の前に幸子がお皿に乗せたポテトを運んできた。ポテトは直径三～四センチの丸い形をしていて、外側はこんがりとしたこげ茶色であり、お皿にはそれが六個とケチャップが添えられていた。

剛は訝しげに、「なにこれ、マクドナルドとかのポテトじゃないの？」。

「『のり平ポテト』だ。つべこべ言わずに食ってみろ」、と憲夫が自慢げに言う。

剛がポテトを一つ摘んで、ケチャップをつけて口に運ぶ。その瞬間、剛は悲鳴を上げた。

「熱っち、熱っち」

憲夫は笑った。幸子も笑った。亮太も、ハゲた客も笑った。我関せずといった様子であったサングラスの客も珍しく剛を見て、その口元には笑みを浮かべている。剛は口の中へと必死に空気を送り込みながらポテトを噛み砕くと、ジャガイモのホクホクとした食感と、ジャガイモとは別の独特な甘味が口の中に広がった。ジャガイモの周りのこげ茶色の部分は、アメリカンドッグの外側のような甘さがあった。

剛は口の中のポテトをゴクリと飲み込むと、「なにこれ、美味いよ！」。

亮太も前歯で小さく一かじりして、「ほんとだ、美味い！」。

二人がお皿の上のポテトを平らげている様子に、憲夫は満足げに笑っていた。するとハゲた客が、

「そんなに美味いなら、俺も貰おうかな」。

するとサングラスの客も小さく手を上げた。

「お手数でなければ、こっちにも一ついいですか」

サングラスの客の、低音で、丁重な言葉を初めて聞いた剛は、格好はあんなだけど悪い人ではないのかもしれない、と密かに思った。

憲夫は二人の客の反応を待ってましたと言わんばかりに、「あいよっ」。

バツの悪そうな表情を浮かべた剛は、「オレ、お父さんが授業参観にきた時みたいに、のり平の営業活動しちゃったのかな？」。

剛の疑問に亮太はふふと微笑んで、「いいじゃん」。

剛と亮太はポテトをペロリと平らげて、二人揃ってコップに注いだコーラを胃袋に流し込んだ。剛は空になったお皿とコップを幸子に手渡して、「それじゃ、行ってきます！」。

亮太もそれに続いて、「ごちそうさまでした！　凄く美味しかったです」。

「気をつけて行ってきなさいよ」、と幸子。

「亮太君またな。今度はお父さんとお母さんも一緒に……」

憲夫の最後の言霊はピシャリと力強く閉まる引き戸に隔てられた。

　金曜の夜の七夕の人出は二人の少年にとって凄まじいものだった。古い商店が連なる平塚の商店街のメイン通りである銀座通りに一歩足を踏み入れると、全校集会で集まる生徒よりもはるかに多い、人、人、人。皆沿道からぶら下げられた七夕飾りを見上げながら歩く為、一歩一歩のスピードは遅く、数メートルの距離を進むにも相当な時間を要してしまう程である。しかし、小さな頃から何度も七夕を経験してきた二人は馴れっこで、時には人の歩調に合わせてゆっくりと歩き、目当ての飾りがある時は沿道の上を小さな体を利用して小走りに進んで行く。滝口カバン店の豪華な飾りを横目に流すと、目の前の十字路を右折して長崎屋を目指す。二人の目的は長崎屋の一番お金がかかっている大規模な飾り、ではなく、その沿道の煌々と光るライトで照らされた屋台の群れであった。

　お好み焼き、たこ焼き、串焼き、リンゴ飴、わた飴、チョコバナナ、射的に輪投げ、金魚すくいにスーパーボールすくい。数ある屋台の中、二人の視線は特に一点に集中していた。くじ引き屋である。

　くじ引き屋の前に広げられた色とりどりのおもちゃの数々、そんな景品の中でも二人の興味はやはりゲームであった。店の奥の方に堂々と陳列された目玉商品である三十点程のファミコンのカセットは、所々歯抜きになっていて、誰かがくじを的中させたのだと二人の心を躍らせた。

「お兄ちゃんたち、いらっしゃい。ウチは外れくじなしだよ」

　威勢のよいくじ引き屋のおじさんの呼び込みに、剛はふと足を止めた。

「ほんと？」

「嘘じゃないさ。くじは百番までの番号が入っていて、二十番以内ならファミコンのカセットが大当たり」

「どうせ当たらないようになってるんでしょ？」

「そんなことないよー。昨日も今日もお兄ちゃんたちぐらいの子が当てちゃって、おじさんこのままだと損しちゃうよ」

剛が亮太の顔を見ると、亮太は静かに頷いた。

「それじゃ、一回やる」

「よしきた、一回三百円」

剛が千円札を渡すと、おじさんが七百円のおつりと共に、

「はい、それじゃお兄ちゃんたち、頑張っていいの引きなよ」

と、発破を掛けた。剛は箱に手を入れて、一番底の方の一枚を摘んで、やめて、真ん中より少し下のくじを一枚取り出した。意気揚々とくじを開く。

「おじさん、二十五番だよ」

カセットは二十番以内だが、百番からと考えればそれなりによい数字だと思った剛は少しだけ期待を膨らませていた。ファミコンのカセットでなくても、ラジコンやモデルガン、ガンダムのプラモデルでもいいな。

「二十五番かー、おしかったねー」、おじさんは手に持ったローリングペーパーで指し示して、「そこ

の中から好きなものを一つ持っていってね」。

札には二十一～三十と書かれていて、仕切られた中にはスポンジガン、アイスパンチ、ローリングペーパーが並べられていた。

「えー？　二十五でも当たりじゃないの？」

と眉間に皺を寄せる剛に、おやおやといった表情のおじさんが言った。

「もうちょっとだったんだけど、残念だったねー」

剛は仕方なさげにローリングペーパーの一つを手に取った。

「おじさんとお揃いだ」、と言って伸ばしたローリングペーパーの先で剛の頭とポンと叩いてから、

「そっちのお兄ちゃんは、四十七番か。四十七番はそこの中だね」。

三十一～五十と書かれた箱の中には比較的小さい子向けのおもちゃ、ポンプでカエルが跳ねるものや金属製のセミがパチパチと音を立てるものが入っていて、亮太は小さなバケツに入ったスライムを手にした。

「お兄ちゃんたち、また明日もきてねー」、おじさんは愛想よく笑いながら手を振った。

剛は人に当たらないようにローリングペーパーをシュルシュルと伸ばしながら、亮太は人差し指をスライムに埋めながら、荒々しく行き交う人波に紛れた。長崎屋の動くゴジラをチラと見た剛は、意気消沈といった様子で言った。

「なあ亮太……ファンタジアでちょっと休んでいこうか」

ファンタジアは、長崎屋から平塚駅西口に向かう途中にあるゲームセンターである。二人はそこでトイレを済ませてから、自動販売機でジュースを買って休憩していた。するとそこへ、

「おい、亮太」

と、誰かが亮太に声を掛けてきた。亮太の二つ上のお兄ちゃん、六年生の雅君が友達四人でファンタジアにたむろしていたのだ。剛は肩をすくめて、どうも、と頭を小さく下げた。

雅君は剛と亮太の手元を見るなり、「なに、お前ら、くじ引きなんてやったの？」。

威圧的な言葉に剛はただただ恐縮した。亮太は慣れた様子で応戦する。

「やったよ、悪い？」

「あんなのハズレしか入ってないんだからやめとけやめとけ」

「そんなはずないよ。ファミコンのカセットもいくつかなくなってたし」

「お前、当たってるところ、見たの？　あれは店の奴が裏で抜いてるんだよ、お前らみたいなバカが引っかかるように」

「嘘だ。なあ、剛はどう思う？」

亮太と目が合った剛の口からはなんの言葉も出てこなかった。普段は物静かな亮太の、体の大きな雅君に物怖じすることなく堂々と意見を言っている姿に、ただただ尊敬の眼差しを送るばかりであった。これが兄弟なんだ、亮太が学年で一番強いはずだよ、そんなことを考えていた。

「ほらな、斉須もそう思うだろ？　くじ引きはな、商品を売ってるんじゃなくて、形のない夢を売っ

てんだよ」、と雅君がガハハと笑った。

言われてみれば確かにそういうものなのかもしれないな、と剛は思った。ファミコンのカセットが貰えるかもしれないという期待感、くじを引く直前の緊張感、外れを引いた時の残念感。それらは確かに形がない、夢と同じだ。妙に納得した様子で剛が亮太に視線を送ると、亮太も観念したという表情を浮かべていた。

なおも閉口したままの二人に雅君は続けた。

「そんなことよりさ、お前ら明日の朝、ヒマ？」

悪者がいかにも悪巧みをしているような不敵な笑みを浮かべる雅君に、それを気持ちが悪いといった表情で亮太が応答する。

「朝って、午前中？」

「午前というより、早朝、六時」

「六時？　そんな早くになにするの」

「いいこと。早い方が人がいないからな」、雅君はそう言うと剛の方を向いて、「斉須もこれる？　陽一もくるけど」。

「陽君も？　行きます！」と、剛は亮太の反応を待たずに言った。

陽君、こと須藤陽一は雅君の同級生で、剛が小学校低学年の頃、亮太の家に入り浸るように遊びに行っていた時に、四人で人生ゲームやファミコンや缶蹴りをしてよく遊んでくれた人だった。剛が三年生になって野球を始め、亮太もサッカーを始めてから亮太の家に遊びに行く機会が減って、自ずと剛は陽君と会う機会がなくなってしまった。この時剛は陽君に、懐かしさと安心感を覚え、反射的に雅君の申し出に賛同したのである。

「それじゃ、明日の朝六時に市民センター前に集合な」

雅君が二人の顔を交互に見つめた。剛はその目を、なにも言わずに真っ直ぐに見つめ返した。

剛と亮太は雅君たちの集団と別れて、平塚駅北口へと続く人の密集するパールロードを、当てもなく流れに任せてぶらぶらと歩き始めた。剛は背の届くやっとの高さにある七夕飾りの、暖簾(のれん)のように垂れ下がったナイロンの紐を一本引き抜いて、手の平に巻いて、解(ほど)いて、言った。

「なあ亮太、明日雅君、なにするんだろ」

「んー、分かんない」

「そっか、でもさ」、剛は空を流れるカラフルな七夕飾りを上目に、「絶対楽しいことだよな!」。

亮太は剛と同じように七夕飾りから引き抜いたナイロンの紐を手に巻きつけながら、「うーん、多分ね」。

剛の言葉にはある種の期待が込められていた。兄や姉、あるいは身近な場所に従兄弟などを持たない核家族で一人っ子の剛にとって、大人以外の年上との数少ない接点だからである。大人の世界を覗き見ることができるのかもしれない、と剛は密かに心をときめかせていた。

二人は帰る道すがら、市民センター前に並ぶ屋台の中から、二人でお金を出し合ってお好み焼きを半分こした。お好み焼きを食べながら、剛はふと思ったことを出し抜けに言った。

「雅君てさ、オレのこと嫌いじゃないのかな」

亮太は呆気に取られた顔で、「嫌いなら誘わないよ」。

「でも……」、それは亮太の友達だから気を遣ってるんだ、と言いかけて、飲み込んで、「あー、明日楽しみだなー」。

「あはは、そうだね。なんだかちょっと楽しみになってきた」

亮太が軽やかに笑うのにつられて剛もからっと笑った。

夜の黒に七夕飾りと屋台のカラフルな色彩が映える。屋台から放たれる油混じりの煙、砂糖が焼ける甘い香り、酒臭い人の吐息。様々な匂いが混ざり合ったお祭り特有の匂いは、道ゆく人々の鼻腔をくすぐり、笑顔にさせる効果があるに違いない。剛はお好み焼きのソースまみれになった口元を手で拭って、光り輝く指先を舌で舐めた。

四

亮太と七夕を楽しんだその翌日、幸子が眠たげな顔で剛の布団を揺さぶった。

「ほら、いいかげん起きなさい」

「まだ眠いよ……」

「朝練するんでしょ、亮君と」

夢見心地で剛がうっすらと目を開けると、幸子が差し出す紙には『朝亮太と走りに行くから五時半に起こして。ぜったいに！』。

「やべっ！　今何時？」

「五時四十分」

剛は布団から飛び起きて、パジャマを剥ぐように脱ぐと、昨日の夜に準備していた薄紫色のジャージに着替えた。朝からなにをはしゃいでいるのかと言いたげな幸子は、

「なにもこんなに早い時間じゃなくてもいいのに」

と、さも不満げにセブンスターに火を点けた。

「早い方が人がいないんだって」

「それにしても……」、バタバタと靴を履く剛の背中に幸子は、「気をつけて行ってらっしゃい。亮君にもよろしくね」。

「もう、分かった分かった、行ってきます！」

バタン。力強く玄関を閉める音が明るみ始めた空に響いた。

待ち合わせ場所である市民センター前には、亮太と雅君と陽君の三人が揃って剛の到着を待っていた。剛は到着するなり自転車を降りながら、「遅くなってごめんなさい」。

陽君は朗らかに笑って、「おはよう、斉須。大丈夫だよ、皆今きたところだから。それよりも久し

ぶりだね」。

剛は陽君のくしゃりとした笑顔を見て、同じようにくしゃと笑った。剛が知っていた陽君よりもスラリと身長が伸びてはいたが、眼鏡の奥の優しい笑顔は以前となにも変わっておらず、剛は安心した。

人気のほとんどない市民センター前の道路の両側には開店前の潰れた屋台が並ぶという異様な光景が広がっていて、それが却って少年たちの心をくすぐった。

剛は昂る感情そのままに、「それで、今日はなにするの？」。

陽君は剛を落ち着けるように静かに笑ってから、「宝探し」。

「宝探し？」、剛はさらに期待を膨らませた。「宝って、なに？」

「海賊の宝ってなんだと思う」

「うーん……財宝？　宝石？」

「そう、それと同じように俺たちにとって価値のあるもの」

「ファミコンのカセット？」

「あはは、それもそうだけど、ファミコンのカセットを手に入れるにはなにが必要？」

剛はうーんと一呼吸置いて、「お金だ！」。

「ピンポン！　七夕の夜はお金を落としても見つけるのは難しい。しかも昨日は金曜で、人出も酔っ払いも多いから結構落ちてるんだよ。去年は友達のお兄ちゃんが財布をそのまま拾ったんだって」

「財布を拾ったら、警察に届けなくちゃいけないんじゃないの？」

「普通なら、ね」

陽君と雅君が顔を見合わせると、同じように剛と亮太が顔を見合わせて、そして皆ニヤリと笑った。

「さて、そろそろ行かないとな」

そう呟いた雅君の視線の先には、剛たちと同じ目的なのだろうか、二、三の人影が遠くの街角に浮かんでいた。陽君が眼鏡を鼻元でクイと上げてから言った。

「それじゃ、白石兄弟は線路沿いに北口方面へ、俺と斉須は銀座通りを通って、長崎屋の前で集合。雅、いいよな」

「いいぜ。取り分は仲良く分け合おう。それじゃ、行こう！」

皆で声を合わせて、「おう！」。

銀座通りを歩き始めた剛はすぐに、全然雰囲気が違う、と思った。沿道の七夕飾りは昨夜の輝きを忘れて重そうに首をもたげて、道の左右にはガラクタとも思えるような潰れた屋台が並んで、道にはゴミや七夕飾りから引き抜かれたナイロンが散乱していた。そんな殺伐とした風景に、ＲＰＧの世界だ、と剛は一人テンションを上げた。

「ねえ陽君、ほんとにお金なんか落ちてるのかな」

「きっとあるさ。もしなくても、楽しいでしょ？」

「楽しいね！」

「それでいいんだよ。それじゃ俺は道の右側を行くから、斉須は左側を行って。屋台の下は落ちてる可能性が高いから特によく見て。あっちの二人に負けないようにでかいのを見つけてやろうぜ」

二人の盗賊が忍びを進める。三件、四件と、未だ獲物を獲ることができない状況に痺れを切らした剛は、「陽君、こっち全然ないよ。ほんとに落ちてるのかな」。

「こっちもまだないな。でも、きっとある。油断するなよ、斉須」

陽君の目に力を感じた剛は、うんと背筋を一度伸ばしてから、また屈んで屋台の下に目を向けた。

そして、すぐに歓喜の声を上げた。

「あった！　陽君、ほんとにあったよ！」

「やったな！　幾ら？」

「百円！」

剛は拾い上げた百円玉を、大切なキーアイテムを見つけたＲＰＧの主人公のように掲げて見せた。

「よし、その調子で行こう。まだ始まったばかりだし、俺たちが一番頑張らなきゃいけないのは屋台が沢山ある長崎屋周辺だからね」

銀座通りは七夕飾りを観るのが中心であり、屋台の数は比較的少ない。長崎屋の前の通りこそ、平塚駅北口から続くパールロードと、市民センターから続く銀座通りとの中間にあって、歩くのに疲れた観客たちをカモにするように屋台がひしめき合っている。

「確かに、陽君の言う通りだ」

剛はそう呟いてから、拾った百円玉を右のポケットに入れて銀座通りの向こうを見据えた。そして遠くに人影を見つけて、キリと睨みつけた。

剛と陽君が銀座通りを右折する。長崎屋へと続く三十メートル程の道の両側に潰れた屋台が密集しているのを見た剛は、「こんなにお店があったんだ……」。

「昨日の夜は人が多かったもんな、俺もこんなにあったなんて気づかなかったよ。もう少ししたら向こうから雅と亮太がくるはずだ。向こうに負けないように頑張ろうぜ」

陽君の決起を促す言葉に剛は背筋を伸ばして、はい、と一つ頷いた。

剛は自分がこれから歩く道を見据えた。あんず飴、かき氷、ベビーカステラ、そしてくじ引き屋。そのくじ引き屋は、昨日外れくじを引かされた店だ。剛はその店を一度睨みつけて、大きく息を吸い込んでから、腰を屈めて地面を這いつくばった。

あんず飴とかき氷の屋台でそれぞれ百円を手にした剛だったが、その次のベビーカステラ屋での収穫はなく肩を落とした。なにより剛がうな垂れたのは、財布やお札といった大口の集金ができていないことにあった。

「あったぞ、斉須！」

剛が陽君を見ると、陽君が上げた右手の指先には五百円玉が光を帯びて、その存在を主張していた。

「陽君、やったね！」

剛は陽君に向かって右手を振ってから、その手をそのままポケットの中に入れて、入っているコインを数えた。一枚、二枚、三枚。剛は百円玉三枚を右の手の平に収めてギュッと握り締めて思った。

負けないぞ！

　くじ引き屋を目の前に、この店では絶対に見つけてやる、そう剛は意気込んでいた。店の正面から地面を覗き見た剛は、すぐに大きなため息をついた。店の裏側に回り、同じように地面を水平に覗き込んでから、さらに大きなため息をついた。自ら光を放つかのような銀色の存在をなに一つ見つけることができなかったからである。剛は大いに落胆して、屋台を四角く形作るパイプに手を掛けて立ち上がろうとした。その瞬間、

「あっ！」

　と、大きな声を上げた。屋台の側面に手を伸ばし、貼りついた一枚の紙片を手にして、両手でそれを大きく掲げた。

「陽君！　やった、千円だ！」

　陽君は目を真ん丸にして、「やったな、大収穫だ！」。

　剛は千円札を胸の前で丁寧に四つ折りにして大事そうにポケットにしまうと、くじ引き屋の屋台に向かって言った。

「ざまあみろ！」

　十分後、長崎屋の前で四人の盗賊は再集結した。その中心でそれぞれの財宝を見せ合う。雅君は八百円、陽君は七百円、亮太は五百円、そして剛は千三百円。雅君が代表してそれを一つにまとめて

言った。

「今のところ、合計で三千三百円。四人で割ると……一人八百円で、余りが百円か。どうする、まだ続ける？」

各々が周りを見渡した。そして陽君が眼鏡を正して、

「駅前の通りもパールロードも先客がいるようだし、大きな収穫もなさそうだな。今日はこれで終わりにしようか」

と剛と亮太に視線を送ると、二人はコクンと頷いた。

「よし。じゃあ一人八百円で、割り切れなかった百円はどうしようか？」

という雅君の問いに、陽君が間髪を入れずに言った。

「斉須が貰うでいいんじゃない？　今日一番頑張って集めたし」

雅君は一つ頷いて、「いいね、そうしよう」。

亮太も嬉しそうに、「やったな、剛」。

剛は下を向いて、「あの……ありがとうございます」。

雅君が自動販売機を指差して言った。

「それじゃジュースでも買って乾杯するか。千円札も崩せるし」

四人はそれぞれ缶ジュースを手にして、「乾杯！」。

剛はファンタグレープを流し込むと、炭酸が喉を刺激するのとは別の爽快さを感じた。九百円

（ファンタを買って八百円になったが）という臨時収入を得たという喜びよりもむしろ、それ以上になにか悪いことをしたような、でも大人の世界を覗き見たような、そんな高揚感に酔いしれていた。太陽が寂れた街の一角に初夏の熱を与え始めている。剛はこれ程気持ちのよい朝を感じたことは一度もなかった。今日の七夕まつりも暑くなるのだろう、そう思った。

帰りしな、剛はふとパールロードを振り返ると、二つの小さな人影を見つけて足を止めた。剛たちと同じような財宝目当てであろう少年と少女だった。雅君よりも一回りも二回りも体の小さな少年が指差した方向に、剛と同年代の少女が犬のように地面に這いつくばって屋台の下を覗き込んでいた。剛は今まで自分たちが同じことをしていたことなどは一切忘れて、どこか滑稽さを覚えて顔をしかめた。

雅君も剛と同様に、少年と少女に気づいて言った。「あれ、一個上の平井さんじゃね？　ちょっとだけサッカーやってた」

「ああ、確かに。練習にも全然こなくなってそのまま辞めちゃったんだっけ」、と陽君が相槌を打った。

平井、という言葉に反応して、剛は話題となっている少年よりも少女の方を凝視した。まさか、と思った。少女が顔を上げる。見間違えようもない、美樹だった。紅色のジャージ姿の美樹が、兄の指示の下、犬となって地面を舐めている。剛は目を背け、見て見ぬ振りをして、そっと電柱の影に身を潜めた。

そんな剛の不自然な様子に気づいた亮太が静かに言った。「平井さん、だね」

「そうかな、うん、多分……」

一瞬で、剛の心を支配していた高揚感は絶望へと姿を変えた。誰だって、自分の好きな人が、地面を這いつくばって、賤しく、落ちた小銭を拾い集めている姿など見たくはない。ましてや小学四年生で純朴な少年の初恋である、その衝撃は計り知れたものではない。剛はほんのついさっきまで自分も同じだったことなど都合よく忘れ去ってしまって、ただただ現実のこととは思えずに立ちすくむだけだった。

剛はどこにもぶつけることのできない不思議な苛立ちを、涙に変えて目から出してしまいたい衝動に駆られたが、グッと鼻の奥で飲み込んで耐えた。

四人は自転車を止めている市民センターまで、まだ通っていない長崎屋から映画館へと続く細い裏通りを歩いた。個人が経営する小さな飲み屋が連なるその道には他にも、ホスト、キャバクラ、ピンサロ、ラブホテルなどが軒を並べている、いわゆる大人の繁華街である。四人の小学生が歩くには抵抗のある道ではあるが、午前七時という時間ではそこら辺の道と然程変わらない、少し薄汚れた裏道であった。

ふと四人の視線の先に、映画館の近くにある自動販売機の下を覗く初老だと思われる男が現れた。身なりはボロボロ、クシャクシャの紙袋を携えて、孫の手のような棒きれで器用に地面をほじくり返している その姿は、実際は初老なのか、働き盛りの四十代なのか、判断をつけるのが難しかった。

「ルンペンがいるね」

亮太の言葉が耳の振動を伝って剛の脳に刻まれた。乞食と同等の差別的な言葉が、剛の脳内で暴れ回る。すると不思議なことに、自動販売機の下を覗きこむ滑稽なルンペンの姿と、兄の指示を受けて地面を舐める美樹の姿が、自然な程に重なっていく。

「オレたちも似たようなことしてたんだけどね」

亮太が苦く笑いながら言ったその言葉は、剛の右の耳から入ってそのまま左の耳に抜けて、消えた。顔を上げたルンペンが小学生四人の視線に気づいて、真っ黄色な歯を見せて笑った。

剛の頭の中の美樹も、笑った。紅色のジャージを着て地面に這いつくばった美樹が、拾った百円玉を掲げながら黄色い歯を見せて、笑った。ルンペン……美樹……ルンペン……美樹……平井ルンペン美樹……あーもうっ！　剛は嫌気だけが胃の中から込み上げてくるのを感じて、ファンタで無理矢理飲み込んだ。

五

一学期の終業式を終えた剛は、家に帰ろうと校門を出ると、引き返して、時間を持て余すかのように学校の裏山に登った。山というにはおこがましい、学校の裏庭にある建物二階建て程の高さの小さな小さな山である。数名の小さな子供たちが裏庭の花壇を覗き込んだり、駆け足で裏山の横を通り過ぎる様子を、剛はただぼんやりと眺めていた。

焼却炉に近づく大人の影があった。剛はその影を見つけると、裏山を転ばないように駆け下りて、真っ直ぐに近づいて声を掛けた。

「近藤さん、こんにちは」

ゆっくりと振り向いた近藤さんの表情は、どこか憂いに満ちた表情であった。

「おお、斉須君か。こんにちは」

「なにしてるの？」

「やらなきゃいけないことがあったんだけどね、バタバタしてできなかったから、今日まとめてやってしまおうかと思ってね」

近藤さんが向ける視線の先には、色とりどりに飾りつけられた竹が詰まれてあった。

「これ焼くの？　見てていい？」

「竹だから跳ねると危ないよ」

「大丈夫、気をつけるから」

近藤さんが竹を一本持ってきて、解体作業に入る。剛も近藤さんを真似して、枝を折っては焼却炉に投げ入れていった。

『きれいなお嫁さんになれますように』

『野球選手になりたい』

『弟が欲しい』

『大金持ちになりたい』

様々な願い事が書かれた短冊の文字が火に炙られて歪んでいく。剛はそれをぼんやりと眺めながら、笑うでも泣くでもない、無の表情で言った。

「なんか、せっかく書いた願い事を燃やすのって、悪いことをしているみたいだね」

近藤さんは、ほっほっ、と笑った。「斉須君は『どんど焼き』は行ったことあるかな」

「あるよ。砂公園でお餅を焼いて食べるやつでしょ」

砂公園は学区内にある公園の一つで、海岸の砂がテニスコート四面程の敷地に敷き詰められていることから、皆からは砂公園の名で親しまれていた。そこでは毎年正月の後に、砂公園の真ん中に大きな焚き木を作って、そこへ木の先につけた白やピンクや緑色の団子を焼いて砂糖醤油につけて食べる、通称『どんど焼き』の行事が行われていた。

剛の反応を見て、相変わらずの優しい笑みを浮かべる近藤さんが続けた。

「その通り。でも『どんど焼き』の本当の目的は、お正月に使った飾り物だとか、書き初めなんかを燃やして、神様に感謝をすることなんだ。お餅を食べるのは、その一年の健康を祈ったりしているんだよ」

「へー、そんな意味があったんだ」

と、剛は感心した。そんな剛の表情の変化に満足したのか、今度は神妙な面持ちで近藤さんが続けた。

「僕はね、神社の神主さんでもなければ、偉い人間でもない。ただの学校の用務員だからね。用務員だから、こうして皆が書いた願い事を燃やさなければならない。でもただ燃やすだけだと、斉須君が言った通り、悪いことをしているみたいに思えてくる。だから僕はね、神様にお祈りをしながら皆の願い事を燃やすんだ。皆の願い事が叶いますように、ってね」

なにかを諭すようにゆっくりと語る近藤さんの言葉に、剛も真剣な面持ちで耳を傾けていた。

「そっか……そうだね」

そう呟いた剛はゆっくりと立ち上がり、ランドセルから薄いピンク色の可愛らしい手紙を取り出すと、それをそのまま近藤さんに差し出した。

「なんだい、これは」

「ラブレター。さっき貰った」

「読んでいいのかい？」

「うん」

近藤さんは軍手を脱いで、ズボンの太ももで手の平を拭うと、慎重に二つ折りにされた手紙を開いた。

『 斉須君へ

ずっと好きでした。

私は暗くて、病弱で、
いつも落ち込んでばかりいたから、
クラスの人気者の斉須君を見て
たくさん元気をもらっていました。

こんな私にも、やさしくしてくれてありがとう。
これからも変わらずに、
やさしくて元気な斉須君でいてください。

親の仕事の都合で引越してしまうけど、
よかったらお手紙ください。
待ってます。

埼玉県○○市××

近藤さんは手紙を剛に返すと、「引越ししてしまうんだね」。

剛は手紙を受け取りながらコクンと一つ頷いた。手にした手紙に目を落とす剛に、近藤さんは続けた。

「でも、埼玉県なら東京のすぐ先だ。近いもんじゃないか」

「遠いよ、凄く……」

近藤さんはそれ以上なにも言わずに、静かに竹を火に投げた。確かに、大人からすれば神奈川県と埼玉県は然程離れてはいないと感じるだろう。だが十歳にも満たない子供にとっては、人生のほとんどを学区内で過ごしてきた剛にとっては、織姫と彦星を隔つ天の川のように遠く感じてしまう。

そうして剛は、手紙を折ってあった形に戻して、表情を変えることなく、焼却炉の中に投げ入れた。

「いいのかい？　住所も書いてあったのに」

驚く近藤さんに、剛はなにも言わずに頷いてから、ゆっくりと口を開いた。

「いいよ。向こうはオレの住所知ってるんだし、送りたければ送ってくるはずだから」

手紙は煙を吐いて、一瞬でその姿を黒く染めた。その様子を静かに見届けた剛は、積まれている竹の山から一本を引き抜いて焼却炉の前に運んだ。

剛の瞳にふとピンクの短冊の文字が映った。

『かーくんに会えますように　　　　四年二組　児玉沙希』

それが四年二組の教室に置かれた竹だと理解した剛は、赤い短冊を手に取っては、違う、と言ってまた次の赤い短冊を貪った。そうしてやっと、お目当ての赤い短冊を手に取ると静かに息を止めた。

『クラスの皆が幸せでありますように　　　　四年二組　平井美樹』

「知ってたんだ……」

剛はそう呟くと、ふうっと深く息を吐き出した。目を瞑ると、剛の脳内に美樹との思い出が巡る。リボンを取って泣かせたこと、クリスマスゲロと音のないありがとう、そしてルンペンのように地面を這いつくばっていた美樹。

ゆっくりと目を開けた剛は、ランドセルの中から一枚の紙片を取り出した。なにも書かれていない、赤い短冊である。剛は筆箱からサインペンを取り出して、迷いなく短冊に書き込んだ。

『美樹ちゃんが向こうで幸せになりますように　　　　四年二組　斉須剛』

剛は一つ頷いた。竹から美樹の短冊を引き抜いて、二枚の赤い短冊を重ね合わせると、そのまま焼却炉に投げた。二枚の短冊はグニャリと形を変えながら、混ざり合って、一瞬で灰と化した。そして空を見上げながら剛は思った、焼却炉から上がる灰色の煙は本当に神様まで届きそうだ、と。

「願い事、叶うかな」

剛は呟いた。

「きっと叶う」

近藤さんはそう言うと、ほっほっ、と笑った。つられるように剛も、ふふふ、と笑った。大小二つの影が、空に昇る灰色の煙をいつまでも見守っていた。

第三章　真夜中に鳴くセミ

一

夏休みに入って三日目の朝、剛の目覚めはすこぶる悪かった。憲夫と幸子が眠る布団との間に置かれている目覚まし時計の針が午前八時三十分を指していて、剛はグッスリと眠る憲夫と幸子をうらめしく一瞥してからため息をついた。

悪夢にうなされた訳ではない。むしろ夢から強制的に目覚めさせられる方が悪夢というものだ。憲夫の地響きのようないびきで起こされた訳でもなければ、寝室に漂う酒の匂いのせいでもなかった。剛はタオルケットを剥ぐと、二人を起こさないよう慎重に足をまたいで、寝室のカーテンからゆっくりと外を覗いた。朝にもかかわらず荒々しい太陽の光が剛の目を突いて、剛は顔をしかめた。窓は網戸で開け放たれていて、さわやかな風に運ばれてくるその音が大きくなっていくのを感じて、剛はさらに顔を険しくさせた。剛を夢から覚まさせた原因は、朝からミンミンと鳴き散らすセミの声であった。

誰にもぶつけることができない怒りが剛を襲う。うるさいとわーわー騒いで憲夫を起こせば、セミ以上にうるさい憲夫にどやされるに違いない。仕方なく剛はまたゆっくりと二人の足をまたいで居間まで行くと、そっと居間と寝室の間の引き戸を閉めて、小さく一つため息をついた。冷蔵庫のドアを秒速一センチのスピードで開けて、コップに注いだ麦茶を一気に飲み干した。バターロールをかじりながらもう一杯注いで居間に戻るとすぐにテレビの電源を入れた。何度かポチポチとボタンを押して、静かにテレビを消した。

ぼんやりとジャンプを開いて、まるで強風にさらされているかのようにページをめくっていく。一冊、二冊、三冊。起きてから三十分が経過したところで、覚醒し始めた剛の脳内に大人たちの言葉が巡った。

『夏休みの宿題は午前中の内にやりなさい』

剛はのそっと起き上がると、勉強机に積まれたプリントの内一枚を引き抜いて、ジャンプを下敷きにして寝転びながら宿題を始めた。算数の宿題は日毎に、数問の問題を解かせるように出題されている。そろばん三級の剛にとって、小学四年で習う四則計算などはまるで赤子の手を捻るレベルであったし、言葉の通り片肘をついてスラスラと問題を解いていった。

小一時間後、幸子が引き戸を開けて、大きな体をトドのように引きずりながら寝室から這い出てきた。大船の観音様のような重い瞼を眼球に乗せたまま、ぼうっとセブンスターに火を点けて、紫煙を吐き出しながら口を開いた。

「朝ご飯は？」

「食べた、バターロール」

「お母さんより早く起きるなんて珍しいじゃない」

「うん……」、と剛はいかにもかったるそうに答えた。

剛は算数の宿題を全量の半分まで終わらせたところでふと手を止めた。やっとのことで半分目が開いてきた幸子を見て、「ねえ、お母さん。なんでセミってあんなにうるさいの？」。

幸子はわざとらしく驚いた表情をしてから、二本目のセブンスターに火を点けると、「じゃあ、どうして剛はそんなにうるさいの？」。

「え？　オレ、うるさい？」

「ピーピーピーピー。自分で気づいてないの？」

「ピーピーって……。セミよりはマシじゃん」

「この間街に行った時だって、あれ買ってーこれ買ってー、あれ食べたいーこれ食べたいー。セミよりタチが悪いよ」

「なんだよ、それ……」

と、なにも言い返すことができなくなった剛は、算数のプリントを勉強机に戻してテレビの電源を入れた。タッチの再放送が始まる時間だ。

「お昼ご飯の仕度しなくちゃ。なにがいい？」

幸子の問いに、剛は最大限の主張をした。「魚以外がいい」

「でも、鰺の干物があるのよねー。なにがいいかしら」

剛はなんとも上の空に、脳裏には幸子との会話が思い出されていた。セミのようにピーピーピーピー、セミよりタチが悪い……。

「もー！　なんでもいいよ！」

ぷいとテレビ画面に集中する剛に、幸子はつま先で剛の足の裏を突いてからキッチンに向かった。

しばらくして、突然寝室の引き戸が勢いよくガラと音を立てたので、剛は思わずビクンと肩をすくめた。のそり、と暗闇から半目の憲夫が這い出てきた。剛はそんな様子を見て、まるでバタリアンのゾンビだよ、と思いつつそれは口には出さずに言った。

「お父さん……おはよう」

「……新聞」

「椅子の横にあるじゃん、よく見てよ」

憲夫は定位置の座椅子にどかりと座ると、そこから手の届く場所に置かれた新聞をガサガサと開き始めた。キッチンから魚を焼く煙が漂ってきて、幸子が居間とキッチンの間の引き戸を閉めると、居間には剛と憲夫の二人だけの空間ができ上がった。夏休み三日目にもなるが、剛はこの空間に未だ慣れないでいた。学校がある日は、この時間に起きて仕事から帰ってくるのが夜中となる憲夫とは一日顔を合わせることがなく、休日は野球の練習や試合があるので憲夫と二人きりという状況も少ないので、剛は今のこの空間に密かに気まずさを感じていたのである。それに加えて、朝の憲夫はすこぶる機嫌が悪い。斉須家の中で午前中に笑みをこぼしている憲夫を剛は見たことがなかった。なにか怒られるのではないかと内心ビクビクしながら、なるべく憲夫の顔を見ないようにテレビ画面に食らいつくのが精一杯であった。

「おい剛、リモコンかせ」

「えー。タッチ、もう少しで終わるから観せてよ」

憲夫が眉間に皺を寄せてから、再び新聞に目を落とすまでの様子を、剛はチラチラと視界の端で覗き見た。怒って、ないかな？　それからのタッチの内容は、剛の右耳から入ってすぐに左耳に抜けた。

タッチのエンディングテーマが流れ出すと剛は、「はい、お父さん、リモコン……」。

憲夫は一通りチャンネルを回すと、満足したのか、お昼のニュース番組に落ち着けた。株価や交通事故の情報が嫌でも剛の耳に届いて、剛は仕方なくジャンプをペラペラとめくり始めたのだが、すぐにその手を止めて視線をテレビに向けた。映像は観光情報に切り替わり、江ノ島の海の映像が流れていた。青い海に白い砂浜。海岸を埋め尽くしているのは家族連れ、アベック、友達同士といったこれでもかという程の人の群れ。そこに浮き輪、パラソル、海の家のカラフルな色調が砂浜に彩りを加えていて、子供の心を浮き立たせるには十分力のある映像であったのだが、その中でも剛の視線は特に一点に狙いを定めていた。赤、白、青、黄、パステルカラーなどの無数の色に彩られた、柔らかく小さな膨らみを覆い隠している女性の水着である。剛は半開きになっていた口を閉じて、唾を一つ飲み込んでから口を開いた。

「ねえお父さん、海！　たまには海に連れてってよ」

「そんな暇あるか。子供は黙って宿題をやれ、宿題」

「やってるよ。ほら、見て、算数はもう半分終わったよ」

剛が算数のプリントを憲夫に突き出すと、憲夫はそれを一瞥してから眉間に皺を寄せた。

「海はダメだ。ほら、よく観てみろ。海で泳いでるのか、じゃがいもを洗ってるのか分かったもんじゃない」

「なんだよ、じゃがいもって……」

じゃがいも、と口にした剛の口元が思わず、ぷっ、と緩んだ。沢山の人が波打ち際で、さも楽しそうに、じゃがいもを洗っている映像にしか見えなくなってしまったのだ。憲夫も自分で言ってからそう見えてきたのか、あるいは思いの外剛にうけたのが嬉しかったのか、憲夫も腹から込み上げてくる笑いを必死に抑えながら、

「じゃがいもだ、じゃがいも！」

と言って、二人してクスクスと笑った。

引き戸が開いて、幸子が焼き魚をテーブルに運んできた。憲夫は腹から送り出される振動を必死に抑えるように、「ほれ、お前も運ぶの手伝え、コノッ」。

剛は笑みを浮かべながらご飯と味噌汁を運び、最後にのり平で漬けているぬかみその漬け物をテーブルに載せた。

「お父さん、残念だけどおかずにじゃがいもはないって」

「馬鹿コノ！　つまんないこと言ってないで早く食え」

剛は自分に用意されたご飯とおかずを全て平らげると、ごちそうさまでした、と言ってそそくさと席を立とうとした。憲夫は剛が残した鯵の頭をガリガリと噛み砕きながら、

「まだ茶碗に残ってる」

と、剛を制止した。おかしいな、そう思いながら剛は自分の茶碗を覗き込むと、黒い物体が茶碗の中に転がっているのを見つけた。茶碗の中には、存在していなかったはずのナスの漬け物が忽然と姿を現していたのだ。剛は憲夫にチラと視線を送って、もう一度ナスに目を落として言った。

「えー、ナス、美味くないじゃん」

「つべこべ言わず、食え」

仕方なく剛は憲夫が投げ込んだであろう茶碗のナスの漬け物を、三度噛み砕いて湯呑みのお茶で流し込んだ。その様子を横目に憲夫はきゅうりの漬け物を剛の茶碗に放り込んだ。

「まだ残ってる」

「もーやめてよ。切りがないじゃん」

「食べ物を残すな」

「もー」

剛は茶碗のきゅうりを口に放り込んでから、わんこそばの要領で茶碗とお椀をすかさず重ねてキッ

チンに運んだ。居間に戻った剛が憲夫を睨みつけると、憲夫は我関せずといった様子で、鯵の目の玉を皿の端にペッと吐き出した。

その日の午後は少年野球の練習があった。剛が小学校のグラウンドに着くと、同じクラスのミヤが昇降口の側面に向かって壁当てをしていた。剛はバットを置くと、グローブをはめて昇降口へと駆け寄った。

「ミヤ、ヘイ」

急に声を掛けられたせいで、ミヤの投げたボールは昇降口の壁の横をすり抜けて、外来専用の自転車置き場の裏に隠れた。

「もー、どこ投げてんだよ」

「剛が急に声を掛けるからだろ」

剛はボールを拾って昇降口へ戻る途中、ジャージ姿の見慣れない少年が、母親らしき人と一緒に小学校の門を潜るのを見つけた。剛はグローブを構えるミヤに近寄って言った。

「あれ、誰だっけ」

「バカ、六年生の土屋さんだよ」

『土屋』という名前を聞いて、剛は去年の運動会を思い出した。剛が野球クラブの先輩の中で最も憧れている六年生でエースピッチャーの大島を、剛と大差のない小さな体にもかかわらず百メートル走でぶっちぎったのが土屋であった。大島の足が決して遅い訳ではない。むしろ学年トップクラスであったのだが、その大島に圧勝した土屋の足の速さはまるで別格だった。

「ああ、あの土屋さんか」、と剛はぼんやりと呟いた。

剛のグローブからボールを奪って再度壁に投げつけたミヤは、「夏の大会出るのかな？」。

「え？　練習にもほとんど出てないのに？」

「足速いからいいんじゃん？」

土屋はたまに練習に顔を出すことはあっても、試合となると今まで一度も参加したことがなかった。

剛は壁から戻ってきたボールを奪って、クイックで強めに壁に投げた。ボールは速く、ショーバンで戻ってきて、ミヤはボールを弾いた。

「ミヤ、ちゃんと捕れよ」

「クソ、お返しだ」

ミヤの投げたボールは壁に強く弾かれて、剛とミヤの間を通り抜けて誰もいないグラウンドを転がっていった。

「集合！」

キャプテンの新井の掛け声で全員が監督の前に整列を始めた。

「やべ、ボール、どうしよう……」

と、ボールと監督を交互に見て足の動かないミヤに、剛は、

「後で！　ランニングの時にこっそり拾おう」

と、ミヤの背中を押して集合場所に急いだ。

全員が整列したのを見届けた新井が、「気をつけ、礼！」。

全員で、「お願いします」。

そして監督が腹に響くような低い声色で言った。

「いつも通り、ランニング、柔軟、キャッチボール、トスバッティングまでやっとけ。今週末から夏の大会が始まる、お前ら気合い入れてやれよ」

夏の大会とは、平塚市少年野球大会のことで、少年の部であれば市内の五十を超えるチームが参加して、トーナメント戦で優勝を争うという大規模な大会である。決勝戦・三位決定戦の試合会場は、平塚で野球に携わる少年少女たちの憧れ・平塚球場となる為、剛たち南台少年野球クラブにとっては、小さな甲子園、と言っても過言ではないだろう。

ランニングが始まるとすぐに、ミヤが剛の背中を突いた。「斉須コーチがきたね」

「仕事行けよ……」、と剛は嫌悪の表情を憲夫に投げた。

「いいじゃん、オレ、斉須コーチいいと思うけどな」

「どこがよ」

「どこがって、面白いじゃん」

剛がミヤを睨むと、ミヤは何事もなかったようにランニングに集中していた。

憲夫は剛が野球クラブに参加するのに合わせて顔を出すようになった。子供の頃野球をやっていた経験もあり、いつの間にかコーチとして監督の横に立つようになったのだが、剛はそれを快く思ってはいなかった。剛ボール拾ってこい、剛コーヒー買ってこい、剛煙草買ってこい、とことある毎に憲夫が自分を都合よく使っているように思えたからだ。監督や外のコーチ、あるいは先輩たちにも特別視されている気がして、なんで自分だけと剛は時折身の置き場に悩んでいたのだが、そんな状況が一年以上経った今では境遇を受け入れて、言い換えれば諦めて、うるさいコーチがまたきてるよ、と口にするまでになっていた。

剛が横目に視線を送る。監督と憲夫、それに土屋の母親を交えてなにやら話をしていた。土屋の母親は何度か、監督と憲夫に頭を下げていた。そうして今度は、珍しくランニングの輪に加わっているジャージ姿の土屋を一瞥した。

「なあ、ミヤ。土屋さん、ほんとに試合くると思う?」

「きてくれたら嬉しいじゃん。足速いから、一番か二番打ってくれたら絶対に塁に出れるし」

「足が速くても打てなきゃ意味ないじゃん」

と剛は腐して、思った。練習にもこない奴が試合に出てもいいのか?

ランニング、柔軟体操が終わり、グローブを手にした剛に憲夫が話し掛けてきた。

「剛、ちょっとこい」

憲夫に近寄り、「なに?」。

「夏の大会、お前のユニフォーム土屋に貸してやれ」

「えー？　やだよ」

「いいじゃねえか別に。身長はお前とそんなに変わんないし」

「嫌だよ、なんでオレなんだよ」

「お前はどうせ試合に出ないだろ」

「そういう問題じゃないよ！　オレだってまだ買ったばかりなんだぞ」

「オレが買ってやったユニフォームだろうが。決まりだ。ほら、練習戻れ！」

剛は遠くでグローブを広げているミヤにボールを投げた。剛の投げたボールはミヤの頭上を遥かに越える大暴投だった。

「おい剛、どこ投げてんだよ」

ミヤの怒りの言葉は上の空、剛は謝罪の言葉もなしに振り返ると、憲夫が土屋の母親の下へと近づいていた。すると土屋の母親が憲夫に頭を下げて、憲夫もいえいえと手を振りながら頭を下げた。

剛は叫びたい気持ちだった。なんでオレが練習もこないやつにユニフォームを貸さなきゃならないんだよ、ふざけんなよ！

二

野球の練習を終えた剛が家のドアを開けると、既に化粧を施した幸子が出迎えた。

「お風呂まだ温かいから入っちゃいなさい。その間にご飯の仕度しとくから」

「うん……」

風呂から上がった剛は、すぐさま扇風機の前にパンツ一丁で座り込んで、地蔵のように動かずにいた。

「早くパジャマ着てご飯食べちゃいなさい」

剛は扇風機の羽に声を切らせながら、はーい、と揺れる返事をしてお箸を握った。なにも言わずに生姜焼きを持ち上げる剛に、幸子は不満げな表情を浮かべて言った。

「いただきますは？」

「……いただきます」

「それじゃお母さんはお店行くけど、知らない人がきても開けちゃダメよ」

「もー、分かってるよ……」

「元気ないけど、なにかあったの？」

「別に……」、と言って剛は幸子の背中を押した。「はいはい、行ってらっしゃい、行ってらっしゃい」

幸子を追いやった剛は、まるでなにかに追い立てられているかのようにせかせかと晩ご飯を片づけると、そそくさとパジャマを脱いでジャージに着替えた。ドアを開けて、同じアパートに住む学の家にばれないように、静かに鍵穴を回して階段を一段一段ゆっくりと下りた。

自転車に乗って、家から二番目に近いコンビニへ向かう。一番近いコンビニでないのは、知り合いに見つかる危険を避ける為の対策であった。コンビニに着いた剛は店員と目が合わないように下を向きながら雑誌コーナーに一直線に向かうと、立ち読みの客はおらず、雑誌コーナーの中央に立って堂々と雑誌を品定めしていった。左から順に、女性向けのファッション誌やゴシップ週刊誌、男性向けのファッション誌、週間・月間の漫画雑誌、さらには車やパチンコや釣りといった趣味嗜好本が続き、最後の一角を占めているのはエロ本だった。

剛はまず男性向けのファッション誌を手に取り、パラパラとめくりながらじわりじわりと右に移動した。そして店員がレジ対応を始めた瞬間、右に一歩踏み出して右手で一回り小ぶりの雑誌を手にすると、元いたファッション誌の前まで戻り、そのまま座り込んだ。左手に持つファッション誌の間に、右手で取ったA5判の本を滑り込ませると、剛はふっと息を吐き心を落ち着けた。準備完了である。後は左手でファッション誌を開き、右手で器用に中のエロ本のページをめくるのだ。これが剛が考えに考えた、誰にも気づかれないようにエロ本を立ち読みする方法なのであった。

これは鍵っ子になって、夜を一人で過ごすようになった剛が新たに見つけた、趣味ともいえる密かな楽しみであった。女のおっぱいやお尻の写真を見ていると、むくむくとチンチンが起き上がる。剛はそれを不思議に思いながらもその反応を密かに楽しんでいるのだった。ことに今日のような納得のできないことがある時は、こういう日はエロ本に限る、と大人が仕事上がりの酒を楽しむような大義名分を持ってエロ本と対峙することができた。現にこの時剛は、土屋にユニフォームを貸さなければならないということを忘れ、一心不乱にエロ本のページをめくっていくのだった。

一冊目を読み終えた剛は次の標的を選別すべく、店員の目を気にしながらエロ本コーナーを一瞥した。どれも先ほどの小ぶりの本よりも一回り大きく、そしてよりエロティックで刺激的な表紙だった。けれど、土台となるファッション誌に挟めるサイズの小さなエロ本でなければ周りにバレてしまう。剛は一人葛藤していた。羞恥と欲望の振り子運動。拮抗していた感情は、やがて一つの結論を見つけて振り子を止めた。薄めのやつならファッション誌と同じサイズでもなんとかなるんじゃん？　そうか！　もしピタリと大きさが合うなら、土台の本をめくるかのように読める。最高の考えだ！　振り子が欲望に大きく振れ、プツリと糸を切った。

剛はしゃがみ込んだままターゲットを選別した。薄くて、刺激的なエロ本を探さなければならない。右手を伸ばせば届きそうな場所にある本棚の下段に平積みされたエロ漫画雑誌は、サイズは土台よりも小さいけど厚みが二倍はある。剛は小さく首を横に振った。手元のファッション誌に顔を向けながらも、本棚上段の写真誌を上目遣いに覗き見た。手を伸ばす距離を考えればなるべく近い方がよいが、どうせ挑戦するなら読む価値のあるものでなければならない。陳列された雑誌の表紙は剛にとってはどれも魅力的であったが、中でも上段にある左から二番目の雑誌に剛は目をつけた。『デラべっぴん』

という名前の雑誌で、裸を連想させる鎖骨を見せた表紙の女性がアンニュイに剛を見つめていて、剛のチンチンの先がピクンと指し示したのだ。

剛は大きく息を吸い込むと、ゆっくりと吐き出しながら店員の行動に意識を集中した。動きはない。もしかしたら、レジの向こうからこちらをじっと見ているのかもしれない。剛は動かなかった。店員の声がした、いらっしゃいませ。買い物カゴがゴトッとレジに置かれる音が店内に響いたその瞬間、剛の左太ももの収縮していた筋肉が弾けた。低く沈んでいた体がふわりと浮かび上がり、ターゲットに右腕を伸ばした……その刹那、剛は右肩にドンと衝撃を感じた。

「おわっ！　あ、あのっ、すいません」

崩れかけた体勢を立て直した剛が振り返り、すぐさま声を上げる。

「つ、土屋さん！」

「おう、斉須だったのか。なにしてんの？」

剛の額に、脇の下に、手の平に汗が滲む。熱さと寒さが同時に剛を襲う。一瞬で地獄に落とされる、とは正にこのことだろう。剛は喘ぐように言った。「なにって……あの、立ち読み、です」

「ジャンプ、は発売日じゃないか。なに読んでんの？」

反射的にファッション誌を指差して、「これっす」。

「凄いな、小四で服に興味があるなんて」

と、土屋はジャージ姿の剛を上から下まで舐めた。ファッションには程遠い、ジャージ姿の、股間を膨らませた少年の姿がそこにはあった。

「つ、土屋さんこそなにやってるんですか？」

「俺も立ち読みでもしようかなって、雑誌なんて毎週買ってらんないじゃん？」

「そ、そうっすよね、やっぱ立ち読みっすよね……」、剛はもうなにを言ったらよいか分からないと言った様子で、「それじゃ、あの、おれ、そろそろ帰らなきゃいけないんで……」。

出口という天国の扉（ヘブンズドア）へ向かおうとする剛を、土屋が肩を組んで捕まえた。

「あのさ……」

土屋の次の言葉を剛は固唾を飲んで待った。

「湘南平（しょうなんだいら）あるじゃん」

「しょ、湘南平ですか？」、と剛は声を上ずらせながら言った。

湘南平とは、平塚市と大磯町をかける百八十メートル程の小さな丘陵にある高麗山（こまやま）公園の別称である。頂上には丸太でできたアスレチックコースやレストハウスも完備されていて、ハイキングをするにはうってつけの場所である。中でもてっぺんにそびえ立つテレビ塔は有名で、海、山、川、そして平塚の街を一望することのできるテレビ塔中腹のフェンスには、愛を誓い合った恋人たちの名前が書かれた南京錠が金網にびっしりと張りついているという、いわゆる恋人たちのデートスポットになっていた。

なぜ土屋さんは湘南平の話をするのだろうか、と剛は膨れた股間を忘れて分かりやすく驚いたのだった。

　土屋はそんな剛の顔を見てさらに顔を綻ばせて、「おう、湘南平。行ったことある？」。

「もちろん、ありますけど……」

「そうか。ならさ、夏の大会が終わってさ、宿題とかも全部終わってさ、夏休みやることがなくて暇だなーって思ったらさ、夜中に頂上の駐車場に行ってみな」

「夜中に、駐車場に？」

「そう、時間は遅ければ遅い程いいけどな」

「なにがあるんですか？」

　ニヤリ、と土屋は視線を落とした。剛が読んでいた、ファッション誌からはみ出ているデラべっぴんをチラと見やった。「斉須、好きだろ？」

「え、な、なにをですか……？」

「おっぱい」

　と言った土屋は、嫌らしく笑った。剛は決して口にしてはいけないであろう言葉を聞いて、居ても立ってもいられずに、

「え？　あ、そりゃ、え、いや、と、とりあえず今日は帰ります。お疲れ様です！」

　と、後ろを振り返ることなく店を出て自転車に飛び乗った。

「なんだよ、あいつ、偉そうに。練習もこない癖に。オレのユニフォーム使う癖にさ。あいつの言う

ことなんか嘘に決まってる」

　そうして剛はすぐに血の気が引いて青ざめた。

「エロ本読んでたのバレたよな、絶対……。土屋さん、野球クラブの皆に言いふらしたりしないかな……」

　剛は、あー、と声を漏らしながら、自転車のペダルに両足を伸ばして立ち上がると、遠くの山の上に星のように輝く赤い小さな光を見つけた。湘南平の頂上のテレビ塔は、いつもと変わらず、平塚の街に輝きを放っていた。

三

　エース大島の投げたボールがキャッチャー新井のミットにズドンと収まり、球審が三振を告げた。ホームベースに南台ナインが意気揚々と集う。

「八対〇で南台少年野球クラブ。礼！」

「あっしたぁ！」

　全力を出し切った少年たちの甲高い声が河川敷のグラウンドに響いた。

　剛の所属する南台少年野球クラブは、空前ともいえる勝ち星を上げ続け、南台少年野球クラブにとって初の夏の大会決勝戦に駒を進めた。ベンチ入りのできない者たちはその労をねぎらうように、先輩たちのバットやボールボックスを率先して片づけた。一日に二試合を投げきった大島の肩を癒すべく、肩と肘のアイシングパックを持って大島の肩に装着するのが剛のこの夏の役目となっていた。

「大島さん、お疲れ様でした」

「サンキュー。いつも悪いな」

「いえ。これくらいのことしかできませんから」

大島はジャージ姿の剛を一瞥した。「斉須も、土屋にユニフォームを貸してくれてありがとな。やっぱ土屋は凄いよ。あいつが試合に出てから確実に得点伸びてるもんな」

「そう……ですよね」、と剛は力なく頷いた。

土屋はこれまで、打率三割強、出塁率五割強に加え、盗塁成功率百パーセントという一番打者として申し分のない働きをしていた。だが剛は、土屋が夏の大会に出ることを快くは思っていなかった。野球の上手い下手でいえば間違いなく上手いし、足が速いのは足の遅い剛にとって憧れの存在であるはずである。それにもかかわらず諸手を挙げて喜ぶことができなかったのは、練習にもロクに顔を出さなかったことに加え、自分のユニフォームをまとった土屋を見るのにも抵抗があったからである。なにより、それ以上に、あのコンビニでの一件を土屋が一切話してこないことに剛はやきもきとしていたのであった。

剛が土屋に視線を送ると、土屋はコンビニで見せたニヤリとした笑みを浮かべてきて、剛は慌てて視線を逸らした。

「お、大島さん。決勝は平塚球場ですね」

「やったな」、と大島は爽やかに笑って、アイシングが巻かれていない左手で剛の肩を力強く掴んだ。

『やったな』、その言葉が剛の心に満ち溢れて思わず、やった、と呟いた。そして思う、やっぱり大島さんは憧れだ、と。


決勝当日の平塚球場では、小学生の部、中学生の部、それぞれの三位決定戦と決勝の計四試合が行われる。小学生の部決勝は二試合目、十一時からの試合となる為、南台少年野球クラブは朝八時に南台小学校に集合して、軽く体を温めてから平塚球場に車で向かった。

決勝の相手は、成川ジャイアンツ。成川小学校は南台小学校に比べて、全校生徒の数は倍以上いる平塚市の中では一番のマンモス校で、それだけ野球をやる子供も多く層が厚い。例年圧倒的な強さを誇る強豪であったが、大島が投げるようになっての南台との戦歴は五分だった。

平塚球場に到着すると、暑く、熱い夏を象徴するかのように、セミの鳴き声が選手たちを出迎えた。ベンチ入りできる二十名は憧れの平塚球場の土を踏めるが、ベンチ入りできない剛たちはスタンドからの応援となる。コーチとしてベンチに入ることができる憲夫を、剛は恨めしく睨んだ。

試合開始を告げるサイレンが球場に鳴り響く。後頭部に直接訴えかけるような甲高いサイレンに剛は酔いしれていると、隣で騒ぐミヤの、まるで女子がテレビの中のジャニーズを応援する時のような振り切ったテンションに違和感を感じて、それを静めるかの如く物静かに言った。

「オレたちが六年になったら、その時も絶対にこような」

ミヤの緩んだ顔が一瞬にして引き締まった。「おう、絶対にこよう」

試合は拮抗。両校のエースが試合を引っ張る形で、五回まで〇対〇の投手戦となった。

均衡が崩れたのは六回裏の成川ジャイアンツの攻撃。ツーアウト、ランナー一、三塁。成川の三番が打ったライナー性の打球がライト矢崎の頭を越え、広い球場の中を転がる。三塁ランナーがホームベースを踏んで、一点。なおも一塁ランナーがホームを狙うように、勢いそのままに三塁ベースを目指す。センターを守っていた土屋が俊足を生かしてライトよりも早くボールに追いつき、即座にファーストの関にボールを返した。

「セカンドじゃないの？」、ミヤが叫ぶ。

打ったランナーがセカンドベースを悠々と踏んだ。その時剛は、成川の三塁コーチャーが慌てて両手を前に突き出し、ホームを狙うランナーを制止するのを見逃さなかった。三塁を蹴ったランナーが転びそうになりながらも急停止したその瞬間、パンッ、とキャッチャー新井のミットに関の投げたボールが勢いよく収まった。

その数秒の出来事に、剛は吐き出すことを忘れていた息を吐き出すように、「すげぇ……」。

剛の視線の先の土屋が、帽子のツバ直しながらセンターの定位置に戻っていく。新井からボールを受け取った大島は、成川の三塁ランナーを目でけん制する。同じように二塁ランナーをけん制した、その時だった。

「あと一ーーーつ！」

　と、センターの土屋が右の人差し指を一本立てて叫んだ。その声はスタンドの剛の耳まで確かに届いた。その声を聞いた大島は、ロジンバッグを右の人差し指と中指でチョンと叩いてから、人差し指を突き上げた。

「オーケー、あと一つ！」

　大島が成川の四番に投じた球は、バットの芯を捉え、勢いよく弾かれたボールが、パンッ！　と勢いよく大島のグローブに収まった。一瞬の静寂の後、

「ッシャア！」

　と、大島が叫んで胸の前で小さくガッツポーズをした。剛の握り込んだ右の手の平には、いつの間にか爪の形が刻まれていた。

　一点ビハインドで迎えた最終回となる七回の表、南台少年野球クラブの攻撃。一点でも入れることができなければ、南台少年野球クラブの負けが決定する。

　ワンアウト、四球を選んだ土屋を一塁に置いて、バッターは二番の山岡。

「土屋さん、盗塁するかな？」

　ミヤが興奮を収めるように自分の拳で太ももを叩いた。

「難しいかもな。ジャイアンツのキャッチャー、相当肩いいし」

　剛がミヤの期待を裏切る言葉を放ち、その言葉通りの結果となった。一球、二球と土屋は走ること

なく、三球目を打った山岡の打球はショートへのフライとなった。

ツーアウト、ランナー一塁。三番大島がバッターボックスに入る。大島さん、頼む、打ってくれ！

剛は心の中で叫んでいた。ツーストライク、ワンボールと追い込まれた大島は、右足をバッターボックスから出して、ベンチにサインを確認した後、ファーストベースを踏む土屋に視線を送った。

（大島さん、笑った……？）

剛は大島の顔を覗いた。右の手の平を球審に向けながらバッターボックスをならしている大島の顔に、笑みはなかった。まさかね、と剛は思い直した。この状況でベンチからなにかしらのサインが出たとは思えない。『バント』、『スクイズ』、『待て』、有り得ない。あるとすれば『盗塁』、だけどツーアウトでツーストライクを取られてから盗塁をさせるような奇策を監督がさせる訳がない。

剛はファーストベースを踏む土屋を見た。土屋は右手でヘルメットを深く被り直してから、ベンチではなく、ボールを持っている成川のピッチャーでもなく、バッターボックスに立つ大島をジッと睨みつけていた。

球審が右手を上げて、プレイを宣告した。成川のピッチャーがセットポジションに入る。投球か、けん制か。あれだけうるさく鳴いていたセミの声すらどこかへ消えた静寂の三秒。成川のピッチャーのグローブが球審を指した。投球だ。

その刹那、剛の背筋にゾクリと緊張が走った。

成川のピッチャーが投球モーションに入った瞬間、視界の隅で同時に動き出した人物を見逃さなかったからだ。そうか！　と思って叫んだ。

「エンドランだ！」

土屋が、走った。成川のピッチャーが投じた渾身の一球が、大島の内角をえぐって、そしてキンという鈍い音が球場に響いた。大島が振り抜いたバットがボールを捉えて、打球が左中間を転々と転がった。

「よし、つながった！」、ミヤが安堵する。

成川のレフトがボールを追う。レフトが捕球した時には、土屋は既に三塁ベース近くにまで迫っていた。走塁を止める三塁コーチャー、だが土屋は勢いをそのままに、三塁ベースを、蹴った！

「無茶だ！」、ミヤが悲鳴にも似た言葉を漏らした。

ボールはすぐにレフトからショートを中継してキャッチャーに向かって投げられた。勢いよく投げられたボールはフィールドの内側五十センチの所でキャッチャーミットに収まった。

(タイミングは完全にアウト、でも……)

剛は立ち上がった。

(でも、土屋さんの足なら……)

土屋はキャッチャーミットを避けるようにホームベースからフィールドの外側にずれて、ヘッドスライディングでホームを狙う。

「いけーーー！」、剛は叫んだ。

隣のミヤも同様だった。ベンチを外れたメンバーも、応援にきた親たちも、全員が皆悲鳴にも似た叫び声を上げた。

ホームベースを覆い隠していた砂煙が、熱気を帯びた夏風に吹かれて晴れていく。次第に姿を現し始めるホームベースとキャッチャーミット。そして、土屋の目一杯伸ばされた左手の指先が、ホームベースから二センチ離れた場所にあった。

球審がその時を告げた。

「アウトーーー！　ゲームセット！」

熱い夏を戦い抜いた戦士たちがホームベースに集う。

「〇対一で、成川ジャイアンツ。礼！」

『ありがとうございました！』

選手同士が握手を交わす。

お互いに、相手のベンチ、応援席に駆け寄って、

『ありがとうございました！』

今度は自分のチームのベンチ、応援席に向かって、

『ありがとうございました！』

そうしてお互いのチームにエールを送り合う。南台少年野球クラブは一列に整列して、キャプテン新井に続いて腹の底から声を出す。

『フレフレ成川（フレフレ成川）
フレフレ成川（フレフレ成川）
フレフレ成川（フレフレ成川）
ファイト、オーーーッ！』
こうして南台少年野球クラブの夏は、準優勝という鈍色の栄光で幕を閉じた。

ベンチを引き上げてきた大島に真っ先に近寄ったのは剛だった。

「大島さん、お疲れ様でした！」

大島は、おう、と言っただけでそれ以上の言葉はなにも言わなかった。外の選手たちは、悔しいと言葉を漏らしたり、ひっそりと泣いたりしているのに対し、大島はアイシングを肩に巻いている間もただ静かに目を瞑っているだけだった。剛も同様に、それ以上の言葉を口にすることはなかった。

その時、監督が突然怒鳴り声を上げた。

「土屋！　どうして三塁で止まらなかったんだ。コーチャーはちゃんと止めてたろ！　大島の後には四番の新井が続くんだ。野球はチームプレイなんだよ。それをお前、分かってんのか？　お前一人の身勝手な行動で試合を台無しにしたいのかっ！」

監督の怒号に、土屋はじっと耐え、拳を固く握り、ただ一言だけ、すいませんでした、と言った。

大島は閉じていた目をうっすらと開けた。「確かに、そうだよな」

その言葉を聞いた剛は、アレ？　と小さな違和感を感じた。あの時バッターボックスで、土屋さんを見て笑みを浮かべていたかもしれない大島さんが、自分の憧れでもある大島さんが、たとえ負けたとしてもそんな言葉を言うのだろうか。

なにか言いたげにじっと見つめる剛に大島は笑った。「はは、そんな顔すんなよ」

「え？　オレ、変な顔してました？」

「してたしてた、今までで一番変な顔」

両手で頬を撫で回す剛に大島は続けた。

「確かに、可能性という意味では監督の言葉は間違っていない。結果だけ見ればな。だけど、土屋の考えは違っていたんじゃないかな」

「考え？」

「そう。これだよ、これ」、大島はアイシングした右腕を無理矢理上げて見せた。「もう限界。あいつ、気づいていたんだよ。球威も、コントロールもボロボロだったこと」

「え？」、剛は驚き顔で、「あれでですか？」。

「マジマジ、新井に聞いてみれば分かるよ。だからあいつさ、少しでも早く試合を決めたかったんだよ。いや、あいつだけじゃない、俺もだ。俺がバッターボックスで見たあいつの目がそう言ってたんだ」

思考が追いついていない剛に、大島は諭すように続けた。

「そりゃあいつがあそこで走らなきゃチャンスは続く。次の新井は四球で満塁策を取られて、五番の森山との勝負となるかな。一本出れば一気に数点取って逆転することもできる。ならなんで土屋は走ったと思う？」

剛はもう一度状況を思い出した。土屋さんがセーフになると一点入って、得点圏の二塁ベースには大島さん。そして一本で逆転、という状況は変わらない。アレ？　もし一点止まりなら同点で成川の裏の攻撃と、延長も視野に入れないとならないいんじゃないか？　でもそれなら、少しでも早く試合を決めたい、ということと正反対じゃないのか？

いつまで経っても言葉を発することができないでいる剛に、大島はふふふと笑ってから口を開いた。

「成川のエースは凄い、だけど同じ人間だ。成川が一点を入れたその直後に南台が一点を返して、なおも得点圏にランナーを負う。もしお前が成川のピッチャーだったらどうだ？」、剛の苦虫を噛んだ表情を見てから続ける。「な、嫌だろ。つまり、あの時土屋がホームベースを踏むことで、成川のエースに大きなプレッシャーを与えることができたんだ。あのピッチャーを打ち崩すにはそれぐらいの覚悟が必要だったってことだ」

そんな世界で戦っていたんだ、と剛はただただ呆気に取られて、ポカンと開けた口をそのままに大島を見つめた。大島はそんな剛を満足そうに眺めていた。

「お前だから言うけどさ、俺、六回に点取られた時は本当にあいつに助けられたんだ。体も心もボロボロでさ、二点でも三点でもくれてやれって気分だったけど、あいつがファーストに投げ返したことでオレはあの時崖を落ちずに済んだ。あいつの球が言ってんだ、たかが一点だ、まだ勝てる、ってさ」、大島はどこか気恥ずかしそうに笑った。「言うなよ？　土屋にも、誰にも」

剛は真剣な面持ちで、「言いませんよ、絶対に」。

「そうか」、と朗らかに笑う大島の表情はどこか誇らしげであった。

剛はもう一度、あのエンドランの情景を思い浮かべる。大島は土屋の足を信じて打つ、土屋は大島のミート力を信じて走る。点差なんて一点あればいい。大島がホームを踏んで一点でも勝ち越すことができたならば、大島が相手の最後の攻撃を絶対に抑えるだろう、そう土屋は信じていたに違いない。

でも、と剛の脳裏に疑問が浮かんだ。どうやってあの一瞬で？

「あの、一つだけ教えてください。最後のエンドラン、ベンチからのサインじゃないですよね？」

剛の問いに大島は笑顔で、「もちろん」。

「なら、どうやって……」

「んー」、大島は雲一つない真っ青な空を見上げた。「言葉がいるか？」

剛は、いいえ、と呟いた。そして思った、同じことを土屋さんに聞いてもきっと大島さんと同じことを言うのだろう、と。剛はもう一度、いりません、と呟いてから視線を土屋に向けた。土屋は座り込んだまま、泣くでもなく、悔しがるでもなく、ただ地面の一点をじっと見つめていた。

短い夏を精一杯の力を振り絞って鳴く無数のセミの声が、スタンドへ向かう階段の下の日陰に響き渡っていた。セミの合唱はきっと、日陰に沈む南台少年野球クラブへのエールなのだろう。

四

夏の大会を終えた初めての練習は自主練という形で、試合に出ていたレギュラーメンバーは全員が休んでいた。剛は、次はオレたちの番だ、と意気込んでいたことなどはまるで遠い昔の記憶になったかのように、いつの間にか頭の片隅に追いやられて、どこか気の抜けた様子で練習に臨んでいた。

ランニングを開始して、剛はすぐに違和感に気づいた。いつも前を走っていた上級生や、自然と目で追ってしまう大島がいない。その例えようもない喪失感を必死に打ち払おうと、剛は夏の大会のあの熱い最後のプレイを頭の中に巡らせた。

やっぱり大島さんは凄い。ツーストライクに追い込まれたあの場面できっちりエンドランを決めたんだもんな。オレが六年になったらあんなプレイできるのかな？　無理なんだろうな、やっぱり。大島さんだからできたんだよ。大島さんと……ムカつくけど土屋さんだったから……。

土屋の顔を思い出した剛は、記憶の片隅に追いやっていた土屋の言葉を引っ張り出して、隣りを走るミヤに言った。

「今度さ、湘南平行かない？」

「どうしたの突然。別にいいけど、いつ？」

「いつでもいいんだけど、夜がいいんだ」

剛は自分がエロ本を立ち読みしていたことを隠して、土屋から聞いた話だけをミヤに話した。ミヤはおっぱいという言葉を聞くや否や大いに乗り気になった。

「それなら、今週末の金曜にしようぜ！　藤沢のおじいちゃん家に行くんだけど、その日は親と妹だけ行ってもらって、オレは留守番にするからさ。うわー、すげー楽しみ！」

「でも、本当におっぱいに関係あるか分からないよ？」

「いいよ、関係なくても！」

もはや頭の中がおっぱいで一杯になったミヤがムフフと笑っていた。おしゃべりを続けていた二人に憲夫が喝を入れる。

「お前ら、なに女の子みたいにくっちゃべってんだ！　次はお前たちの番なんだ、気合い入れろ、コノッ」

憲夫の怒りを自覚した二人は顔を伏せた。

ミヤが下を向きながら呟く。「それじゃ、今週の金曜な」

「オーケー」、と剛は親指を立てた。

二人が顔を上げると、グラウンドに土屋の母親が一人でやってくるのを見つけた。手荷物らしき紙袋を憲夫に渡して、しきりに頭を下げている。

「土屋さんが使ったお前のユニフォームを返しにきたんだろ」

というミヤの言葉を聞いた剛は、しきりに恐縮している憲夫の姿にどこか違和感を感じていた。

練習が終わって家に帰ると、憲夫が紙袋を開けて中の物をこたつの上に広げた。土屋に貸していた剛のユニフォームの上下と、直径三十センチ程の木箱だった。

「なに、これ？」

剛が木箱を指差して言うと、憲夫は、

「メロン」

とだけ、端的に言った。

「すげー！　そっか、土屋さん家って八百屋さんだったよね。ユニフォームのお礼？」

「みたいなもんだ……。お店で一番高いやつらしいぞ」

憲夫が木箱の蓋を丁寧に開けると、細かい紙の緩衝材に包まれた立派なマスクメロンが姿を現した。

喜ぶ剛に、憲夫は神妙な面持ちで口を開いた。

「あのな、剛。土屋、最後にホームにスライディングしたろ」

「うん」、剛の脳裏にあの時の興奮が蘇って、「凄かったよね、土屋さん！」。

「ああ、いい狙いだったな……」、憲夫はどこか言葉を濁すように続けた。「それでな、あの時、ユニフォームの膝な、破いちゃったんだって」

「えぇっ？」

剛が叫び声を上げながらユニフォームの下を広げると、洗濯では落ちない土汚れに紛れて、左の膝にポッカリと穴が開いていた。

「ちょっと待ってよ、なんだよ、これ！」

「仕方ないだろ？　縫えばいいじゃねえか、縫えば」

「嫌だよ、オレだってまだほとんど着たことないのに。綺麗なやつを弁償してもらってよ」

憲夫はピーピーと騒ぎ立てる剛にとうとう声を荒げた。

「うるさい！　俺が買ってやったユニフォームじゃねえか！　ツベコベ言うな、コノ！」

剛は言葉をなくした。茹でダコになった憲夫になにを言っても無駄なことを知っているからだ。剛はユニフォームを持って幸子にすがりついた。

「お母さん、これ直る？」

「うーん、頑張ってみるけど、痕は残っちゃうかもね」

「なるべく綺麗に直してよ、お願いだよ」

晩ご飯の後、早速幸子はユニフォームの修繕に取り掛かった。ユニフォームを買った時についてきた布を丁寧に当てて仮縫いをした。その手際に、剛は期待の目を向けた。そうして幸子はそれをミシンで固く縫いつけていった。縦に、横に、さらには斜めにと、何重もの糸が幅を変えて、向きを変えて、ユニフォームの膝に針を落としていく。

「はい、できた」

と、幸子はユニフォームを差し出した。ユニフォームを受け取った剛の顔が濁る。

「なんだよ、これ。カチコチになっちゃってるじゃん！」

「いいのよ、これで。何度も縫うより一度で済ませちゃった方が楽だし、スライディングをしても転んでも、穴なんて絶対に開かないから」

憲夫は幸子の言葉に静かに何度も頷いていた。

「オレのユニフォーム……」

そう呟く剛の脳内に様々な感情が木霊する。土屋さんの活躍、オレのユニフォーム、大島さんの言葉、破れたユニフォーム、土屋さんの湘南平、おっぱい……。小学四年生の未発達な心には大き過ぎる感情は、エロ本を立ち読みして無意識に膨らむ股間のように膨張して、そして弾けた。

「もう、いいよっ！」

剛はユニフォームを放り投げた。幸子はユニフォームを優しく畳むと、

「それじゃ、せっかくだから貰ったメロンでも頂きましょうか」

と、木箱の中から立派なメロンを取り出した。

「そんなメロン、いらないよ」、剛が膨れる。

「こんな高いメロンそうそう食べれないわよ」

幸子がキッチンから戻ると、綺麗に八等分にされたメロンが姿を現した。テレビの中の高級レストランに出てくる三日月のような形をしていて、果実は皮から切り離されて一口大の大きさにカットされている。剛の目の前に置かれたお皿には、それが二つ載っていた。

「ほら、滅多に食べられないんだから、食べちゃいなさい」

幸子の言葉に剛は、「いらないよ」。

「今年の夏は暑かったから甘味が違うな。んー、美味いっ」

憲夫の言葉に剛は、「いらないもん」。

「甘いわ、これ」、と幸子。

「美味いっ！」、と憲夫。

剛はメロンを数秒見つめた後、フォークを手に取り、その熟れた果実を一つ口に運んだ。

「なにこれ、美味いっ！」

剛の口の中に甘美で芳醇な香りが広がる。舌で解ける繊細な果実の繊維とその甘味。今まで食べたことがない感覚に剛は蕩けた。

「どうだ。やっぱり食ってよかっただろ。ユニフォームに穴が開いたから食えたんだ。穴が開いてよかったろ」

アホみたいに笑う憲夫を見て、剛はアホの子のように、

「うん！」

と言って、ユニフォームの穴の味を噛み締めた。

五

金曜日、十九時。横浜ゴムの入り口に鎮座する大きなタイヤのオブジェの前で剛とミヤは落ち合っ

た。合流して早々に、ミヤが不安そうな顔で剛に言った。

「剛は湘南平の行き方分かる？　オレさ、親の車で行っただけだから、道分かんないんだよね」

「分かるよ。前に亮太と二人で行ったから」

「二人で？　お前ら、いつも一緒だもんな。お前と亮太なら、どこへでも行けそうだよな」

剛は鼻の下を指で擦って、分かりやすく照れを隠した。お前と亮太なら、か。なんだか大島さんと土屋さんみたいだな。

湘南平は、麓(ふもと)までは自転車で三十分程で着くが、そこから山道を子供が自転車を引きながら登るには優に一時間はかかる。つまり頂上に到着するのは二十一時近くになってしまうのだが、それは土屋が言っていた『時間は遅ければ遅いほどいい』という言葉を加味した上で剛が考えた、小学四年生が冒険する夜時間の限界であった。

自転車をこぎ始めるとミヤはしきりに、

「ほんとにおっぱいあるのかなー、楽しみだなー」

と、ハンドルを叩いたり、ペダルに立ったり座ったりを落ち着きなく繰り返していた。剛はそんな浮ついたミヤをなだめるように、

「でも本当におっぱいかどうかは分からないよ」

と、防衛線を張った。

「別に、おっぱいじゃなくてもいいよ。おっぱいなら嬉しいけど」

「怖い人とかいるかもよ？」

「大丈夫でしょ、その時はダッシュで逃げよう！」

と、ミヤはほとんど聞く耳を持たなかった。剛が話せば話す程、ミヤはそれに対抗するように、

「だってさ、あの土屋さんが言うんだから、絶対に楽しいって」

と、まるで根拠のない理由で剛を諭すのだった。

剛は『土屋さん』という言葉を聞く度に、なにかを言いかけて、そしてごくりと言葉を飲んだ。確かに野球をやっている時の土屋は尊敬する大島が信頼する程に凄い、と剛も認めてはいたのだが、それとこれとは話が違う。今回は野球の土屋ではなく、おっぱいの土屋である。密かな楽しみであるエロ本の立ち読みのことを誰かに言っていないかな、と剛の脳裏に不安が過るのだ。剛がチラリとミヤを見ると、ミヤは楽しそうにリンダリンダを口ずさんでいた。

山道を登り始めて三十分もすると、ミヤがため息混じりの低い悲鳴を上げた。

「結構……長いね……」

「まだ半分くらいだよ」

二人の横を車が勢いよく通り過ぎて、ミヤが違う悲鳴を上げる。

「うわっ！　こわー」

「危ないから、ほら、ミヤも懐中電灯点けてよ」

ミヤはなにも言わずに剛の言葉に従った。剛は長くだらだらと続く直線の坂道の向こうを指差した。

「ほら、あの先を左に曲がるじゃん。そしたら道がもっと狭くなるんだけど、そこまで行けばあと少しだから、気合い入れて行こう」

ミヤは深く長いため息をついてから、無言で頷いた。

蛇のように細く曲がりくねった坂道を登り切ると、二人の目の前に目的の駐車場が広がった。二人ははやる気持ちを抑えながら駐車場の入り口付近に自転車を止めた。車が五十台は止めることができる広い駐車場ではあるが、今は所々に間を空けて数台の車が止められているだけで、おっぱいどころか外を歩く人っ子一人いなかった。

「なんだよ、ほんとにただの駐車場じゃんか。車しかないじゃん。ほんとにここなの？」

と、ミヤが当然のような疑問を口にした。

「うん、確かに土屋さんは駐車場って言ってたよ」

「だってさ、アベックが夜景とか海とかを見るなら、やっぱりテレビ塔の方に集まるんじゃない？」

「確かにそうだけど……」

やっぱり嘘なのかな、と剛に不安が過った。土屋さん、やっぱりオレが隠れてエロ本を読んでいたのを知って、オレをからかったのかもな。でも、大島さんが認めている土屋さんが、なにもなしに『夜の湘南平の駐車場』に行ってみろなんて言うのだろうか。剛は不安と疑問の感情を押し殺すように口を開いた。

「ねえミヤ。せっかくここまできたんだし、少し歩いてみようよ」

「いいけど」、とミヤは渋々といった様子で剛の後に続いた。

駐車場の先には、左手にはテレビ塔に続く階段、右手には丸太で作られたアスレチックコースがある。その分かれ道を目指して、二人は駐車場の隅を歩き出した。下を向いて歩くミヤを横目に、剛は土屋の言葉の見えない答えを探しながら歩いた。セミの声すらどこかへ消え失せた静かな夜の湘南平の、車がまばらに駐車してあるなんの変哲もなく、おっぱいどころか人影もない暗い駐車場。なにかあるはずだと木や車の影に目を凝らしても、鈴虫やコオロギ以外の音がないかと耳を澄ましても、剛の好奇心を満足させられるようなものはなにも見つからなかった。

夜の山には、二人の少年の燃え上がる気持ちを鎮火する静けさしか存在していないように思われた、その時であった。

答えの糸口を見つけた剛は小声で、「ミヤ、懐中電灯消して、早く！」。

ミヤは慌てて懐中電灯を消した。「どうしたの？」

「ほら、あそこに止まってる車の中、よく見て」

二人が歩く道の正反対の位置に駐車している車の運転席と助手席に人影が映っていた。運転席の人影がのそりと動く。次第に助手席の人影に重なって、車がゆっくりと助手席側に傾いた。

「あーーー、キスっ……」

「しーーー」

と剛はミヤの口を押さえて、そのまま車の影にミヤを引っ張った。落ち着いたミヤの口を開放すると中途半端に開いたまま固まり、目は車から離れることはなかった。

「オレ、初めて男と女がキスしてるとこ、見た……」

とミヤが言って、また口をあんぐりと開けた。

「オレだって。テレビや本の中でしか見たことないよ」

剛も知らぬ間にポカンと口を開けていた。

ミヤは興奮収まらぬ様子で、「なあ、もっと近くで見たくない？」。

ミヤの言葉に剛は周りを見渡してから、「じゃあバレないように、あの車の後ろ側に行こう」。

剛とミヤはきた道をいったん戻り、人影を見つけた車が止まっている側の駐車場のへりを忍び足で歩いて、車の背後に回った。二人が後部から車の中を覗く。運転席から助手席に這い出す男の影は見えるが、それ以上のものを見ることはできなかった。

耐え切れずに剛は、「なあミヤ、後ろは失敗かも」。

「うん、なにも見えないや……さすがに横から見たらバレるよね」

「そうだね、横はやめておこう。でもさ……」、剛は再度周囲を見渡して、「土屋さんが言ってたのって、ここに止まっている車でそういうことしているってことなのかな？」。

ミヤは大きく頷いた。「よし、次の車行ってみようよ」

二人はそのまま駐車場のへりを渡り歩いて、車四台分のスペースを空けた次の車の背後に着いた。

二人は黙ったままそっと後部から中を覗くと、人影は見当たらなかった。剛は両手の人差し指でぱってんを作って、次の車を指差した。

次の車には人影があった。しかし、二人が期待するような光景はなく、車の中の人影は楽しそうに談笑するばかりであった。とうとうミヤが痺れを切らした。

「なあ、最初の車に戻ろうぜ。今ならキス以上も見られるかもしれないし」

「うーん」、剛は次の車に視線を向けた。「次の車まで確認してみようよ。でかいし、こっち側にある最後の車だし」

最後の一台は駐車場の一番隅に、車の正面が崖側を向いて止められた黒いワゴン車であった。

「こっち向いてるよ、バレるんじゃない？」

ミヤが心配そうに剛の顔を窺う。

「大丈夫だよ、人がいたらすぐに戻ればいいし」

二人がワゴン車に近づくにつれ、運転席と助手席に人影がないのが分かり、二人はすんなりとワゴン車の正面まで歩みを進めることができた。

ミヤが残念そうに言う、「やっぱり人いないね」。

その時、なにかに気づいた剛は、ミヤの肩を掴んで力任せに座らせてから言った。

「今、この車、動いたよね？」

「そう？　気づかなかったけど」

「ほんとだって、嘘じゃないって」

グラリ、車が揺れる。

「ほんとだ！」、今度はミヤも気づいた。

「だろ。中に人がいるんだ。ちょっとだけ覗いてみようよ」

火の点いた二つの未熟な探究心は止まる訳もなかった。二人は車の正面からそっと中を見ると、ワゴン車後部の広い空間に上半身裸の男が見えて、二人はとっさに頭を引っ込めた。いける、いける、と二人はお互いに呟いて、さらに慎重に頭を上げると、男の体の下に、ずり上げられたスカートからこぼれた女の太ももが見えた。するとその足が伸びて、助手席のヘッドレストに足首が掛けられる様子を、二人は言葉を発することも、息をすることも忘れて眺めていた。

剛は股間に違和感を感じた。チンチンがむくむくと反応を開始したのだ。気持ちがよいようで、でもなにもすることができずに切なくて、思わず剛は声を上げた。

「ダメだ、チンチン大きくなってきた……」

「……オレも」

二人は顔を見合わせて、すぐに車の中に視線を戻した。車がまた揺れだした。決して大きくはなく、小刻みに揺れるのだ。そうして剛は、五感の異なる部分に刺激を感じた。

「聞こえた？」

ミヤが不思議そうに、「なにが？」。

「女の声みたいなの」

「なにも聞こえないよ。お化けだったらやだな……。車がきしんだ音じゃない？」

「そうかな……」

剛は耳を研ぎ澄ませた。どこかで夏を奏でるコオロギの鳴き声、遠くの車の窓から漏れ出したアベックの微かな笑い声、生暖かい風がさらさらと木々を撫でる音。

（アッ、ンッ！）

剛はその音源を見つけて、

「ミヤ、こっちきてみて」

と、ミヤに手招きをしながら助手席の方に回った。剛が指差した助手席の窓は二センチ程の隙間が空いていた。

「やっぱり、この車の中からだよ」

ミヤはごくりをツバを飲み込んで頷いた。二人はしばらくの間、微かだが刺激的な女の声に耳を傾けた。

（ア……ダメ……ンン……）

剛は高まる気持ちを抑えるように、硬くなったチンチンをズボンの上からギュッと握った。ミヤも同様だった。

（ンッ、ンッ、ンッ）

小刻みに揺れる車、小刻みに漏れる声。耐えきれずに剛が口を開く。

「中でなにやってるのかな？」

「裸で抱き合ってるんじゃない？」

「それだけかな、だって、車揺れてるよ」

「うーん……」

知識のない小学四年生の頭で考えられるのはそこまでだった。ただあるのは純粋に邪な好奇心のみである。そしてそれを制御するだけの理性などは持ち合わせていなかった。

「なあ、助手席から中見てみようか。男の背中はこっち向きだし」、と剛。

「そうだね、大丈夫だよね、よし」、とミヤ。

そうして好奇心の野獣となっていた二人は、声の漏れる助手席の窓からそっと中を覗いた。正面からだと見えなかった、横になって服がはだけた女の体が見える。柔らかそうな女の太もも、女のお腹。駐車場の薄い明かりでも分かる透明感のある白い肌。その時、男の首に巻きついた女の腕を軸にして、横たわった女の体がフワリと浮いた。その体がまた元の位置へと沈み行くのに合わせて、二人も助手席の外にゆっくりと沈んだ。そして二人の少年はお互いの真ん丸と開いた目を見合わせた。

「ミヤ、見えた？」

「うん、見えた！」

「おっぱい、だよね」

「おっぱい、だよな」

（ンッ、ンッ、ンッ）

二人は声を出さずに、自分のおっぱいを揉む仕草で精一杯の喜びを表現した。

「やばい、土屋さんのおっぱいは本当だった」、と剛は少しだけ感慨深い気持ちになった。

「ねえ、もう一回見ようよ」、顔を上気させたミヤが言った。

（アンッ、ンッ、ンッ）

二人がまた助手席から車の中を覗く。

「もう一回あの体勢にならないかな」

ミヤが残念そうに呟く。

（アンッ、アンッ、ンッ）

「男の手が邪魔なんだよな」

剛も同様に期待する。

（アンッ、アンッ、アンッ）

女の手が男の首に巻きついた。

「くる！」

二人は声を合わせた。徐々に引き上がっていく女の体。もうちょっと、もうちょっと。二人の期待が最高潮に達した、その時である。

「やった、見えた！」

と、二つの丸い物体を見て喜びの声を上げるミヤであったが、剛はミヤとは違う二つの丸い物体を凝視して、そして叫んだ。

「ヤバイッ！」

剛の目は裸の女の目と完全に合っていた。女の右腕が男の首から離れて、ゆらりと剛の顔を指差した。するとすぐに上気した鬼の顔が運転席と助手席の間から現れて、二人を睨みつけた。

「ミヤ、逃げるぞ！」

ミヤはペタンと尻もちをついたまま、剛の言葉に反応できずに固まっていた。

「ミヤ、立って！　早く逃げよう！」

剛は無理矢理ミヤを立たせて、腕を引いて逃げ出した。駐車場、頂上、アスレチックコースの三叉路でワゴン車を振り返ると、助手席側のスライドドアががらりと開いて、黒いジャージ姿の鬼が地獄から這い出てきた。

「おら、クソガキ！　てめえら、なに見てんだ！」

鬼が二人にバタバタと近づいてくる。

「うわ、くる！　こっちに逃げよう！」

剛はミヤの背中を叩いて、アスレチックコースの方向に逃げた。

「ガキ、待てや、コラ！」

なおも追ってくる鬼。逃げる二人の少年。一つ、二つと丸太で作られたアスレチックを越えていく。

五つ目のアスレチックの丸太で組まれた壁の向こうに身を潜めた剛は、唇に人差し指を当てて、シー。丸太の隙間から鬼を覗き見た。

鬼は立ち止まって、「出てこいやクソガキ！　てめえら、見つけたらただじゃ置かないからな！覚えてろよ、クソ」。

そうして鬼は、くるりと踵を返して、ズルペタズルペタとサンダルを引きずりながら駐車場に戻っていった。

「やった、あいつ、戻ってったよ」

と剛がミヤの方を向くと、ミヤは静かに身を固くしていた。

「ミヤ、大丈夫？」

ミヤはひっそりと、泣いていた。

剛はミヤを慰めるように、「大丈夫だよ、ミヤ。あいつ、もう行ったから」。

ミヤは黙って頷いてから、「……帰りたい」。

「まだあいつがいるかもしれないから、もう少ししてからにしよう」、そう言って剛はミヤの顔を覗き見た。「ミヤ、ほら、鼻水」

ミヤは大きく息を吐き出してから、ズズズと一気に吸い込んで、そのままゴクリと飲み込んだ。

悪夢のような出来事から数分後、すっかり牙を抜かれた野獣二人は、とぼとぼとテレビ塔へと歩を

進めた。ミヤの先を歩く剛が階段を上り切ると、

「よかった、ここならあいつも絶対に襲ってこないよ」

と、数組の人影を見つけて安堵の声を上げた。

そこには、ベンチに座る男女、レストランの階段に座る男女、広場にシートを広げて寝転ぶ男女、星を指差す男女。そしてそんな愛欲のラビリンスに迷い込んだ小学生の男の子が二人。

剛は目を輝かせて、「アベックばっかだ」。

「そういう場所なんでしょ」

と、ミヤは吐き捨てるように言って、アベックよりも鬼の存在を警戒するように周囲を見渡していた。そんなミヤを元気づけるように剛は、

「でもさ、おっぱい見れたね」

と言って、目の前の空気を揉んで見せた。

ミヤはあの時の甘美な映像を思い出したのか、卑しく笑って、「見た」。

「よかったよな、おっぱい」

「うん……」、ミヤは空を見上げた。「あー、触ってみたいなー、柔らかいのかなー」

「柔らかいに決まってんじゃん。だって、おっぱいだもん！」

「だよな、おっぱいだもんな」

二人はケラケラと笑った。アベックたちは不思議なものを見るように二人を一瞥すると、すぐに二

人の世界に戻っていった。

二人が駐車場に戻ると、鬼の巣食うワゴン車は姿を消していて、二人は胸を撫で下ろした。自転車に近づく時、ミヤはすり足になって辺りを注意深く窺っていた。剛の視界に映るそんなミヤの行動も、テレビ塔の赤い光も、遠くの空に輝く夏の第三角形の姿さえも、剛は愛おしく感じていた。

麓まで続く下り坂を、剛とミヤは一度も自転車をこぐことなくブレーキだけで下っていった。ジェットコースターのような感覚に酔いしれた剛が、足をぶらつかせながら口を開いた。

「道がずっと下り坂ならいいのにね。そしたらさ、下った先は世界の反対側になるのかな」

「なにそれ。でも、面白いね、それ」

二人の少年の笑い声が夏の夜の花火のようにパッと上がると、すぐに煙となって消え失せる。湘南平の木々が全てを飲み込んでしまうのだ。テレビ塔の光に集まる虫のようなアベックたちの愛の語らいさえも煙散霧消。確かにそこにあって、でもなかったことにするのは、夏の夜の山以上に最適な場所はないのだろう。

ようやく街並みが見慣れた大きさに戻ってきた頃、ミヤは未だ興奮冷めやらぬ様子で剛に問いかけた。

「ねえ剛、今日のこと日記に書く?」

「書ける訳ないじゃん、『湘南平におっぱいを見に行きました』なんてさ」

「あはは、だよね。でももし書くんだとしたら?」

「初めて……」、剛は少し考えてから、「初めて食べたウイスキーボンボン」。

「ウイスキーボンボンってなに？　美味いの？」

「不味いよ」

剛は昔間違って食べてしまったウイスキーボンボンの味を思い出そうとして、奥歯の奥の方に苦味を感じて思わず唾を飲み込んだ。初めて背伸びして覗いてみた大人の世界は、甘さとほろ苦さが入り混じった、だけどどこか心地のよいものだった。今ならウイスキーボンボンの味が分かるのかもしれない、剛はそう思った。

六

山を下りた剛とミヤは帰る道すがら、麓のコンビニで休憩を取ることにした。缶ジュースを買った二人がコンビニの駐車場の車輪止めに腰を掛けて一息ついていると、見知らぬ少年二人が近づいてきた。赤いジャージの少年が剛の前に立って、威圧するように話し掛けてきた。

「お前ら、どこの小学校？　ここ、うちらの場所なんだけど」

するともう一人の白いジャージの少年が、ひゃっひゃっひゃっ、と下品に笑った。少年たちは剛とミヤよりも数段大人びていて、身長も高く体格も明らかによかった。ここら辺の小学校の六年生かな、と剛は思い、

「すいません、知らなくて。行こう、ミヤ」

と、恐る恐る車輪止めから立ち上がった。うさぎのようにうずくまったまま足を震わせているミヤに白いジャージの少年が近づいてきて、ミヤが置いていたセブンアップの缶を蹴り飛ばした。そしてそのままミヤの胸ぐらを掴んで無理矢理立たせると、

「お前ら、ナメてんのか？」

と凄んだ。対するミヤは今にも泣きそうな顔で、すいませんすいません、と漏らすのが精一杯であった。

剛は必死にこの状況から脱する方法を考えた。後ろに置いてある自転車までダッシュして走り去るのは無理だ。一人ならなんとか上手くいくかもしれないけど、ミヤを置いていく訳にはいかない。恥ずかしいけど誰かに助けを求めよう、誰か周りに大人は……くそ、なんでこういう時に限って誰も歩いてないんだ。後はコンビニの中に……。

コンビニの店内を覗く剛の視界を赤いジャージの少年が遮った。そして剛の考えを見透かすかのように右の口角だけを上げると、「ほら田中ちゃん。そいつから手を放してやれよ。かわいそうに、びびっちゃってんじゃんよ」。

白いジャージの少年はミヤの胸ぐらを掴んだまま、ミヤが宙に浮いてしまう程にさらに力強く突き上げて、「あぁ？　こいつらガキのくせに人の縄張りに勝手に入ってきやがって、なんかムカつくんだよなー。いいじゃん、やっちゃおうぜ」。

「あーあー、どうする？　田中ちゃんがこうなっちゃうともう止まらないよ？」、と赤いジャージはケケケと汚らしく笑ってからこう続けた。「そうだ！　ショバ代払えばオレが田中ちゃんを抑えてやるけど、どうする？」

剛は嫌な予感を感じながら、「ショバ代……？」。

「ショバ代だよ、お前そんなことも知らないの？　場所代ってことだよ。お前らがこの場所を使ったんだから、その分の金を払えって言ってんの」

ただのカツアゲだろ、剛は思って、反射的に右足を半歩後ろに引いた。剛のズボンの右ポケットには、先ほど五百円玉を出して百円のファンタを買ったおつりである百円玉が四枚入っていた。赤いジャージの少年が畳み掛ける。

「お前ら偉そうにジュースなんか飲んでんだから、金、持ってんだろ？」

剛は恐怖を感じながらも、

「持って、ません……」

と、必死に抵抗を続けた。

「嘘ついても無ー駄。ほら、いいからそこでジャンプしてみ？」

「嫌、です……」

「頭わりーな、こいつ。痛い目見ないと分からないなら分からせてやるよ。裏に公園あるから行こうぜ、なあ！」

白いジャージの少年は待ってましたと言わんばかりに、ミヤを引きずって公園に向かって歩き出した。ミヤが泣きそうな声を漏らす。

「斉須、払っちゃおうよう……オレ、痛いの嫌だよ……」

こんな奴らに、と剛は思った。四百円は小学四年生の剛にとっては大金だった。お菓子やジュースはもちろんであるが、ガン消しのガチャガチャもできれば、ジャンプも買うことができる。少年が持つ沢山の夢を叶える金額である。そんな大金をみすみす渡してしまうのを惜しいと思うのはごく自然のことで、剛も初めの内はその感情が心の大部分を占めていた。だがミヤの言う通り、お金さえ渡してしまえば痛い目に合わずに済むのかもしれない。そう思ってポケットの中の百円玉に手を伸ばそうとしたのだが、剛の右手は拳を握ってそれを頑なに拒んでいた。悔しかったのだ。こんな奴らに、といつの間にか剛は自分でも気づかぬ内に、赤いジャージの少年を睨みつけていた。

「チッ、生意気なガキだな。いいや、田中ちゃんの言う通り、公園に連れてっちゃおうぜ！」

赤いジャージの少年が剛の胸ぐらを掴みに掛かった、その時、

「おい、斉須」

と、剛の名前を呼ぶ声がして、振り向いた剛は思わず声を上げた。

「つ、土屋さん？」

いつもの安っぽいジャージ姿の土屋が自転車を下りながら剛たちの輪に近づいてきた。

「そっちは宮下か。こんな所でなにしてんの」

と笑う土屋に、赤いジャージの少年が矛先を変えた。

「なんだよ、またガキがきたよ」

土屋は毅然とした態度で言った。「年下にいきがってるお前らの方がガキだろ」

「あぁ？　年下だろうがなんだろうが関係ねえよ。オレらの縄張りに入ってきたこいつらが悪いんだよ」

「縄張り？　あははは、そうかそうか」、土屋は全く動じることも臆することもなく続けた。「なんでもいいから、こいつら俺の後輩だから手を出すな」

白いジャージの少年がミヤから手を放して加勢してきた。

「なんだよコイツ。勝ちゃん、まとめてやっちゃおうか」

紅白のジャージに囲まれた土屋は、紅白のジャージより明らかに一回りも二回りも小さかった。そんな様子を見た剛は、瞬時に負けを理解した。土屋さんが加わって三対二になっても勝てるはずがない。

「こっちこいよ、ぶん殴ってやんよ」、と白いジャージの少年が土屋に凄む。

「さっさとやっちゃおうぜ」、と赤いジャージの少年が土屋を睨む。

だが、そんな威圧に対しても土屋は胸を張って、二人の少年たちを静かに睨み返していた。剛はそんな土屋を、とても心強く思った。小さい体にもかかわらず、夏の大会の最終回の攻撃で迷わず三塁ベースを蹴った勇猛果敢な土屋を思い出した。土屋さんなら……なんとかしてくれる！　と思わされる程に土屋の背中が大きく見えたのだ。そしてもう一つ思い出した。結局アウトになった、と……。

白いジャージの少年が土屋の後方に回って、挟み撃ちの様相となった。さすがの土屋さんでも体の大きな二人に囲まれてはなにもできやしない、と剛は半ば諦めの気持ちで周囲を見回すと、自転車に乗った野球のユニフォーム姿の団体がコンビニの駐車場に入ってくるのが見えた。見慣れないユニフォームだな、そんなことを剛が考えていると、あっという間にユニフォームのメンバーが剛たちを囲んでいった。中でも一番ガタイのよい、見るからに四番でキャッチャーという体格の少年が口を開いた。

「土屋、こいつらと知り合い？」

「おう、相沢。いや知らない奴なんだけどさ、南台の野球クラブの後輩がこいつらに絡まれてたからさ」

相沢が赤と白のジャージをゆっくりと一瞥してから言った。

「なんだ、こいつらうちの小学校のタメだよ。勝田に田中。なあ、勝田」

相沢が声を掛けた赤いジャージの勝田が、まるで声のない悲鳴を上げるようにひっと息を飲み込んだ。白いジャージの田中も肩を竦(すく)めて幾分か小さくなっていた。

「なんだよ勝田、お前らまたガキいじめて、くだらないことばっかやってんじゃねえよ。お前もだよ、田中。前ので懲りてないなら俺がまとめて相手するけど、どうする？」

中学三年生と言われても疑う余地もない程体の大きな相沢に、勝田はただただ恐縮した様子で、

「いや、やめとくよ……。田中、行こうぜ」。

「お、おう」、と田中は上目遣いに相沢の表情を覗いた。

勝田と田中はライオンを目の前にしたウサギのように、赤と白の背中を丸めてそそくさとその場を去っていった。剛はそんな紅白の背中に向かって、正月かよっ！、と心の中で叫んでやった。

ユニフォームの軍団は、腹減った、喉乾いた、と各々が呟きながら、相沢を筆頭にコンビニの中へと歩みを進めていった。ミヤの胸元によったTシャツを伸ばしてやっている土屋に、剛が口を開いた。

「土屋さん。あの……ありがとうございました」

「別に、俺はなにもしてないよ。あいつらがくるまで時間稼ぎをしてただけだから」

どこか得意げに笑う土屋に剛は圧倒されていた。はなから紅白ジャージと喧嘩なんてする気はなく、強力な味方がすぐにやってくるのを知っていての行動だったのだ。もしこなかったとしても、土屋はきっと二人を助けたに違いない。そう理解すると剛はその小さな肩幅に、大きな頼りがいを感じていた。大人なんだ、漠然とそう思った。

「土屋さん、あの人たちどこのチームですか？　公式戦でもあのユニフォーム見たことないですし」

「ああ、山吹リトルだよ」

「リトルって、リトルリーグ？　硬式の？」、と剛は驚きの表情を浮かべた。

野球は扱うボールの種類によって大きく二つに分類される。ゴム製のボールを使用する軟式野球と、コルク芯に糸を巻きつけて牛皮で包んだボールを使用する硬式野球である。剛が所属する南台野球クラブのように、学区内で構成される少年野球チームでは一般的に軟式球が使用され、野球に初めて触れる少年たちには怪我も少なく親しみやすい。一方リトルリーグでは、プロや甲子園でも使用される硬式球を扱う。学区に限らず、あえて硬式球を扱うチームに所属するということは、やはりプロや甲子園を目指す少年たちの集まりなのだ、と剛は理解していた。

南台の練習にこなくても上手いはずだ、と剛は土屋の背中がさらに大きく見えた。

「すげぇ、南台と二つやってたんですか？」

「いや、まあ、こっちは中学から正式に入ろうと思ってて、今はたまに練習に出させてもらってるだけなんだ。やっぱりせっかく野球やるなら、目指す場所があってもいいんじゃないかって。だから今日みたいに配達のついでに……ほら、お前も知ってるだろ、うちが八百屋なの」

八百屋という言葉に、剛の脳裏に三日月型に八等分され、果実を一口大にカットされたメロンの映像が浮かんで、剛は思わず舌なめずりをした。そしてすぐに眉間に皺を寄せた。ユニフォームのズボンの穴を思い出したからである。ころころと表情を変える剛を不思議そうに見た後で、土屋はなにかを察したように口を開いた。

「なあ斉須。夏の大会でユニフォーム貸してくれてありがとな。うち貧乏だからさ、本当に助かったよ。試合はさ、俺のせいで負けちゃったけどな」、恥ずかしそうに顔を赤らめる土屋はこうつけ加えた。「それに、ズボンの穴、ごめんな」

剛は、いいんです、と手の平をヒラヒラとはためかせながら言った。本当にどうでもよかったのだ。

土屋が口にした、貧乏、という言葉が、なにか触れてはいけないものに触れてしまったような後ろめたさがあって、剛は言葉をなくして思いに沈んだ。

あのメロンは土屋さんの家にとってかなり高価なものだったのかもしれない。南台の練習に出られないのも家の手伝いをしていたからなのかもしれない。そしてこの人は、自分なんか全然相手にならないくらいに、もしかしたら大島さんと同じくらいに、野球が好きなのかもしれない……。

「そういえばお前らさ、こんな時間にこんな所でなにしてたの？」

土屋はそう言うと、剛とミヤを交互に見やった。剛とミヤはパチパチとお互い目を見合わせたが、どちらの口からもなんの言葉も出てこなかった。土屋はチラと湘南平のテレビ塔の赤い光を見やった。

「アレか！　斉須、覚えててくれたんだな」、と土屋はなにかを悟ったように、ふふふと笑いを含みながら続けた。「楽しかった？」

アレ、がなにを意味しているのかをすぐに理解した剛は、湘南平での出来事を思い浮かべた。おっぱいで笑い、おっぱいに泣いた。楽しさと辛さの両極端に、剛は泣き笑いの表情を浮かべるのが精一杯であった。そして酸いも甘いも総じて一言だけ絞り出した。「大人になった気分です……」

ミヤはケロリと表情を変えて、「オレはなんだかんだ、楽しかったな」。

「なら、よかった。じゃあお前ら、もう遅いから真っ直ぐに家に帰れよ」

と、土屋はくしゃりと笑った。じゃあな、と剛とミヤに背を向けた土屋は、すぐに体を翻(ひるがえ)して、剛の肩をガシリと掴んで、剛にだけ聞こえるように耳元で囁いた。

「エロ本のこと、誰にも言わないから安心しな。男の約束だ」

あっ……、と剛は顔に熱を持つのを感じた。脳が高速回転を始める。

やっぱり知ってたんだ、でも黙っててくれるって言ってるし……今日だって土屋さんが湘南平に行けなんて言うから怖い目に遭ったんだ、でもおっぱい見れたし……カツアゲだってされそうになるし、でも助けてくれたし……ユニフォームに穴を開けられたのはムカつくけど、土屋さんがいなければ大島さんとの熱いプレイは見れなかったし……あーもうっ！

剛は既にコンビニの入り口へ歩きだしていた土屋の背中に向かって、右手で野球帽を脱ぐ仕草をしながら一礼して、

「あっっっしたぁ！　メロン、最高に美味かったっす！」

と、心の底から叫んだ。土屋は振り向きもせずに、上げた右手をヒラヒラと振った。


集合場所であった横浜ゴムのタイヤのオブジェの前でミヤと別れた剛は、家に到着するなり時計を見ると、既に二十二時半を回っていていたたいそう焦った。のり平が閉店する時間はお客さんの帰り具合によって違う。遅い時なら一時や二時を回っても全然帰ってこないのだが、早い時なら二十三時頃には玄関のドアが開く。

剛は黒電話の受話器を握ってダイヤルに指を掛けると、すぐに受話器を置いた。何時頃帰ってくる？　と聞くことで、変に疑われるのを恐れたからだ。すぐにお風呂を沸かしながらざぶんと入って

しまうと、やってもいない国語の宿題の感想文で使う原稿用紙を勉強机に出した。

「ヤバイ！」

晩ご飯に手をつけていないのを思い出した剛は、冷蔵庫を開けて、三角に切られたスイカが乗った皿をキッチンテーブルに乗せた。そして暫しの間、スイカと睨めっこ。志村けんが高速でスイカを食べるシーンが剛の頭に浮かぶ。顔を左右に動かしながら流し込むように食らいついたのだが、当然志村けんのように上手くは食べれずにボトボトと赤い身が落ちた。皮を捨て、お皿に水を浸すと、そのまま歯磨きを終わらせた。

剛は居間の中心で周囲を見渡してから、「これで完璧。後は寝るだけ」。

居間の電気を消して、布団に入る。二度、三度、寝返りを打ってからトイレに立ち、そしてまた布団に入って、四度、五度目の寝返りを打った。湘南平での出来事は小学四年生の剛には刺激が強すぎたせいか、簡単には眠りにつかせてはくれなかった。外では時間を間違えた、一匹のセミが一生懸命に鳴いている。

（ミーン、ミン、ミン……）

「ダメだ、眠れない」

眠らなきゃ、眠らなきゃ、と自分に言い聞かせて目を瞑るのだが、頭の中の羊は柵を飛び越えずに一つに集まって、白く丸い野球ボールに形を変えた。羊の消えた緑の草原は、平塚球場の外野の芝に変わる。

凄かったよな、そう呟く剛の脳裏にあの熱い夏の情景が浮かぶ。準優勝か……、凄かったな、大島さんの投球も、土屋さんの走塁も。そうして剛の脳内はいつの間にか土屋に支配されていた。ムカつく、けど嫌いじゃない。足が速くて野球も上手い、けどムカつく。ユニフォームに穴を開けた、けど今はそんなに嫌じゃない。ムカつくけど、嫌いじゃない、なんだこれ。

そうして剛が行き着いたのは、土屋が最後に口にした男の約束のことであった。エロ本のことだけは誰にも言わないで、と神様へお願いしつつも、心の奥底では土屋を信じていた。


（ミーン、ミン、ミン、ミン……）


「あーもー、うるさいなー。なんでこんな時間にセミなんだよ！」

剛はタオルケットを頭から被って応戦した。


（ミーン、ミン、ミン、ミン、ミン……）

（アン、アン……）

「ん？　あれ……？」

気がつくと、剛のチンチンが反応していた。硬くなったチンチンを右手に力を込めてギュッと握る。

（ミーン、ミン、ミン、ミン、ミン……）

（アーン、アン、アン、アン、アン……）

「もー、なんだよ、コレ！」

セミの癖にムカつく、と剛は矛先も分からずに憤怒した。朝はうるさい目覚まし時計に、昼は力を尽くした選手たちへのエールに。そして真夜中のセミの鳴き声は、湘南平で聞いた女性の喘ぎ声が同調して、剛は人知れず悶々とした夜を過ごすことになった。

第四章　迷子のピエロ

一

十月も半ばの、澄んだ青い空が頭上に広がる秋晴れの日曜日の昼下がり。古くから続く商店が軒を連ねている銀座通りのバス停を降りた幸子と剛は、七夕飾りで最も大規模でお金を掛けているであろう長崎屋の前で、それぞれの戦場を目指して力強く手を振った。幸子は長崎屋本館へ、剛は向かいにある長崎屋別館へと歩を進めた。

幸子が向かう長崎屋本館は主に紳士、婦人用の衣類や生活雑貨、寝具や生鮮食品などが取り揃えられているデパートであるが、剛の向かう長崎屋別館は若者向けの装飾品の外に、おもちゃやゲームコーナーが存在する子供にとって憩いの場であった。剛にとっても例外ではなく、いつも幸子の買い物が終わるまでそこで時間を潰していた。特に地下フロアにはゲーム関連の商品が並んでいて、多くの少年少女を虜にしている場所である。最新のゲームソフトや大人気のドラゴンクエストに登場するキャラクター商品を物色していると、あっという間に時間が過ぎてしまうのだった。

地下フロアを一周舐めた剛は頭を抱えていた。なにを買ってもらおうか、というういわゆるおねだりである。ガラスケースの中に陳列された沢山のゲームソフトの中でも、剛はすぐにお目当ての商品を見つけた。それはその年の三月に発売され、多くの人が学校や会社を休んでまで買い求めるという社会現象を引き起こした、ドラゴンクエストⅢである。そして、ドラゴンクエストⅢにつけられた値札を見た剛は、小さく首を振った。四千九百八十円はおねだりできる額ではないことは小学四年の剛にも十分に理解できたからである。ゲームソフトなんて高価なものは誕生日やクリスマスといった特別な日でも滅多に買ってもらえる代物ではない。

また、九月の誕生日に別のファミコンのカセットを貰ったばかりであるのもおねだりできない原因の一つであった。最新のファミコンのカセットをやるぞ、と自信満々の憲夫が剛に手渡したそれは、剛が最も欲しかったドラゴンクエストⅢのリクエストは完全に無視された、パチンコの景品で取ってきたスーパーリアルベースボールという野球ゲームのカセットであった。貰った直後は、本物のクロマティが実名で出てる、と剛のテンションは上がった。それまでの野球ゲームで選手の実名が使われていることはなかったからだ。駒田は『こめだ』、クロマティは『くろまて』等、デフォルメされた名前であったので、これだけでも十分に革新的な野球ゲームである。さらに選択できる球場も、三月に開場されたばかりの東京ドームが存在するという最新性も兼ね備えていた。これだけの前評判を前にテンションの上がらない野球少年はいないし、剛も当然その一人だった。そしてひとたびコントローラーを握ったならば、テンションの下がらない者も誰一人としていなかった。複雑すぎる操作性に加え、アウト一つ取る度に上がる悲鳴のようなけたたましい音に、子供たちの純粋な精神は削られていくのである。剛もすぐにクソゲーだと言って、二、三日したらカセットを箱から出すこともなくなった。ふとそんなことを思い出してしまった剛は、胸の中に湧き出したムカつきを振り払うようにゲーム関連グッズの方向に足を進めた。

主にゲームのキャラクターグッズが並ぶ中でも、剛は文具を中心に物色していった。文具であれば勉強と直結する物なので、勉強を盾にすればおねだりしやすいだろうと考えたからである。ドラゴンクエストのモンスターの中で最も有名なスライムの装飾がついたボールペンはどうだろうか。一本三百円、黒インクの青いスライムと赤インクの赤いスライムベスの二本セットで六百円か……下敷きなら一枚二百円だ、これなら値段的にいけるかもしれない、よし今回は下敷きにして安く済ませて次はもっと高いものをお願いしてみよう、と剛はそう結論づけた。取らぬ狸の皮算用である。

おねだりする商品を決めた剛は、小学生たちが群れを成している集団にまぎれた。そこにはゲーム機が展示されていて、最新のゲームが無料でプレイできる場所になっている。お金を使う必要なく幸子の買い物の時間を潰すことができるという、剛にとっては愉悦と暇潰しの一石二鳥の場所であったし、他の子供たちにとっても同様であった。

ゲームの順番待ちの列の最後尾に並んだ剛の前には、小学校低学年くらいの小さな子供が三人並んでいた。一人、二人、三人と、立ち所にゲームオーバーになっていき、すぐに剛の順番がやってきた。シューティングゲームだった。難なく一面をクリアした剛は、二面、三面と危なげなくクリアしていく。後ろの子供たちは最初の内は、すげー、うまい、という感嘆の言葉を投げ掛けていたのだが、ゲームが長引くに連れて、まだかな、というため息を漏らし始める。ゲームやりたいよ、早く終わってよ、そういう負の空気を背中に受けた剛は静かにリセットボタンを押して、後ろの子供にコントローラーを渡した。

集団から離れた剛は階段に座って、ガラスケースに陳列されたゲームソフトをぼんやりと眺めた。そしてドラゴンクエストⅢの四千九百八十円という値札を静かに睨みつけてから、ため息を一つ漏らした。

デパートの紙袋を二つ抱えた幸子が階段を下りてきた。剛は待ってましたとばかりに立ち上がって幸子を迎えると、開口一番、おねだりに勤しんだ。

「ねえ、ドラゴンクエストの下敷き買ってよ。ちゃんと勉強するからさ」

「また？　下敷きなんて何枚も持ってるでしょ」

「えー、ドラゴンクエストのがいいんだよ。もっと勉強頑張れるしさ」

用意していたおねだり文句をスラスラと並べてみせた剛は、これで新しい下敷きを買ってもらえる、と打算的な期待に胸を躍らせていた。

「それじゃあ……」、と人差し指を唇に二回弾ませた幸子は、なにかを思いついたように人差し指で剛の鼻を差して続けた。「下敷きを買うなら今日はサーティワンはなし」

幸子の返答をまるで想定していなかった剛は大いに悩んだ。剛が幸子と買い物をする時の楽しみといえば、ゲームソフトを物色することの外に、帰りがけにサーティワンのアイスを食べることに外ならなかったからだ。下敷きは欲しい、が、アイスも食べたい。剛は悩みながら周りを見渡すと、今も無料でゲームをプレイしている子供たちが目に映った。その内の一人の子供と目が合って、急に得も知れぬ恥ずかしさを覚えて、すぐに目を逸らして言った。

「それじゃ……アイスでいいや」

「よし」、と幸子は剛の頭に手を置いた。

「わっ！　やめろよ、恥ずかしい……」

剛が幸子の手を払いのけると、幸子は楽しそうに笑っていた。

長崎屋別館を出ると、幸子が出し抜けに言った。「あ、サーティワンの前にちょっとだけ片野屋さん寄っていい？」

「えー。もう買い物終わったんじゃないの？」

「いいじゃない、近いんだからちょっとだけ」

片野屋は長崎屋別館のすぐ横にある衣類の専門店である。服に興味のない剛には無用の場所、剛はしぶしぶ店の前まで行って、足を止めた。

「ここで待ってるから早く行ってきてよ」

「ちょっとだけつき合いなさいよ」

「やだ、面倒臭い」、と剛は頑なに、片野屋の壁を背に座り込んだ。

一人で片野屋に姿を消した幸子は、間もなく店から顔を出して手招きをした。首を横に振る剛を無理矢理呼び寄せて、両手に一着ずつ持ったパジャマを順番に剛の肩に当てた。

「どっちがいい？」

「パジャマなんていらないよ」

「いいのよ。今のはもう小さくなったし、これから寒くなるから。ほら、どっちがいい？」

「もー、どっちでもいいよ……」、剛は幸子の右手に持った深緑と、左手に持った濃紺のパジャマを見比べると、「紺の方……」。

幸子は一つ笑みを浮かべてなにも言わず店に戻ると、抱えてきた片野屋の紙袋を剛に渡した。「あんたのだから自分で持ちなさい」


平塚駅の北口と西口をつなぐ歩行者天国となっているパールロードは、休日には大勢の人で賑わう。始点には梅屋、終点には長崎屋という大型の百貨店を有していて、道の両サイドには喫茶店やファーストフード店が数多く存在しているので、買い物に疲れた子供連れの家族や暇を持て余した学生がたむろする憩いの場所となっていた。

パールロードのちょうど中腹にあるサーティワンでアイスを買った幸子と剛は、店の外のベンチに腰掛けて甘いアイスに舌鼓を打っていた。二人して、毎度変わらずのモカ味である。つまらなそうにアイスに舌を這わせている剛に幸子は言った。

「なんであんたいつもモカなの？」

「お母さんだって同じじゃん」

「お母さんは外のは食べられないのよ」

剛は、ふーん、と好き嫌いの多い幸子に適当に相槌を打って、それ以上なにも言うことなくモカと向き合った。味は嫌いじゃないし、と剛は思った。そしてこうつけ加えた、コーヒーはきっと大人の味なんだ。

その時、聞き慣れない賑やかな楽器の音が聞こえて、剛は大草原のミーアキャットのようにアイスを右手に持ったまま立ち上がって、周囲をキョロキョロと見渡した。音源を見つけると同時に剛が言葉を漏らした。

「なにあれ？」

「あら珍しい、チンドン屋さんなんて」

パールロードを楽しげな音楽を奏でながら行進する四人の集団であった。音楽を奏でる者は三人で、皆着物を着ていた。クラリネット一人に太鼓が二人という編成である。二人の太鼓の内、一方の太鼓はお祭りでも見たことがある小太鼓のようなものであったが、もう一方の太鼓は小さな太鼓を縦に二つ並べた形で、さらに一番上には小さな鉦がキンキンカンと高い音を鳴らしていて、剛はそのような奇妙な形の太鼓を学校でもお囃子を奏でるお祭りでも見たことがないものだった。そして楽器を持たない最後の一人は、派手な衣装に派手なメイクで楽器隊の周りをクルクルと踊りながらチラシを配っていた。ピエロかな？　剛は思った。

「どこかに新しいお店でもできたのかしらね。昔はよくパチンコ屋さんの新装開店とかで見かけたんだけど、最近では本当に珍しくなったわね」

幸子の言葉に剛は、むっ、と分かりやすく顔を曇らせた。パチンコという言葉が、憲夫がパチンコで取ってきたスーパーリアルベースボールと紐づいてしまったからだ。苛立ちを吐き捨てるように剛が唾を飛ばした。

「パチンコってギャンブルだろ？　悪いことだろ？」

「別に、限度を超えなければ悪くはないわよ。剛だってファミコンするでしょ？　ファミコンだってタダじゃないんだし、勉強になんの役にも……」

「そ、それとこれとは別だよ」、と剛は慌てて幸子の言葉を制した。

二人にチンドン屋の集団が近づいてくる。徐々に姿形が明確になってきた踊り手に、剛は声を上げた。

「やっぱりピエロだ！」

派手な衣装、白塗りのメイクに赤い鼻をつけたピエロであった。二人に近寄ってきたピエロは剛に一枚のチラシを渡すと、なにも言葉を発することなく、左目には一粒の涙、真っ赤で大きな口元は笑っているという、泣いているのか笑っているのか分からないといった表情で剛を数秒間見つめた後、ひらりとその場を立ち去った。剛が手渡されたチラシに視線を落とすと大々的にこう書かれていた。

『山の上大サーカスがやってきた！』

サーカスは日本全国至る所で、何十もの団体が妙技を競っていた。剛のクラスメイトの流行に敏感な、ドラゴンクエストⅢもクラスでいち早く手にしていた伊藤君が、さも自慢げに「サーカス観たことないの？　絶対観た方がいいよ」とクラスメイト全員に言って回っていたのを思い出した剛は、そんなに面白い場所なのかな、と興味を持った。そしてすぐに思い直した。果たして、憲夫がサーカスになんて連れて行ってくれるのだろうか。

突然ピエロが剛の下に戻ってきて、チラシの写真を指差してから、次にその指を自分の赤く丸い鼻の上に置いた。空中ブランコ、玉乗り、火の輪、ジャグリングなどの煌びやかな写真の中に、観客から投げられた輪っかを取り損ねているのか、舞台にえび反りになって転んでいるピエロの写真が一枚あった。

「なんだよ、だっせえ。失敗してるじゃん」

と剛が腐すと、ピエロは哀しげな顔で首を振った。元より、泣いているのか笑っているのか分かったものではない。ピエロは剛から一歩距離を置いてから、右手を膝の前に持ってきて紳士のように一礼すると、そのままの格好からバク宙をして見せた。

「すげぇ……」、思わず剛が声を漏らした。

そうしてピエロは地面に寝転んで、足が痛いというジェスチャーをした。

「どっちだよ！」、今度は思わず叫んでしまった。

剛の反応に満足したのか、ピエロは何事もなかったように立ち上がった。そして涙が流れていない方の右目でウインクをしてから、チンドン屋の音に紛れていった。

家に帰った剛はサーカスのチラシを凝視しながら、今か今かと憲夫の帰りを待っていた。そこへご機嫌な憲夫が小躍りしながら帰ってきた。

「お父さんおかえり。お酒飲んでるの？」

「おう、ちょっとだけな」

剛は内心、しめしめ、と思った。お酒の勢いでサーカスでもどこでも連れてってくれるのではないか？

「あのさ、お願いがあるんだけど……」、と剛はチラシを差し出した。「サーカス連れてってくれない？」

「サーカス？　お前、そんなものに興味があるのか」、そしてすぐに眉間に皺を寄せた憲夫は、「ダメだ」。

「えーーー？　いいじゃんよ、たまには。夏休みは福島にも行けなかったし、海にも大磯ロングビーチにも連れてってくれなかったじゃん」

「夏休みは野球が忙しかったんだから仕方ねーじゃねえか」

「ねー、いーじゃんよー。ほら、野球で平塚球場行ったじゃん。サーカスも同じ総合公園の中だし、近いから。ね、お願い！」

総合公園は平塚の中央に位置する市立の公園で、剛の家からは車なら五分で行ける場所にある。中には平塚球場や平塚競技場といったスポーツ施設が充実している上、子供たちが自由に走り回ることができる広場もあり、平塚市民の憩いの場となっている。中でも剛にとって縁深いのは平塚球場で、憲夫の草野球が行われた時には亮太と二人で応援に行ったり、夏休みに少年野球の夏の大会の決勝が行われたのもこの平塚球場である。また横浜大洋ホエールズの二軍の本拠地になったことで、時折一軍の試合も行われ、剛も憲夫に連れられて一度だけ横浜戦を観戦に行ったこともあった。サーカスはそんな総合公園の中の広場で開催されるのだった。

剛は野球をキーワードに必死に食い下がるのだが、憲夫はぷはと酒気を吐き出しながら、

「いいやダメだ。サーカス観る暇があったら勉強しろ、なあ母さん」

と、まるで聞く耳を持たない様子であった。

急に話を振られた幸子は、あっけらかんと、「いいんじゃない？　たまには」。

「ぐぬう……」

二対一、劣勢の状況に憲夫は言葉を失った。剛はここぞとばかりに畳み掛ける。

「ほら、お母さんもいいって言ってるじゃん。お願いだよ」

「ダメだ、勉強しろ」

「勉強ばっか。それじゃあさ……」

剛は考えた、駆け引きだ。幸子がドラゴンクエストの下敷きとサーティワンのアイスを天秤に掛け

たようにすればよいのだ。だが分の悪い賭けをしても意味がない。サーカスの代わりに勉強しろと言うのなら、と剛は良案を思いついた。

「それじゃあさ、テストで百点取ったら連れてってよ」

憲夫は、うーん、とこれでもかと悩んだ末に、「よし、百点だ」。

剛にはしてやったりの答えである。得意な算数で百点を取るのは容易であったし、もし凡ミスによって算数で百点が取れなかったとしても、何教科かに一個くらいは百点が取れると踏んだからだ。

ニヤつく剛に、憲夫が守りを固めてきた。

「ただし……一つじゃダメだ。三つな、三つ」

「三つ？　二つ、じゃダメ？」

「三つだ！」

今度は憲夫がニヤリと笑う。一進一退の攻防が続く……かと思われた緊迫した空気を、剛が自信に満ちた表情で切り裂いた。

「オッケー、三つ取る！」

「ぐぬう……」、憲夫はそんな剛の表情が気に食わなかったのか、「母さん、ビールだ、ビール！」。

その夜、剛は教科書を開いて、初めて家で復習というものをした。算数の公式を見直し、国語の漢字を覚えて、理科の星の種類や動きを把握した。

「さあ、ご飯にしましょう」

幸子の言葉が耳に入らず社会の教科書と向かう剛に、憲夫が声を荒げる。

「ほら、お母さんの手伝いもちゃんとしろ！」

「はーい」

教科書をパタンと閉じて、剛が軽やかな足取りでキッチンへ向かうと、それとは反対に憲夫はいつまでも難しい顔で、ビールをチビチビ飲みながらテレビを睨みつけていた。


翌週末、剛は神妙な顔つきで、ビールで晩酌を始めた憲夫に数枚のテスト用紙を手渡した。いつもなら茶化すか、お母さんに渡せと興味のない素振りを見せる憲夫だが、この日は剛以上に神妙な顔つきでそれを受け取ると、大きく一つ深呼吸をして酒気を飛ばすのだった。

一枚目は算数のテストで、テストの右上には赤ペンで堂々たる百の数字が書かれていた。

「まだ一つだ。金出してそろばん習わせてやってんだから、これくらい当然だな」

憲夫は算数のテスト用紙を最後尾に回して、次のテストに目を落とす。二枚目は理科のテストで、算数のテストと同じく、右上には百の数字が書かれていた。

「ぐ……、でもまだ二つ目だ」

憲夫が理科のテストをめくる。剛はなにも言わず、前に組んだ手をもじもじし始めた。三枚目のテストは社会であった。

「九十五点か……」、憲夫は剛の顔を覗きこんで、「いやー、残念だったな。一問間違えたか、そうかそうか。それじゃ、サーカスはなしだな」。

「そうだよ、間違えたよ。でも……」、剛は憲夫が手にしているテストを指差した。「もう一枚あるんだよ」

「なに？　もう一枚だと？」

憲夫から一瞬にして笑顔が消えた。剛も表情を崩さず、自信とも不安とも取れる表情でただ一度だけ頷いた。憲夫が社会のテストを手で摘むのを、剛は固唾を飲んで見守っている。二人にとって、共に、勝負所であった。憲夫が横に長い社会のテストを少しずつ右にずらして行くと、四枚目に姿を現したのは社会と同じく横長の国語のテストだった。上段と下段の二列に問題が書かれていて、一つ一つ姿を現していく先生の赤ペンの表記は全て○だった。○、○、○が続く。四分の三までテストをずらした所で、憲夫はピタリと手を止めた。最後の四分の一、ここで全てが明らかになる。憲夫の手が再度ゆっくりと始動する。一つ一つ顕になる設問には、間違いを意味する赤ペンの×はない。テストは残り僅か、あとはテストの右端に点数が書かれているだけだ。そして憲夫はその手に力を込めて、一気に引き抜いた。

「……」、憲夫は明らかに頭にクエスチョンを浮かべて、「九十八？」。

剛はどこか諦めた様子で、

「ほら、ここ……」

と、国語の設問の一番始めの漢字の書き取り問題を指差した。赤ペンは、○ではなく、一見○にも見える歪な△であった。憲夫は九十八点という点数を見て安堵の表情を浮かべるどころか、疑問をそのまま吐き出した。

「『小供』？　間違ってるのか、これは……」

『こども』と書かれた設問に、剛は『小供』と書いていた。憲夫が疑問に思うように、剛も納得のいかない様子で言った。

「間違ってるんだって。こどもの『こ』は、幸子の『子』が正しいんだってさ」

「あ、うん……そうだよな……」

「でもさ」、剛はサーカスのチラシを憲夫に差し出した。「ほら、ここ見てよ」

チラシの料金表には、大人二千五百円という記載の下に、『小供千五百円』と記載されていた。目を丸くする憲夫に剛が訴える。

「あってるじゃんね。オレ間違ってないじゃんね。工藤先生がさ、今回のテストでオレと同じ間違いをした人が何人かいて、今回は仕方なく△にしたって言うんだ。お父さん、どう思う？」

「どう、たって、お前。間違えは間違えだろ」

「それじゃこのチラシは嘘なの？」

剛の必死の形相に憲夫はしどろもどろになった。

「でもよ、お前、先生の言うことは正しいんだろ。教科書には幸子の子で書かれているんだろ？」

「でもさ、サーカスのは幸子の子じゃないじゃん。ねえ、サーカス連れてってよ、サーカス！　サーカス！」

　憲夫の頭が次第に赤く染まっていく。

「うるさい！　テストで三つ百点を取ったらって約束だろ？　お前は男の約束を破るのか、え？」

　憲夫はテストとチラシをコタツに放り投げて、コップのビールを一気に飲み干した。剛は言葉をなくして、ションボリとチラシを手に取った。幸子がキッチンから顔を出して、晩ご飯のおかずを並べながら口を開いた。

「なにさっきから人の名前ばっかり。いいじゃない、テスト頑張ったんだから連れてってあげれば」

「ダメだ、甘やかしちゃいかん」、憲夫が抵抗を続ける。

「あんた、子供の頃、こんなにいい点数取れたの？」

「……そんなこと、関係あるか」

「全く……」、幸子はいかにも残念そうな顔で言った。「だってもうチケット買っちゃったんでしょ？」

「ば、馬鹿コノッ！」

　赤く染まった憲夫の頭がさらに赤く染め上げられる。剛は、人間の頭はここまで赤くなるものか、と関心しながら、喜びの声を上げた。

「ほんと？　連れてってくれるの？」

「しょ、しょーがねーじゃねーか。お客さんに貰っちまったもんだからよ、無駄にするのも悪いからな……」

「やった、サンキュー！」

剛は幸子にアイコンタクトしてから、憲夫の空いたグラスにビールを注いだ。憲夫はいかにも不味そうに、注がれたビールを一気に飲み干した。

二

初めてのサーカスに心を躍らせる剛、どこか不満げな顔の憲夫、我関せずといった澄まし顔の幸子、三者三様といった面々の斉須家の車が総合公園に近づいていった。サーカスの開演時間は十六時であるが、多少の混雑を見越して十五時半には駐車場の入り口に到着した。すると早々に憲夫が不満を漏らした。

「なんじゃこりゃ。駐車場にも入れねーじゃねーか」

駐車場は満車で、憲夫の運転する車の前には三台の車が駐車場が空くのを待っていた。

「早く行け、コノ」

憲夫が車のハンドルをトントンと指で叩いている。剛は憲夫の頭がこれ以上赤くならないよう、

「仕方ないじゃん。ほら、十二時からの開演のやつもあるからその車だよ、すぐ出るよ。それにそれだけ面白いってことだよね、サーカス」

と、必死に憲夫をなだめた。

憲夫はさも良案を思いついたかのように、「サーカスやめて、すかいらーくで飯でも食って帰るか」。

「えー、サーカス観てからすかいらーく行こうよ」

「馬鹿コノ、どっちかにしろ！　なあ母さん、すかいらーくにするか」

幸子は助手席の窓を開け、シガーライターでセブンスターに火を点けると、紫煙をプカと一つ吐き出してから言った。

「まだお昼ご飯食べたばかりでお腹空いてないわよ」

「そんなこと言ってもなにかしら食べられるだろ、ケーキとか、なっ」

「そんな子供みたいなこと言ってないで、煙草でも吸って落ち着いたら？」

「ぐ……」、憲夫はそれ以上なにも言わず、幸子同様シガーライターでセブンスターに火を点けると、運転席の窓からもやもやを吐き出した。

剛はその一部始終を見届けて、静かにほっと息を吐いた。

二人が煙を吐き出す代わりに、開けた窓から車内に喧騒が入ってきた。剛は後部座席の窓を開けると、身を乗り出して総合公園の中の様子を窺った。そしてすぐにその目を輝かせた。多くの人出、人出があれば自ずとついて回る、様々な色彩を放つ屋台を見つけたからである。平塚七夕まつりよりも圧倒的に規模は小さく、種類も少ない。それでも剛は車に身を戻してから、その浮かれた気持ちを隠すように、少年野球のコーチの車でよく流れていたヤングマンを鼻歌混じりで口ずさんだ。

一台、二台、三台と車が流れた。あと一台という所で、駐車場の警備員の男が赤い棒を横にして憲夫の車を制止した。

「早くしろ、コノ」

警備員の男は恐縮するように何度も頭を下げていた。剛は密かに、警備員の男に同情した。スキンヘッドの男が、その頭を赤く染め上げて、誰が見てもイラついた様子で煙草を吹かしている。これでサングラスでもかけてたらヤクザに違いない、と誰もが思わざるを得ないような憲夫のスキンヘッドを改めて瞳に映した剛は、やっとのことで赤い棒をクルクル回して憲夫の車を招き入れる警備員の男に小さく会釈をした。

車を降りた剛は、憲夫と幸子を先導するように十歩先を歩いて、高精度のナビゲーションシステムの役割をした。それは主に屋台に特化したもので、お好み焼き屋はあっち、あんず飴はこっちと指差し、つけ足すようにトイレはそっちと案内してみせた。どの屋台にも目移りすることなく無言で剛の後をついてきた憲夫が、とうとう痺れを切らしたように口を開いた。

「おい剛、喫煙所はどこだ？」

「えー、喫煙所？　ちょっと待ってよ、えーと……」、剛がまた先へと駆け出すと、すぐに足を止めた。「うわっ、すげー！　でっかいテントだ」

普段はただの芝生の広場であるはずのその中心に、突如として現れた大きくて黄色い半円形の異物を見た剛は、一瞬にして心を奪われ声を上げるのであった。

「お父さん、見て見て！　ＵＦＯみたいだよ！」

「なに？　ＵＦＯだと？」、憲夫が剛の下に駆け寄ると、振り返りざまに、「母さん、でかいぞ、ＵＦＯだ！」。

　幸子は歩調を変えることなく、「はいはい、ＵＦＯね」。

　憲夫と剛は、屋台や喫煙所のことなど既に頭にはない様子で、どちらが始めた訳でもなく、ＵＦＯに辿り着くのはどちらが先かと競争を始めた。

「母さんはまだか」、剛を覗き見る憲夫。

「お母さん、早く！　こっちこっち」、きた道を振り返り叫ぶ剛。

「はいはい、これ買ったらすぐ行くから。ほら、ちょっと手伝って」

　テントのすぐ側の屋台で手招きする幸子から大きなポップコーンを二つ受け取った剛は、それを両脇に抱えて憲夫の下に戻ると、落ち着きなくその場で足踏みをした。「お母さん、早く早く」

「はいはい、今行くから」

　幸子は笑いながらコーラを二つ持って、先を行く宇宙の開拓者二人の下へゆっくりと歩を進めた。

　チケットを受付に渡した斉須家一行は、特に男二人がＵＦＯ内部の探索に余念がない様子で、周囲を見渡しながら座席を目指して歩を進めていく。

「うわ、凄く広い！　こんなに大きいなんて思わなかったよ。あっ、あそこに空中ブランコがある」

　と剛が言えば、負けじと憲夫も唾を飛ばす。

「剛、あそこも見てみろ。今綺麗なお姉さんがチラッと見えたぞ」

「え、ほんと？　……嘘だ、いないじゃん」

「嘘なんてつくか、コノ！」

目にしたものを全て口にする男二人の背中を見ながら、ほら静かにしなさい、と言って二人を窘め、笑いながらポップコーンを口に放り込むのが幸子の仕事であった。それが斉須家にとってのいつものお出掛けの形であり、その様子を目にした人々の笑い声が聞こえてきても剛はなんの疑問も持たなかった。たとえ笑われていたのだとしても笑顔が見られるのならいいではないか、それくらいの感覚であったのだ。そして幸子は毎度こう口にするのである、「全く誰に似たんだか」。

小学校の体育館の半分程の空間には二百を超える椅子が用意され、既にその半分以上が今か今かと期待を膨らませる人たちで埋まっていた。斉須家はステージ下手側、前から三列目の端三席に、中央寄りから憲夫、剛、幸子の順で座った。

席に着いて早々に、憲夫がお出掛けにつきものの疑問を投げた。

「オイ剛、途中でうんこしたくなったらどうするんだ」

「えー、知らないよ。そこら辺ですればいいじゃん」

「馬鹿コノッ！　そんなことできるか！」

そして幸子がいよいよ業を煮やした様子で、「ほら、そろそろ始まりそうだから静かにしなさい。はいこれ、お父さんに渡して」。

幸子からコーラを受け取った剛がそのまま憲夫に渡すと、憲夫はステージに視線を向けたまま息もせず半分を一気に飲み干した。ポップコーンを憲夫の前に差し出すと、憲夫はやはりステージに視線を向けたまま左手でポップコーンをむんずと掴み、そのまま口に頬張った。剛はそんな憲夫の様子を観察しながらポップコーンを一つ摘んで、味わうようにポリポリと噛み砕きながら思った。お父さん、本当はサーカス観たかったんじゃないかな。

男と女のピエロが二人、ステージの真ん中から顔を出した。すかさず剛が男のピエロを指差して言った。「お母さん、ほら、あの時のピエロだよ」

「あらそう？　同じ顔だから分からないわ」

あっ、と剛は思った。幸子の言う通り、白塗りの化粧にピエロの衣装を着ていれば同じか否か分かったものではない。そうして冷静さを取り戻した剛は話題を変えた。

「もう始まったの？」

「まだ時間じゃないし、前座でなにかやってくれるんじゃないかしら」

女ピエロが片手で輪っかを掲げると、男ピエロが投げてこいとジェスチャーをした。女ピエロが輪っかを投げる。男ピエロは輪っかの着地点に素早く移動すると、頭を突き出して、そして見事なまでに輪っかに頭突きした。大の字になって寝転んで、打ち上げられた魚のようにピクリと体を動かすと、会場から微かに笑い声が上がった。そして、もう一回、もう一回と女ピエロに懇願する。二投目、女ピエロが投げた輪っかの着地点に素早く移動した男ピエロは、輪っかに首を通して、見事にキャッチしてみせた。二個目、三個目と漏れなく成功していった。すると今度は会場から、オー、という小さな歓声と、ささやかながら拍手が上がった。剛もステージを去る二人のピエロに小さな拍手を送りながら、「やるじゃん」。

会場の照明が落ちて、アナウンスが流れた。

『さあ、山の上大サーカスの始まりだ！　皆、今日は大いに楽しんでくれ！』

会場からわあっと大きな歓声と拍手が上がった。ステージ中央から大人一人分はあろうかという大きな球が転がってきて、第一演目である玉乗りが始まった。

玉乗りは、玉の上でジャグリングをしたり、玉の上に置いた板の上にさらに椅子を乗せて、その椅子の上で逆立ちをするという演目だった。一つ一つの演技が終わるタイミングで会場全体から盛大な拍手が上がる。その度に憲夫も拍手をして、剛を肘で小突く。そうして剛はワンテンポ遅れてパラパラと手を叩いた。

第一演目が終わると、憲夫は奥歯に残ったするめを噛み締めるように、

「いやー、凄いなー。凄かったなー」

と、落ち着きなくポップコーンに手を伸ばしてコーラをごくごくと飲んだ。そんな憲夫の様子を、剛は視界の端でなんとなく見ていた。

その時、どこからともなくまた二人のピエロがステージに姿を現した。男ピエロの手には鋭いサーベル、女ピエロの手にはグレープフルーツが握られていた。

「あっ！　志村けんと加藤茶のやつだ！」

剛は瞬間的に、もっさりとした髭を生やした志村けんと加藤茶が黒いタキシードを着て、踊りながら投げたフルーツを剣に刺すというドリフターズの映像を思い出した。

「お？　そうだな、ドリフのやつだ」、と憲夫が身を乗り出した。

女ピエロが山なりに投げたグレープフルーツに男ピエロは見事に、ヘディングをして倒れた。地面に横になりながら、体をピクリピクリと震わせていて、剛は思わず大声を出して笑った。男ピエロは何事もなかったようにすくっと立ち上がって二投目を要求する。女ピエロの投げた二投目のグレープフルーツは見事に、スポリと剣に収まった。玉乗りの時と比べると遥かに小さな拍手がパラパラと会場内に上がる中、剛は一人、やった、と言ってガッツポーズをした。

するとと今度は女ピエロがステージの上手から観客席に下りて観客を物色し始めた。そうしてステージ上手側の一人の子供にグレープフルーツを手渡して、男ピエロに投げろというジェスチャーをした。子供が投げたグレープフルーツは、ステージの手前に落ちて不様に転がった。女ピエロがグレープフルーツを拾い、大丈夫、もう一度、思いっきり、と再度子供にグレープフルーツを手渡す。子供が投げた二投目は、ステージ上には飛んだが、方向が定まっていなかった。そのグレープフルーツを男ピエロが必死に追いかけて、そして転びながら見事に剣に収めた。会場から上がるささやかな歓声。そうしてステージ上からはけるピエロに、剛は無意識の内に拍手を送っていた。

ピエロと入れ替わりに、筋肉質の男としなやかな女がステージ上に現れた。第二演目は組み体操のようなものだった。横になった男の伸ばした手の上で、女が手だけでバランスを取って、その上でポーズを決めるというものだ。女の体の柔らかさは尋常ではなく、体を反らした頭とお尻がくっつきそうになるのを観た剛は、思わず幸子に聞いた。

「どうしてあんなに曲がるの？」

「ファミコンしないで毎日練習しているからじゃないかしら」

第二演目を終えた筋肉質の男としなやかな女は、手をつないで会場に一礼してからステージをはけると、また入れ替わりにピエロがひょっこりと顔を出した。憲夫は怪訝そうな顔で言った。

「ピエロはいいから、早く空中ブランコやらないかな」

「空中ブランコは最後じゃないかな」、剛はどこか不満げに言った。

「そうだよな、やっぱり空中ブランコは大トリじゃないとな」

ステージ上では、ピエロがボーリングのピンのような形をしたクラブでジャグリングをしていた。初めの内は一人で回し、今度は二人のピエロがキャッチボールをするようにクラブを投げ合った。その様子を観ながら、空中ブランコに絶対の期待を寄せる憲夫が口を開いた。

「あんなお手玉みたいなもん、ちょっと練習すれば誰でもできる」

「お父さんできるの？」、剛が疑いの目を向ける。

「できるできる、楽勝だ」

「なら家に帰ったらやってみてよ」

「……どけ、今の内におしっこしてくる」

席を立つ憲夫がよほど目についたのか、女ピエロが憲夫を指差して、ステージを下りて近づいてきた。自分たちの出番を邪魔されたと思ったのか、女ピエロはクラブで自分の太ももを叩いて怒りのジェスチャーをしている。

「ちょっ、こっちにきちまったぞ。剛、ほら、お前どうにかしろ」

「え？　どうにかしろったって、どうにもできないよ」

「いいから、俺は便所だ」

トイレに向かう憲夫の背中を女ピエロは手を振って見送ると、会場から笑い声が上がった。すると女ピエロは剛の顔を見るなり、ニッカリ、と微笑んでから、クラブを一本剛に差し出した。受け取ったクラブは思いの外ずっしりと重く硬いものだったので、剛は思わず、頭に当たったら痛いだろうな、と苦笑いをこぼした。女ピエロはステージ上で二本のクラブをクルクル回している男ピエロに投げろというジェスチャーした。剛は言われるがまま席を立ってステージの前まで行き、ピッチャーの如く振りかぶると、それを見た女ピエロが慌てて剛の投球を止めた。上から、投げるのは、ダメ、というジェスチャーを理解した剛は、クラブを中心に手を合わせた。

「あ、ごめん！　つい、野球のクセで……」

ステージ上の男ピエロが足で地面を叩いて怒っていた。あっという間に、憲夫がトイレに行った時と同じくらいの笑い声が会場を包んでいた。剛は男ピエロの表情を読み取ろうとしたが、顔は怒っているのか笑っているのか分からなかった。ただ分かったことは、安心感である。この細長くて硬いボウリングのピンのようなものでも、フルーツでも、たとえ尖ったナイフであっても、あの男のピエロはこの会場を笑いと歓声で包んでくれるに違いない。剛はそう思いながら、クラブを下投げでクルクルと回転をかけて放ると、男のピエロは剛の投げたクラブを見事にキャッチして、初めから三つのクラブを回していたかのようにジャグリングを続けた。会場内にパラパラと拍手が起こる。剛が男ピエロを見つめていると、それに気づいた男ピエロは涙の流れていない右目でウインクをした。絶対あの時のピエロだ、と剛は確信した。

ピエロの去ったステージの中央には、いつの間にか大きなリングが用意されていた。そしてピエロの代わりに現れた、キラキラとした派手な衣装に身を包んだ好青年風の男がリングに火を点けると、会場内のボルテージが一気に上がり大声援が巻き起こった。

「ほら剛、見ろ。派手なのが始まるぞ」

トイレから戻ってきた憲夫のテンションもリングの火のように燃え上がっていた。剛は、うん、と頷いて、ポップコーンの弾けずに硬いままのとうもろこしの豆を何度か舌の上で転がしてから、一気に奥歯で噛み砕いた。

三

全ての演目を終えたテントは、大自然の蟻塚の如く、働き蟻のような人の群れを一気に吐き出した。

斉須家の三人もその流れに逆らうことなく、蟻と化してテントを出た。

いつもの剛なら、蟻と同等の嗅覚をもって屋台を物色し始めるのだが、テントを出た剛は太陽の沈んだ暗い空をぼんやりと眺めているばかりだった。幸子が剛の手から空になったポップコーンのゴミを奪い取ってゴミ箱に捨てると、「どうしたの?」。

剛は変わらず焦点が合わない様子で、「なんでもない」。

憲夫はその様子を知ってか知らずか、上がったままのテンションで剛に話し掛けた。

「いやー、空中ブランコはよかったなー。怖いだろうなー。あの高さでブランコに飛び乗るなんて、人間のやることじゃない。なあ、剛」

「そうだね……」

「それとも剛は火の輪をくぐるやつのが好きか?　あれも凄く勇気がいるもんだからな」

「あれも凄かったけど……」

「なんだ、切れの悪いうんこみたいな奴だな。それともあれか。体の柔らかいやつとか、高い所でバランスを取るみたいなやつが好きなのか。渋い奴だな、お前は。若いんだから、どうせなら空中ブランコみたいに派手なやつを……」

「ごめん、オレ、トイレ行ってくる」、と剛は憲夫の話を遮った。

「なんだお前、本当にうんこしたかったのか。中でしてくればよかったじゃねえか」

「今したくなったんだから仕方ないじゃん、ってかうんこじゃないし。それじゃお父さんとお母さんは、そうだな……」、と言って剛は周囲を見渡してから、「あの屋台と駐車場の入り口の辺りで待っててよ」。

憲夫は面倒臭そうに、「分かった分かった。待っててやるから早く行ってこい」。

「ほんとに分かったの？　お母さん、分かる？」

幸子は我関せずといった様子で、「あら珍しい、あそこの屋台、イカゲソ売ってるわ」。

剛は公衆トイレに向かって歩き出した。剛が一度振り返ると、二人は待ち合わせ場所の方向に歩き出していた。

公衆トイレは、サーカス終わりの人でごった返していた。女性用トイレのみならず、男性用トイレにも子供連れの親子などで列ができていて、剛はそのまま一度横を通り過ぎてから、テントの方向へと歩みを変えた。テントの横にお客様用の仮設トイレが設置されていたことを思い出したからだ。

仮設トイレは男女兼用で、十個の小さな個室トイレが並んでいた。公衆トイレと同様に人の列を成してはいたが、人の総数という意味では公衆トイレよりも圧倒的に少なかった。剛は、なんとなくマシだ、と思ってそのまま最後尾についた。

五分待って仮設トイレに入った剛は、うっと息を止めた。臭い、とてつもなく臭い。他人の小便やら大便やら、人間の嫌な部分を全て吐き出したような悪臭に、剛の頭はなぜか一度リフレッシュされて、

「こっちのがまだマシだ」

と呟いてから、小便を垂れた。

その刹那、剛の背中にぞくりと悪寒が走った。この悪寒は、小便をした時のそれとは違うことを剛はすぐに理解した。あの時と同じだ、と過去に起こった出来事を思い出したからである。


あれは剛が小学校一年生の頃、憲夫に連れられて二人で横浜スタジアムに横浜・巨人戦を観に行った時のことである。七回が終わって三対〇と一点も取れない巨人に業を煮やした憲夫は、もう帰ろう、と言い出してそそくさと帰り仕度を始めた。

スタンドの階段を下りてすぐ、売店の横にトイレの看板を見つけた剛は、「おしっこしたい」。

「ここで待っててやるから早く行ってこい」、と送り出す憲夫。

そして用を済ませてトイレから出てきた剛の第一声は、「お父さん、どこ……」、なのであった。

そこにいるはずの憲夫が忽然と姿を消していた。まごうことなき迷子である。その事実を小学一年生の剛が受け止められるはずもなく、

「お父さん、お父さん！」

と呟きながら、憲夫を探す旅に出た。同じようなことは以前にも何度かあった。しかしその全ては、梅屋や長崎屋の中といった平塚に閉じられた世界である。剛が何度も行ったことがある場所であったので、剛自身慌てることも、騒ぎ立てるようなこともなかった。だが、ここは横浜で、齢六歳の剛の知らない土地であった。

「お父さん……」

剛はこの時、人生で初めて自覚したのだ。自分が迷子だってことを。

一度スタンドに戻った剛は自分たちが座っていた席を探したのだが、人が多過ぎて、憲夫どころか自分たちが元いた場所すら特定することができなかった。

ほんの数分前に用を済ませたばかりのトイレの前に戻ってきた剛は、「ここで待っててやるから」という憲夫の最後の言葉を思い出して、じわりと視界が歪んだ。

「僕を置いてどこかへ行っちゃったの……」

潤んだ世界の中で必死になって周りを見渡す。そして、叫んだ。

「お父さん！」

ギュッと目を瞑った時にこぼれ落ちた涙をその場に置いて、剛は一目散に駆け出した。勢いそのままに、ベンチに腰掛けたスキンヘッドの背中に飛びついた。

「お父さん、どこ行ってたんだよ！」

スキンヘッドの男性が振り返ると、真っ黒なサングラスが剛の視界に飛び込んできて、剛はあれと思った。サングラスを外したスキンヘッドは戸惑いの表情でパチクリと剛を見つめ返していた。隣に座っていた化粧の濃い若い女性が、戸惑うスキンヘッドの男性と小学一年生の子供を交互に見比べながら軽蔑の念を送っている。もちろん女性は、幸子ではない。そもそもスキンヘッドも憲夫ではない。明らかに憲夫とは違う、髭を生やした、眼光鋭い強面のスキンヘッドと対峙した剛は、動くことも泣くこともせずに、ただスキンヘッドだけをじっと見つめていた。

　その時、別のスキンヘッドが走り寄ってきた。強面のスキンヘッドの背中から剛を剥がすなり、

「すいません。うちの息子が迷惑を掛けました。本当にすいません」

　と、何度も何度も頭を下げた。憲夫だった。ほんの僅かの距離で、二人の困り顔のスキンヘッドが目を合わせている。ほんの数秒という時間だろうか、しかしこの状態が永遠に続くのでは、と思わせる歪んだ空間がそこにはあった。

　沈黙を破ったのは誰でもない、剛である。久しぶりに憲夫の顔を見た剛は、安心して笑うでもなく、泣くでもなく、

「お父さん、どこ行ってたんだよ！」

　と怒り、憲夫の太ももをぶったり蹴ったりした。何度も、何度も、本気の形相でその行為を繰り返した。憲夫は剛に構うことなく、強面のスキンヘッドに頭を下げるばかりだった。強面のスキンヘッドは見るに見かねて、剛の坊主頭に分厚い手の平をどかと乗せてから言った。

「ほら、坊主。もういいから、お父さんを許してやんな」

　剛は最後に、拳で渾身の一撃を憲夫の太ももに入れると、

「ありがとう。おじさん、優しいね」

　と言って、強面のスキンヘッドにちょこんと頭を下げた。

「坊主はおじさんのこと、怖くないのか？」

「怖くないよ。おじさん、その頭剃ってるんでしょ？　剃刀で。お父さんと同じじゃん」

「違ぇねぇ」

強面のスキンヘッドは、これ以上ないくらいに目尻を落としてガハハと笑った。憲夫と、化粧の濃い女性も笑った。剛だけは三人の大人が笑う様子を、ただただきょとんと見つめるだけだった。

横浜スタジアムを出て駅へと向かう帰りしな、背中を丸めてしょんぼりと歩く憲夫に、剛はなおも責め立てた。

「どうして約束してたのに、どっか行っちゃったんだよ。おしっこする時間ぐらい待っててくれてもいいじゃん」

「いや、すまん。ちょっと用事ができてな……」

「オレは迷子になったんだぞ、バカ！　用事ってなんだよ」

「別所さんがいてな……」

「別所って誰だよ。いたからってなんなのさ」

憲夫は着ていたスタジャンを脱いで自慢げに背中を向けると、「サイン貰ってた」。

憲夫のポロシャツの背中には、剛には到底理解し難い謎の文体。鬼軍曹・別所毅彦を六歳の少年が知る由もなく、剛がなおも唾を飛ばす。

「サインって、有名じゃない人の貰っても嬉しくもなんともないじゃん」

「馬鹿、別所さんだぞ！　昔巨人にいてだな……」

「知らないよ！　オレは便所に行ってたんだから」

「便所と別所を一緒にするな、コノッ！」

憲夫は剛の頭にゲンコツを落とした。剛は頭を押さえながらも、頭を赤く染める憲夫を見て微かに笑った。久しぶりに笑ったと思った。


この一件は剛にとって、忘れられない出来事となった。初めて迷子になったからでもなければ、スキンヘッドに妙なトラウマを持った訳でもない。憲夫が剛を迷子にして別所さんのサインを貰いに行ったということを幸子に言わない代わりに、ファミコンを買ってもらうことを約束させたからである。そして、三年が経った今でも、剛はこのことを幸子には話していなかった。

そんなことを漠然と思い出した後、剛は思った。あれから何年も経っているし、今日はお父さんだけじゃなくお母さんも一緒なんだ、迷子になんてならないに決まっているさ。剛はそう自分に言い聞かせながらも、どこか不安げな様子で仮設トイレを出ると、待ち合わせの場所へと駆け出した。

四

待ち合わせ場所に到着した剛はすぐにため息を一つ漏らした。ぐるりと周りを見渡してみる。公衆トイレ、広場に設置されたサーカスのテント、目の前に広がる屋台群、駐車場。どこを見てもわんさかと人はいるが、憲夫と幸子の姿はどうにも見当たらなかった。得てして、不安というものは的中するものである。

「全く、どこ行ったんだよ。まさか、先に帰っちゃったってことはないよな」

駐車場を半周して辿り着いた憲夫の車はきちんとそこに存在していた。中はがらんどうの鉄の箱で、剛はまた一つため息を漏らした。

石ころを蹴りながら待ち合わせ場所に戻った剛は、石垣に腰掛けて二人を待つことにした。すると、今にも涙がこぼれ落ちそうな程に涙袋を膨らませた四つか五つくらいの少年が、剛のすぐ隣にやってきた。

迷子だ。剛は瞬間的にそう思って、少年と顔を合わせないように黒い空を見上げた。面倒なことに関わりたくない、大人がなんとかしてくれるだろう、そして、恥ずかしながら自分も同じ迷子なんだ。折り重なる様々な感情から、見て見ぬ振りという打算的な行動につながっているのだった。まるで人間の悪い不文律に従う大人のような振る舞いであった。

「お父さん……お母さん……」

少年の呟きは風の声、剛はさらりと聞き流した。

「お父さん、お母さん」

風の声が次第に語気を強めてすぐそこまでやってきていた。そして、その存在を主張するかの如く、吼(ほ)えた。

「うわーん！　お父さん、お母さん、どこーーー！」

　剛が横目で少年を覗き見ると、少年は顔から涙と鼻水をボタボタと落としていた。剛は耳を塞ぎたいのをぐっと堪えて、見えないなにかに媚びるように周りを見渡した。大人たちはノラの犬畜生を見るような冷たい視線を二人の子供にぶつけているばかりであった。

「オレだって同じなのに……」

　そうぼやく剛が大人たちを睨むと、大人たちは居心地悪そうに視線を逸らすか、お互いに目を合わせてなすりつけるばかり。剛は諦めの境地で立ち上がり、右の拳を握り締めながら、右足を一歩踏み出して、少年の前にしゃがみ込んだ。

「坊や、どうしたの？」

　少年は、えーんえーん、と泣き続けている。

「迷子、になっちゃったのかな？」

　なおも少年は、お父さんお母さん、と泣き続けている。

「それじゃ、お兄ちゃんが一緒に探してあげるから、もう泣きやもうか」

　剛がそう笑いかけると、少年はしゃっくりのような声を漏らしながら、

「坊やじゃないや、ヒック、健太だ！」

　と、小さい体で精一杯胸を張った。そのいじらしい姿に、剛は自然と笑みをこぼした。

「オレは剛。よろしくな、健太。それに健太は強い子だからもう泣かない、分かった？」

「……ヒック」、と健太は涙を飲んだ。

剛は自分が憲夫と幸子とはぐれていることなどこれっぽっちも忘れ去ってしまって、冷静に頭を回転させ始めた。十歳の子供でも、いざ自分よりも小さな子供の前では大人ぶってしまうものである。それは弟や小さな従兄弟のいない剛にとって新鮮な感情であった。

屋台の様子が似ていたのか、剛の頭に平塚七夕まつりが浮かんで、思い出したように口を開いた。

「そうだ、迷子センターだ。迷子センターがあるか誰かに聞いてみよう」

「ダメだよ、大人の人は」、健太は不思議がる剛にこうつけ加えた。「知らない大人について行っちゃダメだって、いつもお母さんが言ってるもん」

「……お兄ちゃんは？」

「大人じゃないもん、ヒック」

大人気分を味わっていた剛は残念そうに、違いない、と苦く笑った。そして気を取り直して、健太への事情聴取を開始した。

「じゃあ健太のお父さんとお母さんはどんな人か教えて」

健太はいかにも考えている様子で、「お母さんはお友達のお母さんと比べると綺麗じゃないけど優しいよ」。

「今日はどんな格好をしているか覚えてる？」

健太は首を横に振った。そして閃いたように顔を上げて言った。

「お父さんはね、凄く怖いの。いつも怒ってばっかり」

「じゃあ、お父さんの今日の洋服の色は何色だったか覚えてる？」

「覚えてないよ、そんなの」

「そっか……。優しいお母さんに、怖いお父さんか……」

剛は無理矢理笑って、そうして宙を見上げた。どうしろってんだよ！

それならばと剛は少しだけ自分を取り戻してから、「健太もサーカスを観てきたの？」。

「うん」

「それじゃ、サーカスを観た後にはぐれちゃったんだ？」

「うん」

「どこら辺ではぐれちゃったか覚えてる？」

健太は右手で鼻水を拭ってから、遠くの空を指差すように短い指を伸ばした。それは広場の隅にあるステージの方向で、二人のいる場所からサーカスのテントを挟んで正反対の場所であった。

「あそこからここまで一人で歩いてきちゃったの？」

「うん」

「どうして？」

「面白かったから」

健太はケラケラと笑った。初めて見た健太の笑顔は、無条件に守ってあげたくなるような子犬のように思えて、剛は自分を気持ちが悪いと思った。初めて生まれた感情に動揺したのだ。剛は眉間に皺を寄せながらも、必死に笑顔を取り繕った。

「お兄ちゃんと一緒にあそこまで行ってみようか？」

「うん！」

と言った健太は、濡れた右手で剛の洋服の裾を掴んだ。剛は咄嗟になにかを言いかけて、すぐに諦めて、別の言葉を発した。

「……よし、行こうか」

「ねえ、お兄ちゃんも迷子なの？」

「違うよ！」、剛は強くなってしまった語気を抑えて、「お兄ちゃんは家が近いから一人でサーカスを観にきたんだ」。

「ふーん」

「なあ健太」

「なに？」

「鼻水すすれよ」

ずずー、と健太は精一杯鼻水をすすった。そうして右手で濡れた鼻の下を拭ってから、その手を剛の洋服の裾に戻した。

「なぁ健太、わざとやってない？」

「なに？」

純真な眼差しを向ける健太の、なにに代えてでも守ってやりたいと思えるような鼻水で濡れた小さな小さな手は、しっかと剛の洋服の裾を握っていた。剛はどこか満足げに呟いた。

「やっぱ、いいや」

そして目的の場所に向かって、四つの小さな足が小さな一歩を踏み出した。


二人は人が多く集まっている屋台が立ち並ぶ道を歩いていった。楽しそうにお好み焼きを分け合うアベックや、子供にせがまれて仕方なくあんず飴を買い求める家族を掻き分けながら、小さな二人が進んでいく。

剛の服の裾が急に引っ張られて、まるでパントマイムの如く、剛は目の前の透明の壁にぶつかったように足を止めた。

「健太、どうしたの？」

健太はなにも言わず、ただ視線を一点に集中させてなにかを訴えかけていた。視線の先には、白とビンの中に入った赤や黄色の彩り豊かな液体とのコントラストが印象的な屋台が構えていた。

「かき氷、食べたいの？」

剛の問いに健太はなにも言わずに、ただ頷きだけを一つ返した。

「ダメだよ健太。健太のお父さんとお母さんを見つけてから買ってもらおうよ」

健太はやはりなにも言わずに、剛の洋服の裾を強く引っ張った。

「そんなこと言っても、お兄ちゃんもお金そんなに持ってないし。もう少し頑張って歩こう、ね？」

健太はなにも言わず、涙袋をパンパンに膨らませた。剛はお尻のポケットに忍ばせていた財布を取り出すと、マジックテープをビリと剥がして、中に入っている硬貨と『かき氷　二百円』の看板を交互に見比べた。

「どうしても、食べたい？」

健太がなにも言わずに頷いた時、小さな目から涙の粒がこぼれ落ちた。あーもう！　一言も喋らないのに、どうしてこんなに強いんだよ、泣きたいのはこっちだよ。剛はそんなことを思いながら、諦めを吐き出すように言った。

「分かったよ、買ってやるよ」

「……ほんと？」

「本当だよ。だから、もう泣くなよ」

「わーい、やった！　お兄ちゃん、ありがと！」

満面の笑みで味を選んでいる健太。剛は心で泣きながら、財布の中の銀色の硬貨二枚を摘んで意を決した。

「おじさん、かき氷一つ。ほら健太、なに味がいい？」

「コレ……と、コレ」

健太は赤と青を指差した。

「え？　二つはダメだよ。どちらかにしようよ」

剛が慌てて制止すると、健太はこの世の終わりかと思わせるような悲しみの表情を浮かべた。そこへ屋台のおじさんが救いの手を差し伸べた。

「いちごとブルーハワイがいいのかい？　よし、特別に二色にしてあげよう！」

赤と青の液体が刻んだ氷の白をみるみるうちに染め上げていく様子を、健太は嬉しそうに眺めていた。こっちの気持ちも知らないで、と剛は悲しみと憎しみを噛み締めた表情でおじさんの手の平に硬貨を落とした。おじさんは硬貨をチャリンとタッパに落とすと、ホクホクと二人に笑いかけた。

「ボク、優しいお兄ちゃんでよかったね！　お兄ちゃんも弟想いで偉いねー！」

健太はかき氷に釘づけのまま、「うん！」。

剛は胸中曇り空のまま、健太の頭に手を乗せた。お兄ちゃん……か。

かき氷に夢中となっている健太は、サーカスと屋台によってテンションの上がっている通行人に度々ぶつかりながらも、かき氷を大事そうに抱えて必死に剛の背中を追った。その様子を少し不憫に思った剛は、

「なあ健太、危ないから食べてからにしようか。あそこで座って食べよう」

と、屋台の裏手を指差した。剛は健太の小さな背中を右手で包んで、屋台の合間を縫って人混みを避けると、木の根を椅子にして健太を座らせた。かき氷に集中し始めた健太は、何度も何度もスト

ローをかき氷に突き刺した。そうして突如剛を見上げ、かき氷の器を剛に差し出した。

「はい、お兄ちゃん」

「どうしたの？」

「あげる」

「え？　もういらないの？」

「うん！」

　健太が差し出す器の中は、赤と青が混ざり合った黒に近い紫色の物体が沈殿しているように見えた。グレープ味ならいいのにな、とストローの先のスプーンの部分で救って口に運ぶと、なんとも言えない不思議な甘い味がした。複雑な表情を浮かべる剛に健太は、美味しい？　とケラケラと笑った。

　剛がかき氷を飲み干すと、健太は落ちていた枝を持って、えい、やあ、と掛け声を上げながら木と戦っていた。どこかで……、と剛はふと思った。どこかで、見たことがある。剛がぼんやりとその光景を眺めていると、かき氷ですっかり元気を取り戻した健太が手招きをして、

「お兄ちゃん、早く行こうよ」

と、剛を先導するように歩き出した。剛は慌てて健太の後を追いながら、思い出した。木の枝を剣に見立てて冒険の旅に出るという姿は、小さい頃の自分そのものだった。そして小さな勇者の背中に呟いた、健太も一人っ子なのかもしれないな。

健太が両親とはぐれたという広場のステージが近づいてきた。剛は健太を呼び止めて、休憩所として人が多く集まっているステージを指差して言った。

「お父さんとお母さん、あそこにいるかな」

健太は悩んだ様子で、「うーん」。

「ここまできたらきっと見つかるから、頑張って探してみようね」

健太はなにも言わずに、手に持っていた枝で地面をいじくっていた。その時、健太が急に剛の手を引いて走り出した。

「お兄ちゃん、こっち！」

「健太？　お父さんとお母さん、いたの？」

「いいから早く、お兄ちゃん、こっちこっち」

剛は健太に手を引かれるまま、ステージの前の道を通り過ぎていった。人の気配がどんどんと少なくなってきて、さらには周りの人たちも家路を急ぐ人ばかりになっていった。

「健太、こっちにお父さんとお母さんいるの？」

剛は健太の肩を掴んで健太の足を止めさせた。俯いたままの健太は、つま先で地面に不恰好な円を描いた。剛はもう一度、ゆっくりとした口調で言った。

「なあ健太、本当にお父さんとお母……」

「いないよ」

健太は突然走り出して、黄色と黒のロープの下を潜った。看板には『日本庭園造園工事中』と書かれていて、剛は咄嗟に叫んだ。

「健太！　危ないから入っちゃダメだ！」

「大丈夫だよ、お兄ちゃんもきて」

剛は健太を外に連れ出す為に後を追った。健太は積まれた石をアスレチック代わりに、石から石へと飛び移っていた。

「健太が怪我したら後で怒られるのはお兄ちゃんなんだぞ」

「大丈夫だよ、お兄ちゃんも一緒にあそ……わっ！」

健太が石の出っ張りにつまづいて転んだ。

「健太！」

手の平と膝を着いて動かなくなった健太に剛は駆け寄った。健太を立たせて、手の平をパンパンと叩いてやると、外傷はなく一安心した。剛の安心をよそに、健太は奥歯を噛み締めたままである。次に健太の膝についた砂や小さな石をはたいてやると、小さな石の形にへこんだ皮膚の表面に血が滲んでいた。

「健太、大丈夫か？」

頷きを返した健太は、ただただ目に涙を溜めていた。剛は健太の擦りむいた膝にそっと手の平を載せた。

「痛いの痛いの、飛んでけ！　ほら、もう痛くない。大丈夫、健太は男の子だから泣かないよな」

健太は、笑った。痛みを必死に堪えるようにいじらしく笑った。

（こんなに小さいのに……）

剛が自然に両手を開くと、健太も自然にそこに収まった。

（なんでこんなにも……）

壊してしまわないように、優しく健太を包み込んだ。

（温かいのだろう）

五

日本庭園を後にした二人は、健太が両親とはぐれたステージまで手をつないで戻ってきた。サーカスを観た興奮を十分語り合えたのか、あるいは屋台飯に満足したのか、ステージの前でたむろする人も大分まばらになっていた。

健太は手をつないでいない方の左手で指差して、「いた、あそこ」。

青い袋のわた飴を手にした一人の女性が、今にも泣き出しそうな面持ちでステージの前に立っていた。二人に気づいた女性は大きな声で、

「健太！」

と叫んで、剛たちに向かって駆け寄ってきた。そして健太の前でしゃがみ込むと、そのまま小さな体を力強く抱きしめた。

「どこ行ってたの？　お母さん、凄く心配したんだから。ここから動かないでってあれほど言ったじゃない」

「お母さん、ボク、大丈夫だよ」

健太の言葉を無視して、母親は健太の頭からつま先までを舐めるように見ると、擦りむいた膝小僧を見つけて剛を鋭い眼光で睨みつけた。

「あなたね、健太を連れまわしたのは……。どこの子？　名前は？　どこの小学校？　答えなさい！」

「あ、いえ……」

剛はそれ以上声を失ってしまった。

「お母さん！　お兄ちゃんは一緒に探してくれたんだよ」

健太の言葉に明らかに狼狽する母親に、健太は続けた。

「お兄ちゃんが迷子のボクを助けてくれたんだよ。ケガしたのはボクが転んじゃっただけ。お兄ちゃんはなにも悪くないよ」

「そうなの？」

健太は頷いてから、「かき氷も買ってもらっちゃった」。

母親はがらりと表情を変えて、都合悪く大変恐縮するように、

「すいません、うちの健太がご迷惑をお掛けしました……」

　と、健太の頭を下げさせながら、自分も何度も頭を下げた。そこへ一人の男性が駆け寄ってくるなり唾を飛ばした。

「健太、どこ行ってたんだ？　探したんだぞ！」

　健太の父親が、怒りと、愛情の満ち溢れた顔で健太の顔を見つめている。剛はぼんやりと、そんな光景を過去の自分と重ね合わせていた。オレにも健太と同じくらいの時があったんだ、同じように親に心配を掛けていたんだな。

　母親から事情を聞いた父親は、

「うちの健太を助けていただいて、本当にありがとうございました」

と、剛に丁寧に頭を下げると、さらにこうつけ加えた。

「親御さんにも一言お礼を言いたいんだけど、今日は一緒にきてるのかな？」

　剛は自分の立場を思い出した。「あの……今日は一人で観にきたので、きてません」

「そうか……」、父親は残念そうに呟くとポケットの中をまさぐって、「コレを」。

　父親は剛の手の平に千円札を握らせた。

「そんな、こんなの貰えません」

　剛が遠慮することなどは想定済み、父親は逃げる剛の手を握手をするようにギュッと掴んで言った。

「健太にかき氷をご馳走してくれたそのお返しだよ。見ず知らずの迷子の子供にそこまでしてくれたんだ。親として、せめてものお礼くらいさせてくれ」

剛は真っ直ぐな父親の目を見ると、それ以上の抵抗はせずに、「ありがとうございます」、と丁寧に頭を下げた。

そんな剛の行動に満足したのか、父親は今度は健太の頭に大きな手を乗せた。

「ほら、健太。ちゃんとお兄ちゃんにお礼したか？」

健太は下を向いたまま小さく、うん、と答えた。

「全くコイツは。急に恥ずかしがっちゃって。それじゃ、帰ろうか」

「ええ、そうしましょう」

と、立ち上がった母親のお腹は、大きかった。そうか……、と剛は思った。健太、もうすぐお兄ちゃんになるんだな。

「健太！」

剛の呼びかけに、健太は寂しげな顔を上げた。瞳には今にも溢れんばかりの涙を溜めている。剛はしゃがんで健太の視線に合わせると、優しく笑いかけた。

「よかったらでいいからさ、お兄ちゃんのこと、忘れないでくれよな」

健太は満面の笑みで、「うん！　お兄ちゃんもボクのこと忘れないでね！」。

剛は健太の父親と母親に再度一礼すると、最後に健太に手を振って、背を向けて歩き出した。

そうして一人で思いを馳せる。健太はもうすぐお兄ちゃんになるんだな。だけど弟になることはできない。甘えたかったんだな、最後に。それにオレは多分ずっと、一人っ子の鍵っ子だ。だから今日は、少しの間だけでも……。

「お兄ちゃん！」

そう呼ばれて剛が振り向くと、ドラえもんがいた。青い袋にドラえもんの顔が描かれているわた飴を差し出す、健太だった。

「はい、これあげる」

「でもこれは健太が買ってもらったやつでしょ？」

「いいの、お礼だよ」

剛が健太の父親と母親に視線を向けると、遠くで笑って頷いていた。剛がそれを丁重に受け取ると、笑顔の健太は元気に言った。

「お兄ちゃん、今日は遊んでくれてありがと！」

クルリと体を翻して両親の下へと駆け出す少年の背中は、少し前まで泣き虫で剛に甘えていたことなどは微塵とも感じさせない、ある種の責任と覚悟を宿した立派なものであったに違いない。

「お兄ちゃん、か……」

そう呟いた剛の目に映る、父親と母親の真ん中で手をつなぐ小さな子供。幸せそうな家族の後ろ姿を月明かりが優しく照らしていた。

「健太、ありがとな」

ありがとな、少しの間だけでもお兄ちゃんでいさせてくれて。

剛が憲夫と幸子との待ち合わせ場所に戻って、健太に貰ったわた飴を食べ終えた頃、憲夫と幸子が二人仲良くやってきた。

憲夫が苦笑いを浮かべながら、「おお、剛。待ったか?」。

「待ったか、じゃないよ。どこ行ってたんだよ」

「まあ聞け。初めは待ってたんだよ。そしたら、ほら、剛も知ってるだろ、麻雀の安(や)っちゃん。サーカスのチケットも安っちゃんが取ってくれてな、たまたま見つけてお礼を言ってたんだよ。なあ母さん」

うんうん、と頷く幸子の手には、イカゲソの食べかすであろう割り箸の入った、内側に醤油ダレがべったりとついたビニール袋が握られていた。剛は無性に虚しい気持ちになって、ため息混じりに言った。

「なんかもう、どうでもいいよ」

「なんだ、どうでもいいとは。本来なら安っちゃんに一番お礼を言わなきゃならないのは剛なんだぞ。お前がサーカスに行きたいなんて言い出したんだからな」

無の感情がどれ程人の心に影響を与えるのかを知らない剛は、なおも能面を被った表情でもって、

「それで?」。

憲夫は助けを求めるように幸子の顔を覗き見た。幸子は我関せずという表情で、剛の手元に視線を落とした。

「剛、わた飴なんて食べたの？」

「そっちこそ、ゲソ、美味かった？」

「美味しかったわよ、久しぶりに。最近の屋台じゃあんまり見かけないから」

「ふーん、よかったね」

重い空気を敏感に察知した憲夫は、

「よし、剛、なにか買ってやる。なにが食べたい？　焼きそばか？　お好み焼きか？　どっちがいい？」

と、なんとかして活路を見出そうと躍起になった。

「いらないよ」

「いらないとはなんだ。せっかく買ってやるって言ってんだぞ」

「それなら……」、剛の頭にふとジューシーなハンバーグの映像が浮かんだ。「なら、すかいらーく連れてってよ」

「なに？　すかいらーくだと？」

固まる憲夫に凪のようにまとわりついた剛は、憲夫の耳元でそっと囁いた。

「迷子にしたの、横浜スタジアム以来だね」

「ば、馬鹿コノッ！」

憲夫の声量に周囲の視線が集まるのを感じ取ったのか、憲夫は誰に向けてでもなく赤く染まる頭頂部を何度か下げた。剛は素早く元の位置に戻ると、

「もー、いーじゃん。今日は二人が迷子になったんだから、それくらいさ。あー、お腹減ったよー、すかいらーく行こうよー」

と、気怠く吐き捨てるように言った。

「分かった、行こう……」

憲夫はいかにもしぶしぶという様子で、剛に背を向けると力なく駐車場へと歩き始めた。幸子もそれに続き、ツルツルとモジャモジャの後ろ姿を剛は追った。

「ねえ、お父さん」、と剛が憲夫の背中に呼びかけた。「サーカス、面白かったよね」

「おう、特に空中ブランコが見物だったな」

剛は、うーん、と一拍置いて、「ピエロは?」。

「ピエロか……」、憲夫は悩んだ末に、「ピエロも、まあよかったな」。

剛はニヤリと笑って、そして持っていたわた飴の割り箸で憲夫のお尻を突いた。

「馬鹿！　やめろ、コノ……」

振り向いた憲夫の顔は、剛の予想に反して苦笑いを浮かべていた。いつもなら頭を真っ赤にしてゲンコツが落ちてくるのにな。剛はそんなことを考えながら、今度は幸子の背中に向かって問いかけた。

「お母さんはピエロどう思う?」

幸子は振り返りもせずに、「お母さんは最初からピエロ好きよ」。

剛はニヤリと笑って、幸子のお尻を割り箸で突いた。

「こら、やめなさい」

振り向いた幸子の顔は、やはり苦笑いだった。

剛は思った、お父さんもお母さんも泣くでも笑うでもないピエロじゃないか。健太は感情と表情が一緒だけど、大人はそうじゃない。迷いに迷って、迷った挙句、感情を表には出さないようにするんだ。そうして剛はすぐに気がついた。なんだ、健太と一緒にいた時のオレも同じじゃないか。大人はきっと、迷子で、ピエロなんだ。

剛は割り箸でもう一度憲夫のお尻を突いた。

「馬鹿コノッ!」

やっぱりだ、と憲夫の反応を確認した剛は、今度は幸子のお尻を突いた。

「いい加減にしなさい」

「あはは、ごめん。もう絶対にしないから」

父親と母親の真ん中でお尻を突く少年。三人の迷子のピエロの後ろ姿を月明かりがそっと照らしていた。

第五章　クリスマス・フラワー

一

　剛が通う南台小学校のプールの横には小さな庭園がある。ツツジに囲まれたその庭園は、夏ならば蔦が柱に絡みついて緑の屋根ができるような設計となっており、ハチやカマキリやイチモンジセセリといった昆虫の楽園となる。楽園と呼べるのは昆虫にとってだけではなく、血気盛んな子供たちの格好の狩り場ともいえる場所になる。その反面、冬には蔦は枯れ失せ、花一つ咲くことのない、人が住まなくなった人家の庭のような不気味な様相を呈する。

　クリスマスを週末に控えた木枯らしの放課後、午前授業を終えた剛は庭園の階段に一人腰を下ろしていた。校舎裏にある裏山に全力で走って向かう低学年の子供たちを、元気だな、とため息一つで見送る。サッカーボールを脇に抱えて校庭に向かう高学年のグループには、死んだ魚の視線を送る。ふと、用務員の近藤さんの顔が思い浮かぶと同時に腰を浮かせたが、すぐに重力に負けるようにゆっくりとお尻を元の位置に戻した。

「亮太、なんて言うかな……」

剛はそう呟くと、亮太だけじゃない、とすぐに思い直した。亮太にヒロとコウを含めたクラスメイトの仲良し四人組、幼馴染の沙希を含む女子たち、担任の工藤先生、野球部のミヤや大島先輩、監督、コーチ。色々な人の顔が剛の脳内を巡り巡って、剛は黄色い帽子のツバを落として冷え切った石畳に横になった。骨組みだけが残る庭園の天井の隙間から澄んだ青が剛を覗き込む。そうして剛は帽子で完全に目の上を覆うと、両腕を枕にして静かに目を閉じた。

しばらくして庭園を後にした剛は、いつもよりも倍以上の時間をかけて家路に着いた。玄関のドアを開けると、風呂上がりで頭のてっぺんから石鹸の香りを漂わせた憲夫が割烹着姿になって仕上げの足袋を履いていた。週初めの月曜日、お手入れされたばかりの憲夫の頭はいつにも増して光り輝いていて、それが特に剛の鼻についた。足袋のこはぜをとめ終えた憲夫が俯き加減の剛を見つけて口を開いた。

「おう、遅かったじゃねーか」

「うん、ちょっとね……」

「元気ねえな、毛でも生えたか？」

「うるさいな、もう！」

憲夫のちょっかいをあしらってランドセルを下ろす剛に、憲夫は嬉しそうに、

「ちょうどいいところに帰ってきた、ちょっとこっちにこい」

と言って、ツルツルの頭を合わせ鏡に映した。

剛は直感的に察した。「えー、やだよ」

「いいから早くこい」

しぶしぶ近寄った剛の手に、憲夫は手早くティッシュを渡した。

「ほら、ちょっと拭いてくれ。後ろ見えなくて切っちまった」

憲夫は中腰になって剛に背中を向けると、憲夫の後頭部の三ヶ所から血が滲んでいた。T字剃刀で頭を剃りあげた際にできた切り傷である。

「またかよ。汚いな」、剛が憲夫の頭を恨めしく睨む。

「馬鹿、汚くはねぇだろ。しょうがねえだろ、見えないんだから」

「自分で拭けばいいじゃん」

「いいから早くしろ」

「絶対に嫌だ！」

剛がそう言い放ってティッシュを憲夫の頭に投げつけると、ティッシュはヒラリと宙を舞ってから、憲夫の後頭部にピタリと張りついた。張りついたティッシュの三ヶ所が赤く滲む。お見事、ティッシュの三点止めである。

「投げるな、コノッ！」

憲夫が怒りの形相で振り向くと、剛は既に憲夫の後頭部の呪縛から逃れるように居間のテレビの前に座り込んでいた。これまで憲夫が剛に頭から流れる血を拭わせることは何度かあった。しかしこの日の剛はまるで聞く耳を持つことなく、地蔵のように固まってしまった。憲夫は呆れた様子で、後頭部に張りついたティッシュを押さえつけた。

「それでお前、決めたのか？」

憲夫の言葉を完全に無視する剛に、憲夫が続ける。

「早く決めちまえよ。ほら、もう、時間ねぇぞ」

「うるさいなー、分かってるよ！」

思いの外語気の鋭い剛の言葉に追い出されるように、憲夫はとぼとぼと玄関に向かった。「行ってきます……」

「っらっしゃい！」

下を向いて玄関を出る憲夫の剃りあげたばかりのツルツル頭を、剛は視界の端っこで見送りながらため息をついた。

幸子が昼ご飯のナポリタンをこたつの上に載せた。

「早く食べちゃってちょうだい」

という幸子の言葉にも、剛は亀にも負けず、保守的な政治家よりも堅守な態度で、コタツムリになって決して動こうとはしなかった。とうとう幸子が業を煮やした。

「そんなことしててもしょうがないじゃない。片づかないから早く食べなさい！」

剛はコタツに座りなおして、目の前のナポリタンと向き合った。ナポリタンの赤がさっき見た憲夫の血の赤と重なって、フォークでウインナーを力強く突き刺した。

その日の午後、剛は一歩も外に出ることなく、ファミコンをしたり、漫画を読んだりして、一日中ゴロゴロと過ごしていた。

コタツを出た幸子は、「お茶入れるけど飲む？」。

「飲む。ついでになにか食べるものない？」

「お煎餅」

「えー、お煎餅は飽きたよ。ポテトとかないの？」

「じゃあ、お金あげるから買ってきなさいよ。あんた今日一歩も外出てないじゃない」

「外寒いし、面倒臭いよ」

目ぼしいものを探していた幸子が、キッチンからひょっこりと顔を出して言った。「剛、コレ。前に買った白玉粉が半分残ってるじゃない。あんたが買ったんだから責任持って使っちゃいなさいよ」

その白玉粉は剛が家庭科の授業で白玉団子を習った際、こんなにも美味いものが家で簡単に作れるのか、と感動して買ってもらったものであった。しかし作ったのはその日の一度きりで、それからずっと放置されたままになっていた。

剛は幸子の手にした白玉粉を睨みつけながら、

「えー、無理。面倒臭い」

と、まるでカメムシを奥歯で噛んだように鼻を曲げた。

「あんた今日、なにもしてないでしょ。働かざる者食うべからず。やらないなら、お母さんもあんたのご飯なんて作らないよ」

「出たよ……」、剛は数秒ファミコンの画面を眺めてから、電源を切った。「分かったよ！　作ればいいんでしょ、作れば！」

温かい殻を抜け出した剛は幸子の手から荒々しく白玉粉を奪い取ると、すぐさま水を入れた鍋を火にかけた。ボールに残っていた白玉粉を全部入れ、少しずつ水を入れながらこね始めた。手際よく作業を進める剛の背中に、幸子が声を掛けた。

「寒いから、ドテラ持ってくる？」

「いらない」

「手伝う？」

「いらない」

鍋から湯気が上がり始めた。最初は直径二センチ程の真ん丸の団子を作っていた剛であったが、お湯が沸騰する時間に間に合わないと察すると、白玉の生地を大きく手にとって、厚さ一センチで手の平サイズの平べったい団子を二つ作って、お湯が跳ねないようそっと鍋に滑らせた。

「全く、どこで覚えたんだか」、と幸子が呆れ顔で言った。

「なんだよ、形に文句あるの？　いいんだよ、こっちの方が。火の通りも早いし、腹に入っちゃえば変わらないでしょ」

丸い白玉よりも目を丸くした幸子は、「全く、口だけは達者なんだから」。

「うるさいな、別にいいじゃん。お母さん、ついでにきな粉取ってよ」

「自分でやりなさいよ」

「いいじゃん、それくらい。働かざる者食うべからず、なんでしょ？」

「あら生意気。お母さんはお店で働いているじゃない」

「いいじゃん、取って、早く！　白玉が浮いてきちゃう」

剛は幸子の手から受け取ったきな粉と砂糖を深さのある皿の中で混ぜ合わせると、今度は鍋の火を止めて、流しに置いたザルに向かって鍋の中身をぶちまけた。流しからモクモクと湯気が立ち上る。鍋を軽く水で洗ってすぐに水を張ると、その中にザルに上げた白玉を落として流水で冷やした。

その手際のよさに幸子が思わず呟いた。「なかなかやるじゃない」

剛は、ふん、と鼻息を一つ漏らすと、冷えた白玉の水気を切ってきな粉の皿に投下した。そうして平べったく形の悪い白玉二つの内一つと、丸く形の整った白玉五個を浅い皿に移して、その上からきな粉を軽く振りかけ、コタツの上に置いた。

「はい、できたよ」

「あら、お母さんの分もあるの？」

「あるよ、悪い？」

剛は楊枝を突き刺して形の悪いほうの白玉を器用に口に運ぶと、

「あ、美味いかも」

と、自画自賛してみせた。

幸子は訝しげに、「本当？　ちゃんと食べられる？」。

「食べれるよ。いいから早く食べなよ」

丸く整った白玉の一つを口に頬張った幸子は言った。

「こんなの食べたの久しぶりね」

剛は幸子の感想が気に入らないのかぶっきらぼうに、「感想はそれだけ？」。

「もうちょっと砂糖を入れてもいいかも」

「なんだよそれ。不味いの？」

「美味しいよ」

「何点？」

幸子はキッチンに一度目を向けた。「五十点」

「え、そんなに低いの？」

納得できない様子の剛に、幸子は嫌らしく笑ってから言った。

「片づけは忘れたの？」

「後でやるよ。作ったんだからいいじゃんよ」

「ダメ。片づけまで済ませて一人前の料理人なのよ」

「なんだよ、それ……」

剛は歯型のついた形の悪い白玉を一気に頬張ってキッチンに向かった。

「お母さん、白玉まだあるけど食べる?」

「ここにあるので十分よ。あんたも晩ご飯食べられなくなるから、残ってるやつはラップして明日にしなさい」

剛はきな粉でまぶされた形の悪い白玉と丸い白玉の入った深い皿にラップをして、それを冷蔵庫にしまうと、使った鍋やざるの片づけを開始した。幸子は二つ目の丸い白玉を頬張ると、剛の背中を見ながらゆっくりと咀嚼して満足そうに飲み込んだ。


次の日、午前授業を終えた剛は、昨日と同じように小学校の庭園でなんとなく時間を潰してから家に帰った。駐車場に憲夫の車がないことを確認して、剛はホッと白い息を吐いて玄関のドアを開けた。

「おかえりなさい。遅かったじゃない」

と、出迎えた幸子に剛は、まあね、と小さく呟いてから玄関を上がった。

昼ご飯を食べ終えた剛は、昨日と同様に家でゴロゴロしていた。三時を回り、お茶をすする剛に幸子は言った。

「今日もどこにも行かないの?」

「行くよ、そろばん」

そう言ってまたも背を向ける剛に、幸子が声を上げた。「全く。うじうじして、女の腐ったみたいね。男らしくさっさと決めちゃいなさいよ」

「うるさいなー」

「別にいいじゃない、死ぬ訳じゃなし」

「関係ないだろ、お母さんには！　もーいいよ、話は終わりね。あーお腹減った」

呆れ顔の幸子に、剛が畳み掛ける。

「昨日のオレの白玉、持ってきて」

「無理よ」

「無理ってなんだよ、持ってきてよ」

「食べちゃったもん、昨日の夜、お父さんが」

「えーーー？　なんでよ、オレの白玉じゃん。なんで勝手に食べちゃうんだよ！」

「知らないわよ、お父さんに言いなさい」

うー、と唸って、「タコ親父」。

幸子はキッチンからお煎餅を持ってきて、「はい、これでも食べなさい」。

剛はそれ以上なにを言うこともなく、お煎餅をかじっては渋いお茶をすすった。

そろばんを終えた剛は、そろばん塾の有森先生の趣味である熱帯魚を観て時間を潰していた亮太の背中に声を掛けた。

「悪い。遅くなった」

「別に。でもさ……最近、らしくないよね」

「そうかな、確かに見取算も悪かったし、応用もできなかったからね」

「そろばんじゃなくてさ。なんていうか、元気がない感じ」、亮太はばつが悪そうな剛を一瞥して、

「まあいいや、いつもの行くでしょ？」。

そろばん終わり、二人はいつも近くの酒屋に寄って、レジ前の駄菓子を買い食いしてから家に帰るのが決まりとなっていた。剛はＢＩＧチョコを、亮太はチロルやコーラ餅などを数点買って酒屋を出た。ＢＩＧチョコの封を切ろうとした剛に、亮太が提案した。

「ねえ、今から公民館行かない？」

剛は頭にクエスチョンマークを乗せた。「公民館？　公民館でなにするの？」

「いいから、行こう」

公民館はそろばん塾のちょうど裏手にある。剛にとって公民館は、なにもない場所という印象であった。バザーやお祭りといった年に数回のイベントで使用されているのは知ってはいるが、土日は野球の練習や試合のある剛はそのような行事にはほとんど参加したことがなかった。最近剛が公民館に足を踏み入れたのは、野球の夏の大会の壮行会が行われた時であるのだが、それ以来近づく機会は一切なく、剛にとってはやはり縁遠い場所に変わりはなかった。

　二人は公民館の裏手にある駐輪場に自転車を止めた。すると亮太がニヤリと笑って、公民館の壁を指差した。

「上ろうぜ」

「上るって、どこへ?」

「屋上」

　理解できないという表情の剛に、亮太は身振り手振りを添えて説明する。

「駐輪場の屋根から公民館の一階の屋根に飛び移って、壁のはしごを使って屋上に上れるんだ。先週お兄ちゃんと上ったんだけど、剛に教えたくてさ」

「なにがあるの、屋上に」

「なにも」、そう言って亮太は笑った。

　二階建ての公民館の屋上になにかあるとは思えない、どうして亮太はこんな場所を上ろうなんて言い出したのだろうか。剛は脳裏に疑問を浮かべながらも、ただ前を行く亮太の後を追った。亮太の動きをトレースするように、同じ場所に手を掛け、足を掛け、駐輪場の屋根によじ上ると、見慣れた風景が違って見えた。公民館一階の屋根に飛び移ると、いけないことをやっているという罪悪感が生まれた、と同時に得も言わぬ優越感も感じていた。背中を震わせる高所に対する恐怖心がない訳ではなかった。だけど……、と剛は以前ミヤが言った言葉を思い出して自分を鼓舞した。亮太とならどこへでも行ける。

公民館のはしごを上りきると、そこには転落防止のフェンスがあるだけの広い空間があった。公民館の屋上は三階相当の高さではあるが、近隣家屋から漏れ出る光彩がいつもの目線よりも下に見えて、剛は亮太と二人でこの町を独占している気分にもなった。

「あそこも上ってみよう」

亮太は屋上の隅にある給水タンクのはしごに手を掛けて、剛もなにも言わずに亮太の背中を追った。一歩、一歩と、確かめるようにしっかりとはしごに手を掛け、足を掛け、上る、上る。給水タンクを上りきると、亮太が微笑みながら言った。

「どう?」

剛は屋根ばかりの家々を見渡して、「最高!」。

二人は給水タンクの屋上に腰を下ろして、酒屋で買った駄菓子を食べ始めた。剛はBIGチョコの封を開け、チョコでコーティングされていても木枯らしに飛ばされた枯葉のように軽い物体に齧り付いた。綺麗な歯型で切り取られた空気でスカスカの中身をぼんやりと眺めながら剛が言った。

「なあ亮太、コレからチョコを取ったら味のしないただのスナックなんだよな」

「なに、それ」

「別に……」

そう言って湘南平のテレビ塔の赤い光をぼんやりと眺めている剛に、亮太が言う。

「そのサクサクの部分も美味いと思うけどね」

「そう？」

「オレはチョコよりも、サクサクの部分の方が好きだけど」

剛はもう一度、ＢＩＧチョコの中の薄茶色に目を向けると、静かに口を開いた。

「なあ亮太、なんて言うかさ、オレが変わっても、友達でいてくれる？」

「なに、それ」、亮太は不安げな剛の顔とは対照的に微笑んだ。「剛は剛、だろ」

「オレはオレ、か……」

剛はもう一度、グルリと町を一瞥した。あっちが小学校で、こっちがオレん家、そっちに亮太ん家で、すぐそこはそろばん塾。この町はオレが思っていた以上に小さいんだな。そんな町よりも小さいオレの悩みなんて、もっともっと小さいものなのかもしれないな。

幾分か表情を柔らかくした剛は、コーラ餅を噛みながら星を探す亮太に言った。

「亮太、サンキュ」

「なにが？」

「別に」

「ならオレも、別に」

「なんだよ、それ」

「知らない」

二人の間に、なにが可笑しい訳でもなく笑顔が生まれた。狭い日本の、狭い神奈川県の、狭い平塚の、その中のさらに小さな町の公民館の屋上から、二人の少年の笑い声が澄んだ冬の夜空にどこまでも響き渡っていた。

二

剛が昇降口の下駄箱で上履きに履き替えていると、寒空に背中を丸める幼馴染の沙希が登校してきた。この数日間、剛の頭の中にはずっと靄(もや)がかかっていたせいか、久しぶりに沙希の顔を見た気がした剛は、

「沙希、おはよう！」

と、パッとした笑顔で声を掛けた。沙希は一瞬目を合わせたのだが、先日までなにかに落ち込んでいると思っていた幼馴染が急に元気に挨拶をしてくるのを怪訝に思ったのか、すぐにその目を逸らして、

「あっ、久美！　おはよー」

と、剛の横を颯爽と駆け抜けていった。

「なんだよ、あいつ。あれが幼馴染にする態度かよ」

剛は下駄箱にスニーカーを乱暴に投げ入れると、沙希の背中を睨みつけた。そしてすぐに表情を柔和に変えた。昔のオレを一番知っているのは、亮太でもない、幼馴染の沙希なんだよな。

冬休み前の浮ついた午前授業を終えて、下校の準備をする沙希を剛が呼び止めた。

「なあ沙希、ちょっとだけいい？」

「なに？　私、忙しいんだけど」

「忙しいって、帰るだけでしょ」

「女の子には色々あるのよ、色々」

廊下から冷たい風が入ってきて二人の間をビュウと通り抜けた。剛が教室のドアをピシャリと閉めると、外界と一切が遮断されたような二人きりの空間ができあがった。ドアから窓へと視線を泳がせた沙希に、剛が切り出した。

「あのさ、幼稚園の時のことなんだけど……」

「幼稚園？」、と沙希は眉間に皺を寄せた。

「そう。お遊戯室で田中先生が読んでくれた本でさ、なんて名前か忘れたし、どんな内容かもよく覚えてないんだけど、木にぶら下がった赤と青の餅みたいなの覚えてる？」

沙希は顔を軽く空に傾けて、「あー、あったあった」。

「あれさ……」

「あれが、なに？」

「あれ、すげー美味そうじゃなかった？」

沙希は呆気に取られて、そしてすぐに口を大きく開けて手を叩いた。

「覚えてる！　私もそう思ってたもん！」

「だろ？　あんなに美味そうなの、今まで見たことないよな」

「思う思う！」

わっと上がった二人の笑い声は、体育館のように残響を残す訳もなく、すぐに二人きりの教室は沈黙した。沈黙に耐え切れない様子の沙希が口を開く。

「それで、そんなことが聞きたかったの？」

「うん、と……」

「用事が済んだなら、もう帰るね」

ランドセルに手を掛ける沙希に、剛は真剣な面持ちで言った。

「もう一つだけ、いい？　オレがさ、昔みたいに戻ったら、皆どう思うかな？」

「昔って、幼稚園の頃ってこと？」

「そう、それくらい」

沙希は少し間を空けて、「最悪……」。

「え？　どうして？」

「あの頃の斉須、落ち着きなかったじゃない。今もそうだけど今よりももっと。スカートめくりばっかして、女の子を泣かせてばっか。何度田中先生に怒られたか覚えてる？」

耳が痛い、と剛は思った。このままではあることないこと（大抵は『あること』であるが）散々言

われるのではないかと考えた剛は、

「じゃあさ！」

と、沙希の口撃を止めた。そしてまだ言い足りないといった表情の沙希に続けた。

「あの頃のオレ、かっこ悪かった？」

沙希は分かりやすく言葉を詰まらせた。そして慎重に言葉を選んでいるかのように、

「別に……。なんだかんだ、人気者ではあったからね。なんて言うの、ムードメーカー？　斉須はさ、男子も女子も、いじめっ子もいじめられっ子も関係ないって感じで、どんな人にも同じように接していたから……」

と言うと、突然ハッと表情を変えた。

「勘違いしないでよね！　それがかっこいいなんて一言も言ってないんだから！」

なにかを必死に否定しようとする沙希を剛は可笑しく思いつつ、「でもさ、オレ当時、坊主頭だったじゃん」。

「うるさいな！　坊主でもなんでもそれとは関係ないでしょ！　もう私、帰るね。バイバイ」

そう言い放って脇目も振らずに教室から出て行く沙希の背中に、

「なんだよ、変なやつ……」

と、剛は不満げに言った。そしてランドセルを背負うと、

「でも、サンキュ」

と呟いて、教室のドアを後ろ手にピシャリと閉めた。

この日の剛は、学校の庭園に寄り道はせずに、真っ直ぐに家に帰った。駐車場に憲夫の車がないことを確認した剛は、キッチンで洗い物をしていた幸子に言った。

「ただいまー。お父さん、もう行ったの？」

「おかえり。今日は仕入れが多いからって早く出たわよ。用事でもあったの？」

「別にー。お母さん、腹減ったよ、ご飯まだ？」

昼ご飯を食べ終えた剛は、相変わらず、家でゴロゴロして時間を潰していた。いつもと似たような光景ではあるが、剛の表情や声色はこの数日と比べると明らかに変化していた。

お茶っ葉を替えて居間に戻ってきた幸子は、「なにかいいことでもあったの？」。

「別にー」、と剛はテレビを観ながら、「おやつある？」。

幸子はキッチンに舞い戻ると、一直線に冷蔵庫を開けて居間に戻ってきた。剛は皿に載せられた黒い物体を見て、思わずといった様子で声を上げた。

「うわっ、なにこれ？」

「芋団子、だって」

「芋団子？」

「そう。昨日お店でお父さんが一生懸命作ってたのよ」

フフフ、と幸子は笑った。剛は憲夫の作った芋団子を凝視して、漏らすように言った。

「なにこれぇ……」

「だから、芋団子だって」

「だって、これ……気持ち悪いよ」

芋団子と呼ばれる物体は、黒に近いこげ茶色をしていて、所々黄色い物体も入っていた。大きさは長さ七センチ程、幅と厚みは二センチ程の直方体に近いものであるのだが、なにより剛が疑問に思ったのはその形であった。手で握り潰されて形作られたのであろう、指一本一本の節があって、成虫になると見たこともないような気色の悪い色の蛾になりそうな大きな芋虫を連想させるのだった。

剛は指で突いて裏に返した。「足はないね」

「ある訳ないじゃない。いいから食べてみなさい」

「えー？　いらないよ、不味そうじゃん」

「お父さんが頑張って作ったんだから、一つだけでも食べてみなさいよ」

「なんで団子なのに丸じゃないんだよ……」

剛は自分の作った不恰好な白玉のことなど忘れてぶつぶつ言いながら、芋団子を一つ摘んで前歯でかじった。モチモチとした団子の感触とほのかな甘味が口に広がる。もう一口、今度は黄色い物体が口に入ってきた。

「サツマイモだ！」、剛の口の中がサツマイモの優しい甘味で満たされた。「まあまあ、美味いじゃん」

「そうよ、美味しいのよ」

「でも、なんでこんな形なの？　うんこみたいじゃん」

「お母さんはそんなの知らないわよ」

剛は残りの芋団子を口一杯に放り込んで、咀嚼を続けながら、次の芋団子を摘んで目の前に据えた。

「それにしても……変な形」

剛は二個目の芋団子を口に運んでは、何度も何度もその噛み口や歪な形状の芋団子を確認して思った。こんなに不味そうなのに、なかなか美味いんだな。

三

金曜日。剛は午前中の授業などほとんど耳に入れることなく、ずっと考えていた。

明日は土曜日、クリスマス・イヴだ。やるなら、今日しかない。皆がどんなにクリスマスで浮かれていたとしても、オレにはやることがある。亮太はオレが変わってしまっても、『剛は剛』、そう言ってくれた。周りの皆がなにを言おうとも、あいつだけは永遠に友達でいてくれるに違いない、オレはあいつの言葉を信じる。沙希だってそうだ。オレがかっこいいかは別として……沙希は内面をちゃんと見てくれている。いつも「かーくんかーくん」って騒いでばかりだけど、大事なのは外見じゃなく内面だって言ってくれたじゃないか。

　ふと剛の脳裏に、先日口にしたモチモチの芋団子が浮かび上がった。大きな、黒い、芋虫。信じられなかった。あんなに気色の悪い色でも、形でも、凄く優しい味で、美味しかった。チョコのような甘さもなければ、ポテトチップスのような塩気も食感もない。でも、なぜかもう一口、もう一口と進んでしまう不思議な感覚。


オレはチョコになりたいのか？

それともポテトチップス？

違う、そんなんじゃない。

オレは……黒くて歪な芋虫でいい！


自問自答の末の最終的な答えは、芋団子だった。気持ち悪がられたって、そのよさを知っている人が一人でもいればそれでいいじゃないか。どんなに気色の悪い芋虫でも、さなぎになって、成虫になって、アゲハ蝶のような美しい羽じゃなくても、大空を羽ばたいてみせるんだ！　一週間の悩みは、冬空に飛んだ。

　そして最後に剛の気持ちを後押ししたのは、冬休みの到来だった。冬休みの約二週間という時間があれば、それなりには形になるんじゃないか。野球の練習も来年になるまでないし、知り合いに会うなんてこともないいんじゃないか。

帰りの会が終わると、剛はすぐさま亮太に声を掛けた。

「じゃあな、亮太。今日は用事があるから先に帰るわ」

「おっけ、またね」、と亮太は覚悟を決めた剛を知ってか知らずか、戦場に赴く戦士を見送るような憂いに満ちた眼差しで剛を見送った。

剛はそのままの勢いで久美と話している沙希に向かって、「沙希、じゃあな。久美ちゃんもバイバイ」。

「う、うん。またね」、沙希は戸惑いながら手を振った。

「バイバイ、斉須君」、久美はいつもと変わらず朗らかに笑っていた。

昇降口でスニーカーに履き替えた剛は、最初は早歩きで、次第に速度を速めていき、いつの間にかアスファルトの上を駆けた。

昼ご飯を腹に収めた剛は、オリンピックの百メートル走で世界新記録を狙うアスリートのスタート直前の如く、静かに目を瞑り、息を大きく吸っては深く吐き出し、そしてカッと目を開けた。

「お母さん、行ってきます!」

「あら珍しい、どこ行くの?」

幸子の言葉に振り返ることなく、剛は自転車に跨って颯爽と冬の風を切った。

店のドアを開けた剛を出迎えたのは、決して悪くはない独特な匂いと、白衣を着た五十歳くらいのおじさんだった。外に人はなく、部屋には剛とおじさんの二人きり。おじさんは剛を椅子に座らせると、満面の笑みで鏡越しに剛の顔を覗いてきた。

「今日はどうするかい。いつものでいいかい？」

今日の剛は違った。いつもならただ一つ頷くだけでことは済むのだが、眉間に皺を寄せ、まるで獲物を狙う野生の猛獣の目の輝きでもって、吼えた！

「坊主にしてください！」

おじさんは戸惑いを隠しきれずに、「ぼ、坊主かい？　本当にいいの？」。

「いいんです。やっちゃってください！」

剛は鏡に映る自分の瞳をじっと睨み続けていた。剛の覚悟を感じ取ったのであろう、おじさんは握り締めたバリカンにじわりと汗を滲ませた。

「一ミリと三ミリ、どっちがいい？」

迷い、戸惑い、そんな言葉は今の剛には無縁だった。「一ミリ！」

「分かった……いくよ！」

剛は頷いた。鏡越しにおじさんも頷いた。バリカンのブイーンという音が床屋という狭い空間に鳴り響くと、剛は鏡の中の自分に別れを告げるように、静かに目を瞑って下を向いた。バリカンの刃が後頭部の髪を食って、ジジジと音を変える。後頭部から側頭部、そして前頭部へとバリカンがスムーズに移動していく。そうして最後の頭頂部の髪を刈り落とすと、バリカンはその役目を終えて、力尽きたようにその体を震わすことをやめた。

ゆっくりと顔を上げた剛は、鏡に映る自分に違和感どころか親しみを覚えて、思わず微笑んだ。久しぶりだね、そう心の中で呟いていた。それはまるで何十年振りに会う旧友への一言目のような奇妙な懐古心である（実際には小学二年生までは坊主であったので年月にして約二年振りであった）。たった十分の出来事だった。なにをこんなに悩んでいたのだろうかと自分を嘲笑う。剛の笑顔に反応して、おじさんもつられるように笑った。笑われているのではない、祝福してくれているんだ、と剛は思った。

床屋を出た剛の頭を冬の空っ風が撫でて、剛は思わず頭を撫で返した。ザラザラとした懐かしの感触が手の平から伝わる。

「やっぱり、寒いや……」

そう呟いた剛は自転車で帰路に就く道中、いつまでも片手で頭を撫で続けていた。

その日の夜、時計の針が〇時を回った。程なくして家のドアの鍵がカタンと音を立てた。幸子がお店から持ってきたものを冷蔵庫にしまう音だけが静まり返った斉須家に響き渡る。階段を上る硬い下駄の音が徐々に徐々に近づいて、玄関でプツリと消えた。憲夫が居間の電気を点けると、すぐさま声を上げた。

「なんだそりゃ！」

剛は寝室の布団の上で憲夫の帰りを待っていた。その様相はまるで修行僧のよう、目を瞑り、あぐらをかいて、両手を足の上に組んでいて、そして極めつけの坊主頭。

「おい、母さん見てみろ！　剛がおかしくなった！」

幸子は寝室を覗き込んで、「知ってるわよ。お昼食べてすぐに切ってきたんだから」。

「そんなこと店で一言も言わなかったじゃねえか」

「『剛が髪を切った』なんていつも言ってないじゃない」

「そりゃそうだが……」、憲夫は剛の頭をもう一度目で撫でると、「くくく……あっはっは。ダメだ、笑っちまう！」。

憲夫が腹を抱えて笑う。剛は本物の坊主になったように、微動だにせず、憲夫が笑い転げる様を静かに見守っていた。そして、剛が満を持して口を開いた。

「お父さん」

「なんだ、剛。クッ、ククク……。お前、そんなに真剣な顔で、こっちを、見るな……ククク」

「お父さん！　オレは約束を守ったよ」

「約束？　お前が出家する話なんて聞いたことがないぞ」

「約束だよ、覚えてないの？」

あまりにも真面目な表情で剛が訴えかけるので、憲夫は我に返ったように笑いを止めた。

「なんだ、一体なんのことだ？　本当に約束なんてした覚えがないぞ」

「ふざけないでよ、ちゃんとしたじゃんよ。早くちょうだいよ！」

タコ頭にクエスチョンマークの憲夫は、「なにをやるんだ？」。

「一万円だよ、一万円！」

それは一つ前の日曜日に遡る。


年内最後の野球の練習を終えたその日、斉須家は晩ご飯に近くの中華料理屋・万龍へと出掛けた。剛が瓶ビールをコップについでくれて上機嫌の憲夫は、いつにも増して頭を赤く染めていた。だが、剛のこの行動については理由があった。

「ねえお父さん、来週クリスマスだからなにか買ってよ」

「なんだ？　欲しい物でもあるのか？」

「いっぱいあるよ。ファミコンのカセットとか、人生ゲームとか」

「んー……」、と悩む憲夫。

今が攻め時、剛は畳み掛けるように、「ねえ、いいじゃん。ちゃんと勉強もするし。二学期のテスト、結構点数よかったでしょ」。

「んー……」、となおも悩む憲夫。

「野球の練習も頑張って、来年はレギュラーになるからさ。そろばんも絶対に二級取るから。ね、お願い！」

憲夫がやっとのことで重い口を開いた。

「ダメだ！　勉強を頑張るのは学生として当然のことだ。野球やそろばんを頑張るったって、口ではなんとでも言えるからな」

「口だけじゃないって、ちゃんとやるって」

「それに……」、憲夫はコップのビールを飲み干した。「お前は飽きっぽいからな、買ってやってもすぐにやらなくなるだろ」

「そんなこと、ないよ……」

「本当か？　買ってやったゲームだって、全部最後までちゃんとやってないだろ。そんな奴に新しいゲームなんか必要ない」

図星。閉口する剛に、憲夫は手酌でビールを注ぎながら続けた。

「お前、ファミコンのカセットやら人生ゲームやら言ってるが、本当にそれが欲しくて言ってるのか？　ちょっと飽きたら外の物、ちょっと飽きたら外の物。うちはな、そんな贅沢をする余裕なんてない、諦めろ！」

万龍の店主がやってきて、剛の前にチャーシューメンを、幸子の前にかつ丼を置いた。「旦那はビールがあるからもう少し後がいいかい？」

「ビールをもう一本。すぐに飲むからラーメン作り始めちゃってくれ、サンマーメンな」

「はい毎度」、と店主は空のビール瓶を持って厨房に姿を消した。

剛は目の前のチャーシューメンには目もくれず、食い下がる。

「お父さん、クリスマスだよ？　皆なにか買ってもらってるよ」

「皆？」

「皆だよ、亮太だって、ミヤだって、沙希だってそうだよ」

「そうか皆……」、憲夫はコップに張りついた数滴のビールで舌を湿らせた。「皆、キリスト教なんだな」

「キリスト教？」

「そうだ。キリスト様の誕生日だからな、クリスマスは。うちは仏教だからクリスマスはないんだ」

「なんだよ、それ。去年はちゃんと買ってくれたじゃんよ」

「キリスト教の知り合いから貰ったんだ」、と憲夫は宙を見ながら言うと、急に剛の頭を指差した。

「そんなことよりも正月前に髪切れ。女みたいだぞ」

剛は目にかかった前髪を摘んで、上目遣いにそれを眺めた。野球の夏の大会前を最後に、一度も床屋に行っていない剛の髪は、いつの間にか剛が生まれてから一番の長さになっていた。

店主が微笑みながらビールとザーサイを載せた小皿を持ってきた。憲夫はビールを受け取るとすぐに手酌で注ぎながら言った。

「そうだ！　お前、坊主にしろ」

「え？　嫌だよ、せっかく伸びたのに……」

「いいじゃねえか、昔はずっと坊主だったろ。それに、高校球児は皆坊主だ」

「オレは小学生だ、絶対に嫌だ！」

「じゃあ、来週の土曜日までに坊主にしたら、そうだな……一万やる！」

「えっ！　一万円？」

一瞬で黒目の中に一万円札を浮かべた剛に、憲夫がそれっぽく講釈を述べる。

「うちは仏教だからな、クリスマスプレゼントはないが、小遣いぐらいはやる。坊主で一万だ。どうだ、お得だろ？」

「しなかったら？」

「二千円だな」

剛は沈黙した。五感の全てを捨て去って、全エネルギーを脳に注いだ。

一万だぞ、一万。しかも買うものを自分で決めていいんだ。好きなファミコンのカセットだって二本は買える。けど、この年になって坊主になんてしたくない、絶対に。恥ずかしすぎる。男子にはおちょくられるし、女子にはなにを言われるか分かったもんじゃない。でも、やっぱり一万円は大きい。年に一度、お盆にだけ会える福島の親戚がくれるお小遣いも、今年は野球が忙しくて貰い損ねた。こんなチャンスは滅多にない。坊主にしなければ、二千円か。月のお小遣いが七百円だから、大体三ヶ月分。二千円なんて漫画でも買ったらすぐになくなっちゃうよな。一万円と坊主……、二千円とスポーツ刈り……。

「早く食べちゃいなさい。ラーメン伸びちゃうでしょ」

幸子の声に我に返った剛は、「だって、一万円と二千円だよ?」。

「来週までにやればいいんだから今考えなくてもいいでしょ」

制限時間は、まだ五日もある。

「お父さん。土曜日までに坊主にしたら一万円だからね。約束だよ」

憲夫はボリボリとザーサイを奥歯で噛み砕きながら、「坊主だからな、坊主」。

「分かってるよ。絶対だよ、男の約束だからね!」

そして剛はチャーシュー一枚をまるまる口に頬張ると、続けざまに麺、メンマ、スープ、そしてまたチャーシューへと食らいつき、一気にラーメンの丼を空にした。


そんなラーメン屋での出来事を思い出した憲夫は、唾と言葉を同時に吐き捨てた。

「一万なんてやるか! 子供の癖に生意気なことばっかり言いやがって、コノッ!」

あっという間の茹でダコだ。だが今回ばかりは剛だって黙ってはいられない。

「生意気とか子供とか関係ないだろ、嘘つき!」

「あー、嘘つきだ。嘘つきでいいから一万は絶対にやらん」

「大人が嘘ついていいのかよ」

「いいんだよ、大人は嘘ついてなんぼだ」

「卑怯だぞ。男の約束を破るのかよ!」

「約束ってなんだ？　焼きグソの仲間か？」

睨み合う眉間に皺の坊主とツルツルの間に、おかずを運ぶもじゃもじゃパーマの幸子が割り込んできた。

「お父さん、私もちゃんと聞いてましたよ。約束は守らないといけないでしょ」

「ぐう……」

憲夫はそれ以上の言葉を発しないでコタツに座ると、買出しの伝票を計算し始めた。

「お父さん！」

剛の魂の訴えにも憲夫は一切動揺することなく、パチパチと一心不乱に電卓を打ち続けていた。

「もういいよ、嘘つき！　もうお父さんの言うことなんて一切聞かないからな！　野球もそろばんもやめるからな！」

バンッ、剛は居間と寝室を隔てる引き戸を力強く閉めて、布団に潜り込んだ。すぐには夢の世界になんて入れそうにない剛は、瞼に力を入れて無理矢理目を閉じた。ふざけんなよ、大人が子供に嘘をつくなんて最低じゃん。オレの一万円返せよ……ていうか、髪返せよ……。

引き戸に手を掛ける音がする。瞬間、蛍光灯の光が剛の固く閉ざした瞼を射して、さらに瞼に力を込めたのだが、すぐに暗闇に戻ってその筋肉を弛緩させた。

なんだよ、うるさいな、もう構うなよ。ぼやく剛の顔をサラリとなにかが舐めた。

「うわっ、なに、なに？」

勢いよく引き戸を開けた剛の枕元には、蛍光灯の光を纏って光り輝く福澤諭吉が静かに微笑んでいた。

「なに、これ……」

憲夫は剛の言葉を無視して相変わらず電卓と睨めっこしていた。

「ねえ、なんで無視するんだよ。これ、くれるの？」

物言わぬ憲夫に代わって、ご飯の準備を終えた幸子が剛に助言を与える。

「ほら、お父さんの気が変わらない内に早くしまっちゃいなさい」

剛はこけしのように固まる憲夫と一万円札を交互に見比べてから、静かに呟いた。

「いらない……」

「いらないの？　あんた、あんなに欲しいって言ってたのに」

驚き顔の幸子を無視して布団に戻り、固く目を瞑った。瞼の数センチ先には一万円札が鎮座している。沈黙を守っていた憲夫が久しぶりに口を開いた。

「ほら、一万円札が落ちてるぞ」

なんだよ、落ちてるって、そんな言い方あるのかよ。約束を守ってちゃんとくれるって言えないのかよ。剛の瞼を閉じる力がさらに増す。

「本当にいらないんだな？」

しつこいなあ、男らしくないよ、全く。大人のくせにさ。いらないよ、そんな一万円。一万円なんて紙切れ……オレの髪と引き換えの紙なんて……。

「いらないならしょうがねえな」

　痺れを切らした憲夫がコタツから出て立ち上がる。一歩、憲夫が歩みを進める、じり。二歩、憲夫がまた近づく、じり。三歩、憲夫の気配をすぐそこに感じる。その時、まさに蛇が蛙を捕らえるかの如く、収縮して力を溜めていた剛の右手が筋肉を一気に弾かせて一万円札を掴んだ。

「お、驚かせるなよ！　欲しいなら欲しいって言えコノ」

　と、憲夫は背中を大きく仰け反らせた。剛は悠然たる動作で布団に座って、言った。

「拾った」

「なに？」

「だから、拾った」

「馬鹿コノッ！　家の中に一万円札が落ちてるはずねえだろ」

「落ちてたから、拾った」

　しばしの沈黙。幸子がお新香を噛む咀嚼音だけが鳴り響く、異様な空間。憲夫は、思わず、といった様子で言った。

「剛、お前、なに笑ってんだ？」

　剛はハッとした。緩んでいた表情を引き締めようと思えば思うほど、口元がニヤリと嫌らしく緩んでしまう。笑うな、笑うな、笑うな、笑うな、笑うな！　思いとは裏腹に、腹の底から湧いて出るニヤニヤはもうとどまる所を知らない。

奇妙に笑う我が息子を見た憲夫は、「お前、現金な奴だな」。

「なんだよ、現金な奴って。落ちてたから、仕方なく拾ったんだよ……フフフフ……」

こぼれ出した笑いに、憲夫がニヤニヤ同調する。

「お前、フフ、欲しいなら欲しいって初めから言えコノ、フフフフ……」

「欲しいんじゃないよ、拾ったんだよ」

ニヤニヤ。

「男らしくねえなあ。誰に似たんだか」

ニヤニヤ。

連鎖反応。幸子もニヤニヤしながら言った。

「ほら、いつまでも持ってないで早くしまっちゃいなさい」

剛は机の引き出しの財布に一万円札をしまった。

「お父さん、絶対に取らないでよ！」

「馬鹿コノッ！　早く寝ろ」

坊主がニヤニヤ、スキンヘッドがニヤニヤ、ついでにもじゃもじゃパーマがニヤニヤ。斉須家のニヤニヤな夜は、こうして静かに更けていった。

四

翌日のクリスマス・イヴ。晴天の空に冷えて澄んだキラキラした空気を、暖かな財布をお尻のポケットに忍ばせた剛の自転車がホームセンター・ダイクマに向かって一直線に切り裂いた。剛には迷いなど微塵もなかった。いつもなら百円玉を握り締めて、五十円のテーブルゲームを二回やったら終わり、一枚二十円のカードダスなら五枚引いたら終わり、というようなある種の打算をしていた剛の姿はそこにはなかった。ゲームセンターで遊ぶのも、ファミコンのカセットを買うのも、帰りしなにダイクマの敷地内にあるホットスナック店のポパイで揚げたてのポテトとソフトクリームを食べるのでも、なんでもかかってこいだ。

ダイクマの駐輪場に自転車を止めて、二階のおもちゃ売り場へと続く階段を一気に駆け上がると、剛はその異様な光景を前に足を止めざるを得なかった。そこには子供連れの家族がひしめきあっていて、赤や緑に綺麗にデコレーションされた商品を、これがいい、あれがいい、と皆笑顔で指差しているのだ。

五歳くらいの男の子が指差す商品はヒーローになりきれる剣やマントや変身ベルトのセット、三千八百円。オレも同じぐらいの時は買ってもらったっけ、と剛は懐かしく思ってから、でも……、と頭の中に一つの疑問が浮かんだ。あんなに欲しいと思って買ってもらったはずなのに、あれ、どこへやったのかな？

同じく五歳くらいの女の子が指差す先には大きい熊のぬいぐるみ、四千八百円。確かに可愛いとは思う、けど……、と再度剛の頭の中に疑問が浮かぶのだ。フカフカしているだけの物に、本当に四千八百円の価値があるのかな？

そんな光景を横目に、剛は目的であるゲーム売り場へと歩を進めた。ガラスケースの中には綺麗に陳列されたファミコンのカセット。新商品のポップを見て呟く。

「五千八百円か……」

剛は新商品を流し見した後、好きなＲＰＧのカセットが並ぶコーナーを覗いた。あれだけ人気を博していたドラゴンクエストⅢは今なら三千八百円で即購入することができる。

「ずっとやりたかったし、この値段なら買ってもいいかな……」

剛が意を決して、ドラゴンクエストⅢを指差して店員に声を掛けようとしたその時、小学一年生くらいの男の子とその父親の会話が聞こえてきた。

「お父さん、これ買ってー」

男の子が指差すのは、五千八百円の新商品のカセットだった。

「これか？　いいけど、ちょっと前に買ってやったばかりだろ。前のやつはちゃんとやったのか？」

「やったけどすぐに飽きちゃった。お母さんのお手伝いもちゃんとやるから、ね、お願い、買って」

「全く、しょうがないやつだな。店員さん、これ貰えるかな」

どこかで拾ってきたような満面の笑みを浮かべる店員が言った。

「ありがとうございます。ボク、優しいお父さんでよかったね」

少年も満面の笑みで、「うん！」。

少年の父親が財布から一万円札を取り出して店員に差し出した。剛にとっての一万円は、自分の髪を犠牲にして、憲夫と戦って、やっと手にすることができたお金だ。

綺麗に包装されたカセットを受け取った少年は、「わーい、ありがと、お父さん」。

店員からおつりを受け取った父親は少年の頭に手を置いて、「ちゃんとお母さんの言うこと聞くんだぞ」。

そんな少年と父親の幸せそうな後ろ姿を剛は目で追っていた。

「なにか欲しいものはあるかい？」

対応を終えた店員が満面の笑みで剛に話し掛けてきて、剛はしどろもどろに言った。

「あ、いえ、ごめんなさい。もう少し考えます……」

その言葉を残して、剛はじりりと後ずさり、ゲーム売り場から離れ、併設されたゲームコーナーへと命からがらといった様子で逃げ込んだ。目の前のメダルゲームに十円玉を入れ、二倍というボタンを押して、スタートボタンを押す。ププププププ、光のルーレットが回りだす。プ、プ、プ、プ……。光が止まったのは全てを無に返す『〇（ゼロ）』だった。そうして剛は振り返ることなく、ゲームコーナーを後にした。

その後、剛はポパイでソフトクリームを買った。クリスマスプレゼントを買った幸せそうな家族が次々とダイクマから出てくるのを横目に、剛は寒空の下でバニラとチョコのミックスのソフトクリームを食べて、さぶい、と静かに身を震わせた。

自転車に跨った剛は、どこか浮かない表情でダイクマを後にした。クリスマス商戦真っ只中の人の群れに胸焼けを起こして、少しでも早くその場から離れたかったのだ。そして寒空とアイスクリームで頭を冷やした剛は、なんとなく憂鬱な、もやがかかった心を晴らすべく思い返していた。ドラゴンクエストⅢは今は三千八百円だったけど、来月にはもっと安くなっているかもしれない。それに、ちゃんと飽きずに最後までやり切れるのを選ばなくちゃ。坊主になって勝ち取った大事な一万円だ。もうねだればなんでも買ってもらえる子供じゃないし、飽きたからすぐに新しいものを手に入れるなんてなんか違う。クリスマスになにか買わなくちゃいけない理由もない。来年になればまた新しいカセットも出るだろうし、別の欲しい物ができるかもしれない。だから、この一万円は取っておこう。よし、そうしよう。

剛は心のもやを綺麗さっぱり晴らせた訳ではなかったが、そう自分に言い聞かせて納得させることには成功した。正解がないなら自分の中の答えに従うだけだ、そう考えることにしたのだ。

ペダルに立った剛は誰に言うでもなく声を漏らした。「あーぁーなんだか疲れたなー」

朝方降りた霜に太陽の光が反射してキラキラと輝く畑の脇道を、古ぼけてくすんだ緑色の自転車に乗ったキラキラ笑顔の少年が颯爽と駆け抜けていった。

しかし、この時の剛は、ある一つの誤算が待ち受けていることに少しも気づいてはいなかった。

五

クリスマス明けとなる月曜日の朝、幸子に起こされた剛は叫ばざるを得なかった。

「えっ！　今日学校あるの？」

あんぐりと口を開ける剛に、呆れ顔の幸子が言った。

「なにボケてるのよ、今日は終業式でしょ」

終業式、これは剛にとって完全なる誤算であった。クリスマスと坊主と一万円。これらで頭が一杯になっていた剛は、二学期最後の一日である終業式があることを完全に忘れ去ってしまっていた。たとえ坊主になっても誰にも会わずに、冬休みの二週間で髪が伸びて少しはマシになるだろう、という剛の浅はかな考えは根本から覆されてしまったのだ。

嫌だ嫌だ嫌だ！　誰にも会いたくない。亮太にも、沙希にも、先生にも、誰にも見られたくない！

そう心で叫んでから、剛は仏頂面で一言、「学校……行きたくない」。

これには幸子も驚きを隠せなかった。これまで『学校に行きたくない』と剛がこぼしたのは風邪の時だけで、それも風邪が治った直後の『なんとなく病気に乗じて休んでしまおう』という甘えの場合だけであった。

「どうしたの？　熱でもあるの？」、と幸子は不思議そうに尋ねた。

「ない！　けど、絶対に行きたくない！」

朝っぱらからの騒動に、憲夫が大仏のような重たい瞼をやっとのことで三ミリ開けて、起き出しに言った。

「なんだ……朝っぱらから……」

幸子は困り顔で、「剛、熱もないのに学校行かないって言うのよ」。

「なにい？」、憲夫は眠気まなこをカッと開眼させた。「さっさと学校行け！　うるさくて眠れん！」

いつもなら激昂の赤頭には逆らう余地もない剛であったが、この日ばかりは事情が違う。徹底抗戦の心持ちで剛が口を開く。

「嫌だよ、お願いだから今日だけ休ませてよ」

「なにを言ってるんだ、こいつは。頭がおかしくなったのか？」

剛は髪のなくなった後頭部を掻きながら、「別に、おかしくないよ……」。

「おかしくないならさっさと学校行け！」

「嫌だよ、どうしても行きたくないんだよ！」

「そうか、それなら……一万返せ」

絶句する剛に、憲夫はなおも責め立てる。

「当たり前だろ。学校も行かない奴に金などやれるか」

「勉強はちゃんと頑張るって……」

「勉強だけじゃねえ、学校へ行くのも学生の本分だ。ほら、行かないならさっさと一万返せ」

憲夫が勉強机の引き出しから剛の財布を取り出すと、剛は慌てて財布を奪い返した。

「分かったよ。行くよ、学校……」

「だったら最初から言え、コノッ！」

ゴツン！　一万円のおまけの利子であろう憲夫のゲンコツが剛の頭に降った。

「全く、朝からピーピーうるせえな。ゆっくり寝かせろ」

頭を抱える剛に捨て言葉を残して、憲夫は寝床に戻っていった。キッチンから戻ってきた幸子はトーストとコーヒーをふたつに置くと、

「はい、朝ご飯。早く食べちゃいなさい」

と言って、セブンスターの紫煙を泣き面の剛に吹いた。


登校班の一番後ろをトボトボと歩く剛はまるで木偶（でく）の坊。登校班の班長にクスリと笑われても、低学年の少年少女に指を差されても、ただ口をへの字に固く閉ざすだけのできの悪い人形だった。それもそのはず、たった一つのことだけが剛の頭の中を支配していたからである。

（この頭、絶対皆にバカにされるよな……）

黄色い登校帽のツバを摘んで深く被り直すと、無情にも顕になる刈り上げられた後頭部を冷たい北風がピュウと撫でた。

教室に入ると、いつもと様子が違う剛にすぐに気づいた亮太が言った。

「おはよう。どうしたの？　帽子も脱がないで」

「なあ亮太、帽子被ったまま終業式に出たら怒られるかな？　体操帽でもいいんだけど……」

「どうしたの？　髪切って失敗した？」

「いや、失敗って訳じゃないんだけどさ……」

亮太がいつまでも曖昧模糊な言動を続ける剛の帽子に手を伸ばすと、剛は右手で亮太の手を、左手で帽子を押さえた。

「ちょ、亮太、待って！　まだ心の準備が……」

一人で騎馬戦をしている様相で剛が慌てふためいた。

「準備が必要なの？」

「……笑わないって約束する？」

「する」、亮太は力強く頷いた。

「オッケー。じゃあ、取るよ……」

剛は、せーの、という覚悟の掛け声の直後、一気に帽子を脱ぎ去った。ジャリという音と共に姿を現す剛の坊主。亮太はまるで虚をつかれたというように口をあんぐりと開け、そして力強く剛の坊主頭を指差したまま固まった。剛には亮太が考えていることがすぐに分かった、『あ、こいつやったよ』。

「亮太……それ、笑ってるのと一緒だよ」

八の字に眉を曲げる剛に、亮太がニカと笑いながら言った。

「だって、無理でしょ、それは」

「だよね、無理だよね。自分でも鏡見て笑ったもん」

「なにそれ、急にどうしたの。失敗したから全部いっちゃったとか？」

「別にー」、剛は虚ろな視線を窓に投げて、今日も空は青いな、と思った。

　亮太はなおも楽しげに、「床屋になんて言ったの？」。

「一ミリ」

「一ミリ！　あっははは、一ミリ、一ミリって！」

　亮太は遂に堰を切ったように腹を抱えた。そんな二人の楽しげな雰囲気を察知したヒロが坊主を指差しながら近寄ってきた。

「あっはっはっは！　どうしたの、その頭」

「もー、どうもしないよ、ただの坊主だよ」

　いつの間にか剛の背後を取っていたコウが、

「前から見ても後ろから見ても同じだね、ふふふふ」

　と、剛の坊主頭を突いた。剛は椅子に座ったまま腰を回して、振り向きざまに言った。

「こっちが顔だよ」

「あははは。やっぱり同じだ」

「なんだかなー……」

　前を向きなおす剛の頭にいきなり、パン、と衝撃が走った。

「いってー。なにすんだよ、亮太」

「いいから、ちょっと動かないで……」

剛の頭から静かに離れていく亮太の手。剛は頭の上に小さな違和感を感じていた。必死に笑いを堪えている亮太がぼそりと呟いた。

「……河童」

「なに、なに？　河童？」

揺さ振る剛の頭から鉢植えの白い受け皿が机の上に落ちた。亮太はそれをもう一度剛の頭に載せると、

「ほら、河童」

と言って、今にも笑い出してしまいそうなのを必死に耐えています、という表情で皿を指差した。

普段の亮太の顔に戻そうと、剛は説得を試みた。

「河童って、別に坊主じゃないだろ？　ほら、皿の周りに花みたいなのついてるじゃん」

「河童が、喋った！」、亮太の顔にパッと笑顔が咲いた。

「全く、お前って奴は……」

剛を除く仲良し四人組から笑顔がこぼれた。すると美味しそうな匂いを嗅ぎつけたのか、ミヤがニヤニヤしながら笑顔の輪に加わった。

「ククッ。お前、斉須コーチにそっくりだな」

「オレのは一ミリ。お父さんのは剃ってるから」

「一緒だろ」

「一緒にすんなっ！」

今度は沙希が、鮮やかなピンク色の花のような笑顔で寄ってきた。

「なに？　どうしたの、それ！」

「もー、ほっといてよ……」

「久しぶりじゃん、触らせて触らせて」

剛の細やかな要望は聞き入れられることはなく、沙希は剛の背後に回り込み、静かに皿を置くと、後頭部から頭頂部へと一気に撫で上げた。直後、歓喜の声を上げた。

「ジョリジョリ気持ちいーーー！」

「もーいいだろ！」

剛が虫を払うように首を振ると、その度に沙希の手の平を短い毛が刺激する。

「やっぱりいいわ……お願い、もう少しだけ！　ねえ久美、ちょっときて」

沙希の声に誘われて、久美が物珍しいといった表情で近づいてきた。

「斉須君、寒くない？」

「ありがとう、心配してくれて……」

沙希は久美の手を取ると、

「ほら、久美。せっかくだから触っときなって」

と言って、剛の坊主頭に久美の手をそっと乗せた。

「あ……」、久美が大事なものを掴むように両手で坊主を包み込んだ。「温かい……」

「そう！　人間ホッカイロ」

女子二人、計四つの手の平を頭に乗せた剛は、

「冷たいなぁ……」

とぼやき、しかし、もうその手を無碍（むげ）に払うようなことはしなかった。其の実、女子の冷たくて、そして柔らかい手の感触を頭皮で味わっていたのだ。すると沙希が、

「皆も触ってみなよー！　温かいし、気持ちいいよー」

と、クラスの女子に手招きをした。

「バカ！　沙希、もういいだろ」

「いいじゃん。皆にも味わってもらわなきゃ勿体無いじゃん」

「あーもー……好きにしろ！」

クラスの女子たちが集まってきて、代わる代わる剛の頭を撫で上げたり、暖を取っていく。

「ほんと、意外と気持ちいい」

「温かいんだね、坊主って」

「お父さんの休みの日の髭を触ってるみたい」

「ごめんね、斉須君。でも、温かいよ」

「なんか、ご利益とかありそうだよね」

「拝んどこうよ」

女子たちが口々に感想を漏らすのを、剛はいかにも仏頂面で聞いていた。その異様な光景を、男子たちが指を差して笑っている。剛を中心に、亮太や沙希たちの仲のよい友達が囲み、その周りを珍しがる女子が囲み、さらにその周りを嘲笑う男子が囲む。一瞬にして四年二組の教室に、剛を中心とした笑顔の花がパァと咲いた。

この時剛は、ある不思議な感情に支配されていた。居心地が悪いような、でも決して嫌ではないような、どこかくすぐったいという感情である。お調子者で笑われることの多かった剛が、初めて気がつくことができたのである。なんとなくではあるが理解できたのだ、それが『喜び』という感情だということに。

剛はそんな戸惑いをそのまま亮太に投げた。

「なあ、亮太。この状態どう思うよ」

亮太はただ一言、

「河童誕生」

と、右手の親指を立てた。

「河童か……それもいいかもな」

剛は改めて周りを見渡すと、そこには楽しげな皆の笑顔があった。坊主を馬鹿にされるという剛の杞憂は、クリスマスを過ぎた澄んで青いだけの空に溶けて消えた。

剛はもう一度、

「それもいいいな」

と呟いて、右の親指を亮太に返した。

第六章　そしてのり平へ

一

年が明けた。平塚にも、斉須家にも、昭和六十四年元旦は分け隔てなく到来した。

剛はお年玉を貰って、年賀状に一通り目を通して、お昼にはお雑煮を食べて、つまりは元日の家でできることを全てやり終えてしまって暇を持て余していた。元日の昼下がり、平塚八幡宮に初詣に行くことは斉須家にとって毎年の恒例行事となっていたのだが、どうやら憲夫と幸子の足は重く、剛の
「早く八幡様行こうよー」

訴えなど全く耳に入らない様子で一向にコタツから出ようとしなかった。

「どうすればいいんだ……」

「そうよねえ。移るって言ってもねえ……」

と、二人でお茶をすすりながらぼんやりとテレビを眺めているばかりであった。テレビには賑やかで、でも単調で平和的な映像が絶えず映し出されている。役者、芸人、スポーツ選手たちが一緒くたになって、豪勢な舟盛りを囲んでお酒を酌み交わしていた。

「ねえ、お父さんもこれくらいのお刺身作れるの？」

そんな剛の問いかけにも憲夫は、ああ多分な、と画面の芸人とは対照的にまるで声に張りがない。

「ねえ、お母さん。見てよ、あのマグロ。あの白い部分って大トロで、凄く高いんでしょ？」

インサート画像のマグロの断面は白に近いピンク色。幸子はそんな大トロよりも白い顔で、美味しそうね、と腹話術師の如く、唇をほとんど動かすことなく呟いた。

テレビ画面に映る新鮮なマグロを死んだ魚の目でぼんやりと眺めている憲夫と幸子に、剛はとうとう業を煮やした。

「ねえ、お父さん、お母さん。どうしたの？　早く八幡様行こうよ」

「うるさい！　子供は黙ってろ、コノッ！」、憲夫が一喝した。

「なんだよ、正月早々そんな言い方するかよ……」

幸子は意を決したようにバサとコタツから出て、

「そうね、新年早々悩んでばかりいても仕方がないわね。御参り行きましょ」

と言うと、部屋着から外向きの洋服に着替えてオーデコロンを一振りした。憲夫は相変わらず浮かない表情のまま、少年野球クラブのジャンパーを羽織って外出の準備を始めた。

「変なの……」

と、剛はいつもと様子が違う憲夫と幸子をただただ訝しげに眺めていた。

平塚八幡宮の駐車場には長蛇の列ができていた。毎年のことである。それも承知の上と憲夫は駐車場待ちの車を横目に過ぎると、平塚八幡宮の近くにある知り合いの酒屋の駐車場に車を止めた。

拝殿まで真っ直ぐに続く参道は沢山の人で溢れ返っている。家族連れ、アベック、お年寄り、受験生などの様々な願いを抱えた参拝客に加え、それを食い物にしようと屋台のテントが群れを成していた。

参拝の列に並んでいる最中も剛はばれないように二人の様子を窺っていた。相変わらず目も合わせず常に苛立ちを隠しきれない憲夫と、目を合わせてもなにも言わずに苦笑いをする気持ちの悪い幸子がいて、剛はただただ口をへの字に曲げるだけであった。

三十分程すると斉須家の参拝の順番となった。賽銭箱を目の前にした剛は、自分の財布からキラキラの五円玉を取り出して右の手の平で握りしめると、ふっと周りの様子を窺った。参拝客は、お金を賽銭箱に投げ入れた後、礼をして、手を叩いて、願い事をして、最後にもう一度礼をしていた。

「二礼、二拍手、一礼。意味分かる？」

幸子の言葉を理解した剛はコクンと一つ頷いた。賽銭を投げ入れる。二回礼をして、元気よく二回拍手をした後、顔の前で手を合わせて願う。今年も元気に過ごせますように。あと、なんて言うか、ご縁がありますように。最後に一礼をしてから憲夫と幸子を見上げると、二人は目を瞑ったまま長い長い願い事をしていて、剛は仕方なくもう一度手を合わせた。剛が次に目を開けた時には憲夫と幸子は既に賽銭箱の前からはけていて、剛は急いで最後の一礼にひょいと頭を下げてから二人の背中を小走りで追った。

「ねえお父さん、今年はなにを願ったの？」

憲夫はなにも言わず、また怒るでも笑うでもなく、かといって家でテレビを眺めていた時のように無表情でもない、どこか神妙な顔つきであった。

「願い事は口にするものじゃないのよ」

幸子はそう言うと、微笑みながら剛の肩にそっと手を置いた。剛は幸子の無理に笑う顔を見てから、相変わらず遠くの空を見つめる憲夫の顔を見て、

「ねえ、おみくじやろうよ」

と、社務所に有無を言わさず二人を誘導した。

剛は巫女姿の女性に千円札を渡した。「はい、おみくじ三人分ね」

憲夫は困惑気味に、「なんだ？　俺たちもやるのか？」。

「当たり前じゃん！　オレが奢るからさ、帰りにお好み焼き買ってね」

先陣を切って、剛は木製で二リットルのペットボトル程の大きさのおみくじの箱をガシャガシャと振った。小さな穴から顔を出した一本の木を見て、「八番！」。

巫女さんはにっこりと笑って、剛に八番のおみくじを渡した。憲夫と幸子がそれに続く。

憲夫、四二番。「なんだ、縁起が悪いな」

幸子、四九番。「そうねえ」

苦笑いで顔を見合わせる二人に、剛がすっとんきょうな顔で割って入った。

「縁起なんて全然悪くないじゃん」

「お前、そんなことも知らないのか」

あからさまに軽蔑の眼差しを向ける憲夫に、剛はあっけらかんと言った。

「それくらい知ってるよ。『四』は『死』を、『九』は『苦しむ』を連想するからだろ。バカにするなよ。『四九』は『始終苦しむ』だっけ」

キョトン顔の憲夫を差し置いて、幸子が小さな驚きの声を上げた。

「あら生意気に、どこで覚えてきたんだか」

「知ってて当たり前だよ」、と剛は自慢げに胸を張ってからつけ加えた。「それに、オレセカンド守ってるから背番号の『四』はいい数字なんだよ」

「それじゃ、『八』は縁起がいい数字なのは知ってる？」

「えっ？」、虚をつかれた剛は自分のおみくじに書かれた『八』を凝視した。「知らない……」

「『八』って漢字で書くと、下の方が広がってるでしょ。日本では『末広がり』って言って縁起がいいのよ」

幸子の言葉に、剛は眉間に皺を寄せた。

「なにそれ、知らないよ。『八』なんか縁起悪いじゃん」

「あらなんで？」

「タコの足は八本だろ。お父さんが引けばよかったのに」

剛の坊主頭に新年一発目のゲンコツが落ちた。

「誰がタコだ、コノッ！」

痛む頭頂部を擦りながら剛は顔を上げると、晴天の空に浮かぶ太陽と、太陽に照らされて煌々と輝く憲夫のツルツルの頭が浮かんでいた。この世界には太陽が二つあったんだ、と手を合わせたい気持ちになった。そして偽物の太陽はすぐに熱を持ってその色を赤く染める。やっぱり……茹でたタコそっくりじゃないか！

境内に響く清らかな賽銭箱の鈴の音が剛に理性を取り戻させて、話を戻した。

「もーいーよ、早くおみくじの中見ようよ。縁起がいいか悪いかなんて、おみくじの中身だろ？　いっせーので開けるよ、いい？　いっせーのー、せっ！」

おみくじの中を見た剛の目に一番に飛び込んできたのは『凶』の文字であった。剛の『凶』の文字を覗き見た憲夫はニンマリと嫌らしく笑った。

「ほら見ろ。父親をタコ呼ばわりするからバチが当たったんだ」

「そういうお父さんはなんだったんだよ」

「『末吉』だ。ざまみろ」

「なんだよ、たいして変わんないだろ」

「『凶』と『末吉』を一緒にするな、コノ」

自慢げな憲夫に腹が立ってきた剛は、無表情のままおみくじと睨めっこをしている幸子に視線を向けた。

「お母さんはどうだった？」

「お母さんもあんまりよくはなかったわね」

幸子の手の中のおみくじを覗き見た剛は一言、「『中吉』か……」。

剛は幸子に羨望の眼差しを向けつつも、これが今の自分なんだ、と自分に言い聞かせてから、おみくじに書かれている小項目を順番に確認していった。

待人……新たに出でず
失物……待てば出ずべし
通信……便り無
商売……平
学問……訓する者出でず
争事……一か八か
恋愛……初のうち思う様に無
病事……案ずるが安し

剛は愕然とした。

「いいことが一つもない……」

『通信・便り無』。そういえば、と剛は思い返していた。去年の夏休み前に引越した美樹からの年賀状は、去年までは毎年元旦に届いていたのに、今年は届いていなかった。もしかしたらおみくじって意外と当たっているのかもな、となんとなく納得してから、それならばともう一度おみくじに目を落として、頷いた。病気が『案ずるが安し』ってだけでもマシか。


冬休み最終日の一日前、一月七日の早朝、日本全土を揺るがす出来事が起こった。昭和天皇の崩御。昭和という時代は六十三年と七日で終焉を迎えた。

各テレビ局は自粛ムード、いつもなら未だ正月気分の冷めやらぬご陽気な番組が放送されているはずなのだが、各局とも昭和という激動の時代を映す特別番組に差し替えられ、コマーシャルも大幅にカットされた。戦争、敗戦、荒野、再興、そして高度成長。憲夫と幸子はテレビ画面に映されたオイルショックでのトイレットペーパー騒動を遠い目で眺めながら、

「とうとう、亡くなられてしまったか……」

「激動の時代が終わりを迎えたわね……」

と、昭和天皇の死を悼んでいた。剛はそんな二人を横目に、ことの異常さだけは理解しながらも、懐古の気持ちはなに一つなかった。そのはずである。剛が昭和という時代を生きたのはたったの十年、第二次世界大戦直後に生まれた憲夫と幸子は四十年。生きた年数も違えば、昭和という年号は同じと

もまるで異質な時代背景で育ったのである。剛は浮かんだ疑問をそのまま口にした。

「ねえ、昭和天皇ってそんなに凄い人だったの？」

憲夫はいつになく厳粛な面持ちで重い口を開いた。

「日本から戦争をなくして、戦後で荒れ果てた日本を一から立て直して、日本を経済大国と呼ばれるまでにした偉大な方だ」

同日の午後、新元号が『平成』になることが発表された。

「平成になるってどういうこと？」

『平成』という言葉にピンときていない剛の疑問に、幸子が反応した。

「新しい時代がやってくる、ってことかしら」

「新しい時代って、どんな時代？」

「それは……」、幸子はフワリと笑った。「剛たちが作っていくのよ」

「そっか」、剛はごくりと一つ唾を飲み込んで昭和という白と黒の時代をテレビで追った。「なにかがなくなって、でも、新しいなにかが生まれるんだ」

翌週、始業式を迎えた学校は当然ながら、天皇崩御の話題で持ちきりであった。どこかピリピリとした空気の漂う教室に入った剛は、居ても立っても居られないという様子で、ランドセルを置くとすぐに亮太に話し掛けた。

「平成、になったね」

「平成だね」

「実感、ある？」

「微妙」、と亮太が小さく首を振った。

「だよね」

二人はそれ以上なにも言わず、静かに教室の中を見渡していた。すると二人の下へ自慢好きな伊藤君が駆け寄ってくるなり唾を飛ばした。

「なあ、知ってる？」

いかにもな伊藤君に剛は、やっぱりか、と眉間に皺を寄せつつ、言った。

「なんだよいきなり」

「昭和六十四年ってすぐ終わったじゃん」

「平成になったんだろ。そんなことくらい知ってるよ」

「違うって。二人ともさ、『昭和六十四年』って書かれた硬貨を集めた方がいいよ」

「え、なんで？」

えへん、と左手を腰に置いた伊藤君は自信に満ち溢れていた。「うちの兄貴がさ、六十四年は一週間しかなかったから、六十四年の硬貨は少なくて何年か先に価値がついて高く売れるんだってさ」

兄貴がさ、という言葉に引っかかりを覚えながらも、剛は相槌を打った。

「へー、そうなんだ。それじゃ集めてみようかな」

「うん、絶対そうした方がいいから。兄貴が言うんだから間違いないよ」

剛と亮太は顔を見合わせた。「分かったよ」

伊藤君は大きな一軒家に住んでいて、中学生の兄と小学二年生の妹がいて、コリーも飼っている。剛が未だ手に入れていないドラゴンクエストⅢも発売日に買ってもらっているという、剛にとっては羨ましい限りの存在である。けれど自慢げな口調や態度がどこか鼻について、劣等感と軽蔑の念を同時に抱いていた。そんな伊藤君の『昭和六十四年硬貨』という言葉を半信半疑の気持ちで剛は心に刻んでいた。

始業式を終えて家に帰った剛は、相変わらずテレビで流れ続けている特別番組を恨めしく眺めながら言った。

「まだやってるんだ。いつになったら普通の番組になるの？」

「うるさい、子供は黙ってろ！」

と、憲夫が分かりやすく怒りを顕にした。

「天皇って、そんなに偉いの？　テレビでもほとんど見たことないよ」

「知らないなら歴史の勉強でもしろ、コノッ」

「そんなこと言ったたって……」

その時、斉須家の黒電話がリーンと鳴った。亮太も暇になって遊びに誘ってくれるのかもしれない、と剛はいち早く反応して受話器を取った。

「もしもし、斉須です」

『あ、大家ですけど、ご主人いらっしゃるかしら』

大家と名乗る年配の女性の声。剛のアパートの大家である笹島さんは同じく年配の女性であるが、剛とも顔なじみであった為、剛は受話器越しの声に違和感を感じていた。

「あの、笹島さん、ですか？」

『あ、いえ、ごめんなさい。のり平さんの所の大家の葛城って言います。お父さんはもうお店に出てしまったかしら』

「います、すぐに代わります」、剛は受話器の下を手の平で押さえて、「お父さん、のり平の大家さんの葛城さんだって」。

憲夫はお茶を一口すすってから悠然と立ち上がり、剛から受話器を受け取った。

「はい、代わりました、のり平です。いつもお世話になっております」

普段と異なる丁寧な言葉を使う憲夫に、剛は自然と耳を傾けていた。

「はい……はい……。やはりそうなりそうですか。……はい、もちろん大家さんのお言葉は重々理解してはおるのですが、のり平もあの場所で早十年の月日が流れました。懇意にしてくれるお客さんもやっとついてきたところです。はい……そうですか……はい、是非、お願いします」

ガチャン、と受話器を置いた憲夫に、すかさず剛が食いついた。

「大家さん、なんだって？」

「なんでもない。お前は黙ってろ」

「家賃払ってないの？　ちゃんと払わなきゃダメだよ」

「うるさい！」

　いつにない憲夫の怒号に、剛はそれ以上詮索するのをやめた。

　昼ご飯の準備を終えた幸子が、「さあさあ、ご飯、食べちゃいましょう」。

　食事が始まっても、いただきます、ごちそうさま以外の言葉を、誰一人発しなかった。行ってきます、と憲夫が家を出る時まで、会話は一つもなかった。のり平の大家からの電話は斉須家にとって、天皇崩御のニュースが流れた時と同じような異様さを与えたのだ、と剛は感じていた。

　アパートの階段を憲夫が降り切ると、幸子がやっと口を開いた。

「今日くらい、お店やんなくてもいいのにねえ」

「天皇のことでお客さんこない？」

「そうね……」

　駐車場に向かうだんだんと小さくなっていく割烹着姿の憲夫の背中を、二人はアパートの階段の上から見送った。

　テレビでは引き続き追悼番組が続いている昼下がり、剛はホームセンター・ダイクマへと自転車を走らせた。ゲームコーナーへ続く階段を駆け上がる。去年、爆発的に人気だったドラゴンクエストⅢが昨年末のクリスマス商戦の時よりも千円値下げされ、二千九百八十円という値札がついていたので、剛は悩むことなくそれを買って帰った。

　家に帰った剛は説明書を読むことなく、いの一番にファミコンをつないでカセットを差し込んだ。ファミコンの電源を入れると、十七インチのテレビ画面に映された2チャンネルの白黒の砂嵐がサッと真っ黒の画面に変わり、タイトルが表示された。

　主人公の名前は『たけし』、職業は勇者、男。十六歳になり、父親の後を追って魔王を倒す旅に出るというストーリーだった。

　ゲームを始めてまずやらなければならないのは、酒場で三人の仲間を集めることだった。最初の仲間は迷うことなく『りょうた』と名づけた。職業は武道家、男。戦士と迷ったが、力も強く足も速い亮太の印象はまさに武道家だった。

　次の仲間は『みき』、職業は僧侶、女。これには剛も迷いに迷った。仲良し四人組であるヒロとコウで四人パーティーを組むこともできたのだが、どうしても美樹のことが頭から離れなかったのだ。やっぱり回復役は女だよな、と剛は自分に言い聞かせた。

　こうなると、最後の一人はさらに迷うことになる。ヒロとコウのどちらかを加えると、残された一人が可哀想だ。沙希ならどうだろうか。女の魔法使いなら、男二人女二人、前衛二人後衛二人、とバランスも最高だ。外には商人のミヤ、戦士の学、亮太のお兄ちゃんの雅君は亮太と同じ武道家だろう、野球部のエースの大島は自分よりも勇者っぽい。色々な人の顔を思い出していって、剛は思いついたように『けんた』と入力した。職業は魔法使い、男。剛がサーカスで出会った迷子の少年の名前である。職業は子供らしく遊び人が一番しっくりくるけど、やっぱり魔法使いを入れたいし、健太はピエロじゃないしな、と剛は妙に納得した。たとえ健太を両親に送り届けるまでのほんの少しの間だけでも、一人っ子の剛に兄の気分を味合わせてくれた、それは健太がかけた魔法に違いない。

こうして、仲間の作成にたっぷり一時間をかけて、たけし・りょうた・みき・けんたの四人の冒険の旅は幕を開けた。

二

昭和の終焉が日本国民にやっと受け入れられ始めた節分を終えた頃、学校から帰った剛がドラゴンクエストⅢをやっていると、黒電話がリーンと鳴った。亮太かな？　剛は軽やかに腰を上げて受話器を取った。

「はい、斉須です」

『あー、子供か……。ご両親に代わってくれる？』

「あの……どちら様でしょうか」

『黒岩興業の前原ってもんだけど、お父さんかお母さんに代わってくれる』

「少々、お待ちください……」

聞き覚えのない低い男の声。剛は男の発する言葉にどこか違和感のようなものを感じながらも、受話器を置いて、キッチンで晩ご飯の準備をしている幸子の下へ向かった。

「お母さん、黒岩興業さんから電話」

「黒岩興業？」

「うん、黒岩興業の前原さんって人」

「黒岩興業ねぇ、なにかの勧誘かしらね」

剛は男の言葉に感じていた違和感の原因をなんとなく口にした。

「お父さんの知り合いかなにかじゃないかな。多分だけど、訛ってる。福島のおじさんとかそんな感じだったと思うな」

幸子は首を左に傾けて、包丁を受話器に持ち替えた。

「はい、代わりました。……はい、そうですけど。……あの、すいません、そういうことは主人に言って頂けないと……。はい、それはもちろん理解しております。……はい、それでは失礼します」

受話器を置いた幸子の悲壮な横顔を見た剛は、「お母さん、どうしたの？」。

はっと息を吹き返した幸子は、「ううん、なんでもない」。

「お父さんの知り合いだった？」

「違う、うん、違う。本当になんでもないから……」

「あーもう！　なんでもないことはないでしょ！」

幸子の生気の失せた顔に剛はとうとう声を上げた。そうして勢いに任せて、正月を過ぎた頃から溜まり続けていた心のもやもやを吐き出した。

「なんだよ！　オレにも教えろよ。今年に入った辺りから変だよ、お父さんもお母さんも。見えないなにかに怯えているみたいにさ。それくらい、オレにだって分かるよ。なにがあったか教えてくれたっていいじゃん！」

いつになく真剣な表情の剛と向き合った幸子は、コタツに座ってお茶を一すすりしてから正面の座布団を指差した。

「座りなさい」

正座で座布団に座る剛に、幸子が続けた。

「今ね、平塚の街で区画整理が進んでいるの」

「区画整理？」

「そう。区画整理っていうのは、平塚の街を皆がもっと住みやすい形にすることよ。道路を造ったり、なにかの施設を造ったり……」

「それで？　別にいいじゃん、平塚の街が新しくなるなら」

「そうね。だけど、新しいものを造るということは古いものが犠牲になるの、分かる？」

「古いものを新しいものにするんだろ、分かんないよ、いいことじゃんよ」

幸子はセブンスターに火を点けて紫色の煙を斜め上方に吐き出すと、上を向いたまま、いらつきが声色に混ざり始めた剛をなだめるように言った。

「のり平の入っているビル、もうボロボロだって剛も見て思うでしょ？」

「そりゃあ……」

剛は七夕に店を訪れた時のことを思い出した。建物の壁のペンキは変色して灰色で、所々剥げ落ちていて、壁にはヒビすら入っている。建物にはのり平を含む何軒もの飲み屋が連なり合っていて、さらに建物と車が四台止められる程の小さな駐車場を囲むように灰色のブロックが壁を作っている為、酒と嘔吐物の匂いが充満していた。剛は正直、古いという言葉に加えて、汚いという印象すら持っていた。

剛が十分に思い出したのを見計らって幸子が口を開く。

「あそこもね、区画整理の対象になっているの」

「それって、のり平がなくなっちゃうってこと？」

「まあ少なくとも、あの場所にはいられなくなるのよ」

「なんだよそれ、勝手じゃん！」

「勝手って言っても、あそこの土地はうちのじゃないからねえ。大家さんから借りているだけだし」

「なんだよ、それ」、幸子の吐き出した二口目のセブンスターの煙を見届けて、「それで、あの場所になにができるの？」。

「マンション、だって」

「マンションなんか、あんな所に必要ないじゃん」

「剛が必要なくても、外の人が必要なんじゃないかしら」

「なんだよ、それ……」

のり平がなくなる、それは剛に奇妙な苛立ちを覚えさせた。のり平さんの息子、そう小さな頃から言われ続けてきた剛にとっても、のり平に奇妙な親近感が湧いていても仕方のないことである。のり平をなくしたくない、と剛は子供ながらではあるが漠然と感じて、探るように聞いた。

「じゃあさ、黒岩興業って大家さんのことなの？」

「別の人。今の世なら地上げ屋って言うのかしら」

「地上げ屋って、なんだよ」

「そうね……立ち退きを渋る人たちを追い出す人」

「それって、ヤクザみたいな？」

幸子は静かに頷いた。ヤクザという単語に、剛は湧き出す恐怖をそのまま吐露した。

「それじゃのり平、どうなっちゃうんだよ……」

「分からない、お父さんが決めることよ」

そうして言葉をなくした剛に幸子は続ける。

「今日の電話のことはお母さんからお父さんにちゃんと伝えるから。剛はお母さんからこの話を聞いたことは絶対にお父さんに話しちゃダメよ。なにか分かったらちゃんと言うから、いい？　分かった？」

キッチンに戻っていく幅のある幸子の背中を、剛はいつもより少し小さく感じていた。

それからの二週間、区画整理の話に大きな進展はなかったものの、斉須家には相変わらずピリピリとした空気が張り詰めていた。家族三人で食事をしていても、剛は憲夫となるべく目を合わせないように、テレビに顔を傾けてばかりいた。

そんなある週の初め、剛がいつものように夜一人で留守番をしていると、リーン、と黒電話が鳴った。

「はい、斉須です」

『黒岩興業の前原だけど、ご両親はいる?』

剛はビクンと背中を震わせた。まるで、蛇に睨まれた蛙、ヤクザに睨まれた河童だ。

「あの、すいません、いませんけど……」

『お母さんはもうお店?』

「そうです……」

『そうかそうか。坊主は一人で留守番か、偉いな』

「偉くなんて、ありません……」

『また掛ける。じゃあな、坊主』

剛は右の拳を握った。

「ちょっと待って！」

『なんだ、坊主』

「あ、いえ、あの……」

握った拳を振り下ろすことはできなかった。相手はヤクザだ。沈黙の支配した世界の中で、ガタンゴトン、と電車が通りすぎる音が受話器の向こう側から聞こえていた。

『用がないなら切るぞ』

「待って、おじさんは……」、剛の頭に言ってはいけない危険な単語が浮かぶ、と同時にそれを幸子の言葉に変換して言った。「地上げ屋なの？」

『地上げ屋？　お前ガキのクセに、難しい言葉知ってるな』

電話の向こうで低音の笑い声が聞こえる。

「おじさん、のり平をなくしちゃうの？」

『仕事だからな』

「仕事なら、お父さんもあそこで店をやってるよ」

『違いねえ』

受話器の向こうにまた響く低音。

『じゃあな、坊主』

ガチャン、ツーツーツー。

受話器を持ったまま、クソ、と呟いて、見えない恐怖に震える背中を静めようと必死に肩に力を込めた。

次の電話は剛が午前授業を終えた土曜日の正午だった。電話にいち早く反応した剛が受話器を上げる。

「もしもし、斉須です」

『あー、黒岩興業の前原だけど、ご両親いる？』

あの時と同じようにはいかない、と剛は受話器を持つ左手に力を込めた。

「なんの御用でしょうか？」

『坊主には分からない話だから、お父さんかお母さんに代わって』

「用事なら、僕が聞きます」

『……さっさと代われ、ガキ』

殺気が込められたような低音の声に剛は奥歯をキュッと噛み締めた。なにかを察知した憲夫が剛から受話器を取り上げた。

「もしもし、代わりました」

剛は下を向いたまま、なんの言葉も発することなくその場に立ち尽くしていた。

「はい……はい……。その件は大家から聞いております。……重々理解しています。ですが、私共もあそこで店を開いて十年、はいそうですかと簡単に二つ返事する訳にはいきません。……もう少し、時間をください。……はい、では失礼します」

　静かに受話器を置いた憲夫は、頭の頂を赤く染め上げている訳でもなく、いかにも冷静な面持ちであった。剛は憲夫の『十年』という単語が心に引っかかって、何度も何度も心の中で反芻した。

　十年は、オレの年齢と同じだ。

　のり平は剛が生まれる五ヶ月前に開店した。店を軌道に乗せる為、幸子も剛を産んですぐに仕事に復帰しなければならなかった。〇歳の時から知り合いの七十歳を超える元スナックのママに預けられていた、と剛は小学一年生の時にその話を聞かされた。そのようにして剛とのり平は、それぞれ十年という歳月を経て成長してきたのだ。

　剛は思った。のり平は、お父さんとお母さんにとって大切な場所なんだ！

「お父さん！」、剛は叫びにも近い声を上げた。

「な、なんだ？　いきなり」

「地上げ屋なんかに負けんなよ！　オレもできる限り戦うからさ」

「お前、ガキの癖にそんな言葉……」

　幸子を睨みつける憲夫の視線を遮って、剛が口を開く。

「違う、お母さんから聞いたんじゃない。同じ人からオレが一人の時に電話が掛かってきたんだよ。仕事だから……のり平をなくすんだって言ってた」

「お前……」

「お父さんが戦うなら、オレも戦うよ！」

「戦うったって、子供のお前になにができる」

所詮子供だ、力はない。それなら、と剛は思いついたように言った。

「そうだ、お金……オレの貯金全部使っていいよ。十万円か……もう少し入ってるんじゃないかな」

「それっぽっちの金で一体なにができるんだ。これはゲームじゃない。子供は黙って勉強でもしてろ！」

そうして憲夫は、それから一言も発することなく家を出た。剛も一言も発することなく、自分に訴え続けた。十歳の自分に一体なにができる？　のり平はオレと同じ十歳だ、お父さんにとってのり平はきっとオレと同じくらい大切に違いないんだ。のり平をなくさせない為に、力もお金もなにもない子供になにができる？　なにが？　なにが。なにが！　剛は一人、唇を噛んだ。

その日剛は、久しぶりに、ドラゴンクエストⅢの電源を入れた。レベルも徐々に上がり、船を手に入れて世界中を旅することができるようになっていたのだが、中ボスである『やまたのおろち』がどうしても倒せずに心が折れていたからだ。

データをロードしたそのままの状態でやまたのおろちに挑戦してみる。武道家のりょうたの会心の一撃が出て心が躍るも、やまたのおろちの炎の連続攻撃で無残にもパーティーは全滅した。

「何度も攻撃してくるなんて卑怯だよ。全体攻撃も。こっちは全体を回復する魔法なんて使えないんだぞ」

リセットボタンを押す。真っ黒の画面にタイトル画面が表示され、最新のデータをロードすると、やまたのおろちに倒される前の状態に戻った。

「セーブって便利だよな。何度もやり直しできて……」

そうして剛はなんとかしてやまたのおろちを倒すべく、長い間画面と睨めっこした。やまたのおろちに倒される前の四人の強さを確認しながら対策を考えた。武道家は攻撃の要だ、絶対に死なせないようにしよう。ＨＰの低い僧侶と魔法使いはもう少しレベルを上げる必要があるな。僧侶は毎ターン回復だ。ほしふるうでわを装備して素早さを上げて、やまたのおろちの攻撃よりも先に必ず回復をさせるようにしよう。魔法使いは無理に攻撃はさせずに補助と回復に回そう。武道家にバイキルトをして、薬草を何個も持たせればいいかな。『さとりのしょ』で僧侶か魔法使いを賢者に転職をさせるっていう手もあるけど、レベルを上げるのにまた時間がかかるし、やまたのおろちを倒すまでは転職はしないでおこう。ＨＰ、攻撃、防御のバランスがよい勇者は、最初は回復に徹して、余裕があれば攻撃だ。

それから二時間、剛はパーティーを強化することに徹した。敵と戦って経験値を稼いで四人のレベルを上げる、そして貯めたお金でできるだけよい防具を買い与えた。

再度、やまたのおろちに挑戦する。相変わらず、強い。強力な一撃は勇者でさえ半分以上のＨＰが削られ、炎で僧侶と魔法使いはすぐに瀕死になってしまう。次ターン、勇者と僧侶、それに魔法使いが回復に回り、なんとか窮地を脱することができた。数ターンの間、硬直状況が続く。このままでは防戦一方になってしまう、ジリ貧だ。そんな時、武道家の会心の一撃がやまたのおろちに炸裂した。よし、今だ！　魔法使いのバイキルトで勇者と武道家の攻撃力を上げる。万全の状態で全員攻撃に出てやる。僧侶の攻撃、武道家の会心の一撃、魔法使いの魔法、そして勇者の攻撃。四人の一斉攻撃で、誰の犠牲を払うことなく、やっとのことでやまたのおろちを撃破した。

「やった……勝った……」

なんとも言えない虚脱感が剛を襲った。すぐにセーブをして、そっとコントローラーを置いた。剛の感情は、喜びに任せてガッツポーズをするというよりも、むしろ納得の心持ちだった。どんな強敵でも、きちんとレベルを上げて、作戦を練って戦えば、倒せない敵なんていないんだ。

それならば、と剛は黒岩興業との電話を思い出した。そして、はっ、と思いついたように、ファミコンを片づけて玄関を飛び出した。

「そんなに急いでどこへ行くの？」、幸子が剛の背中に言った。

「ちょっとね、行ってきます！」

「晩ご飯までには帰るのよ」

「分かった分かった」

剛は考えていた、強敵を倒すには入念な準備が必要なのだ、と。そうして平塚駅に向けて、颯爽とペダルをこいだ。

三

二月の終わり。そろばん塾の練習も終わりが見えてきた頃、剛は横に座る亮太にひそひそ声で話し掛けた。

「なあ亮太、今日そろばん終わったら時間ある？」

「なにかあるの？」

「なにって訳じゃないけどさ、一緒にのり平行かない？」

亮太はパチンとそろばんの珠を強く弾いて、

「いいよ」

とニコリと微笑んでから、そろばんの珠が示す数字をノートに書き込んだ。

二人がそろばん塾の駐輪場を出た時、時計の針は十九時を回っていた。帰宅ラッシュで交通量の増えた追分交差点の地下道を二人は並走する。

「なあ、亮太。もしかしたらさ……」、と剛は亮太が視線を向けたのを確認してから続けた。「もしかしたらさ、のり平がなくなっちゃうかもしれない」

「どうして？」

「平塚の街をよくする為に区画整理っていうのをするらしくてさ、のり平のある場所にマンションを建てるんだって」

「なにそれ。平塚市が決めたの？」

「詳しいことは分からないけどさ、ただのり平はうちの土地って訳じゃないから、大家が決めるんじゃないかな」

「そう、なんだ」

亮太はなにかをじっくりと考えるように黙り込んだ。剛も同様だった。沈黙にちょうどよく、二人の自転車が地下道から地上へ出る為の急な上りの坂道に差し掛かって、二人は立ち漕ぎで勢いをつけて力強くペダルを蹴った。

地下道を出ると、使い切った太ももの筋肉を弛緩させるように剛は足をぶらつかせて、そして口を開いた。

「オレさ、今までほとんどのり平になんて行ったことなかったんだ。恥ずかしいじゃん、やっぱりさ。知らない酔っ払いに絡んでこられても困るし」

「それ分かる。オレもお父さんの会社のバーベキューに参加したことあるけど、お父さんの上司やら部下やらに無駄に絡まれて、居場所なんて全然なかったから」

「だよな。だけどさ、いざのり平がなくなるかもしれないって思うとさ、なんだか無性に見ておきたくなったんだ。可笑しいよな？」

「いや」、亮太は剛の自転車を一車身追い越して、「もし本当になくなってしまうなら、オレも絶対に見ておきたいよ」。

真剣な亮太の眼差しは、剛に自然な笑みをこぼさせた。

市民センターの向かいの裏道を入ると、一気に光量が減って、二人の少年の心を不安が襲う。個人が営む小さな居酒屋やスナックの色濃い看板の怪しい光が闇に浮かんでいる、大人の世界だった。

剛がのり平の引き戸を開けると、いつもよりも一オクターブキーの高い声色の幸子が出迎えた。

「いらっしゃい、あら……」

困惑の幸子の背後から、カウンターの向こうにいる憲夫が顔を覗かせた。

「剛か？　なんだ亮太君まで」

憲夫の訝しがる視線に加えて、カウンター席の一番奥に座るお客さんの視線を感じて、剛は思わず立ちすくんでしまった。幸子は出口に一番近いカウンターの椅子を二席引いてから言った。

「お客さんがいるからとりあえずここに座りなさい」

お客さんはカウンターの一番奥に一人、二つの座敷テーブルにはそれぞれ、一組のアベックと三人組みのスーツ姿の男性のお客さんが座っていた。幸子が二人の前に瓶のコーラとコップを運んできて、

「どんな気まぐれかしらね」

と、カラリと笑った。憲夫は嬉しさ半分、困惑半分といった表情で言葉を発しないでいると、すかさずカウンターの奥に座るおじさんが剛に話し掛けてきた。

「のり平さんの息子さんだろ？」

早速絡んできた、と嫌気が差す剛に、おじさんが続ける。

「ほら、覚えてるか？　お前たち、七夕の時にも店にきたろ」

「あっ！」

と、剛と亮太は同時に驚きの声を上げた。灰色の作業服の胸元にボールペンを三本差したハゲのおじさん。七夕の時に確かにいたような気がする、とニンマリと赤ら顔で笑うおじさんを剛は反射的に指差した。その手の甲を、幸子がピシャリと叩いた。

「ほら、お客さんに失礼でしょ！」

「ママさん、いいんだいいんだ。それより覚えてるか、あの時お前たちが食べてたのり平ポテトあったろ。おじさんあれからはまっちまって、店にくると決まって食べるんだ。腹も膨れるし、悪酔いしなくていいんだ」

おじさんの言葉に、憲夫がちゃちゃを入れる。

「そうだぞ、剛。山ちゃんはお前のせいで安いポテトばっかり食べるようになっちまって、こっちは商売上がったりだ」

「マスター、勘弁してくれよ。こちとら安月給でも飲みにきてやってるんじゃねえか」

「それはそれは、毎度ありっ！」

酒気を帯びた笑い声が小さなのり平の店内に満ちた。気がつくと背中の方からも笑い声が聞こえる。剛がそっと振り向くと、三人組みのおじさんグループがケラケラと笑っていた。二人組みのアベックも笑いながら、女の方が壁に貼りつけられたのり平ポテトのお品書きを指差していた。

剛ははっと、まるで目の前の光景をどこかで見たことがあるような錯覚にとらわれた。一瞬で、空気が変わった。お客さんの言葉に憲夫が調子を合わせることで、居酒屋に紛れ込んだ小学生二人という異物感を取り込んで、店内を一瞬の内に一つの笑いで包み込む。それは剛が去年のクリスマスに坊主になった時の、四年二組の教室を包みこんだ笑顔の連鎖と同じなのだと、剛はそう感じたのであった。

人形になったように固まる剛をよそに、憲夫が亮太に話し掛けた。

「亮太君はあれだ、お刺身とか大丈夫なのか？」

亮太は恐縮しながら、「はい、大丈夫です」。

「よし、なら今日はここで飯食ってけ。いいだろ？」

幸子が困り顔で憲夫と亮太の間に入った。

「よくないですよ、ちゃんと亮君の親御さんに確認しないと。亮君、大丈夫そうならお家に電話してみてくれる？　おばさんが代わって説明してあげるから」

亮太はのり平のピンクの電話の受話器に手を掛けたまま動きを止めた。電話の下に備えつけられた小さなお賽銭箱には、『電話をご利用の際はお気持ちをお入れください』。幸子がすかさず亮太に笑いかけた。「そんなの気にしないでいいから使いなさい」

亮太は電話で母親に簡単に事情を説明した後、幸子に受話器を渡した。いつもうちの息子がお世話になっております、こちらこそいつもご迷惑をお掛けしてばかりで、今日はこちらで食べさせても大丈夫かしら、ご迷惑でしょう、全然そんなことありませんよ、じゃあ今日はご馳走にあずからせて頂こうかしら。母親同士のいかにも表面的な会話を予想しながら、剛は戻ってきた亮太に言った。

「大丈夫そう？」

「全然大丈夫」

受話器を置いた幸子は、「ご了承、いただきましたよ」。

憲夫はわざとらしく、

「よーし、そうと決まればいつも以上に美味い物を出さないとな。のり平フルコースだ」

と、割烹着から覗かせた二の腕に力を込めた。その様子をカウンター席の山ちゃんが恨めしそうに眺めていた。

「なんだよマスター。俺の時もいつもそうしてくれよ」

「ツケの清算がきちっと済んだらな。それまではのり平ポテトで我慢しろ」

「うわ、酷いなー。たまにはいいもん食わしてくれねえと仕事に力が入らないよ」

「しょうがねえなあ。それじゃあいつらに出す刺身の切れ端でも出してやるか」

「そうこなくっちゃ」

そして上がる小さな笑いの渦に、剛は背中をブルと震わせた。今まで感じたことがない、不思議な胸の高鳴りだった。緊張、という言葉が浮かんで、剛はすぐに否定した。一年生の時の運動会、全校生徒の前で『これから運動会を始めます。赤組も白組も頑張りましょう』と開会宣言をした時の肩に込められた緊張とは明らかに違う。剛は理由の分からない感覚をもどかしく思いながら、背中の緊張をほぐすように背中を一度伸ばして肩を回した。

二人の前に次々と料理が運ばれてきた。のり平ポテトから始まり、マグロとイカとタコの刺身盛り、豆腐に納豆とオクラとワカメとすった山芋を乗せてぐちゃぐちゃに混ぜて食べるスタミナ豆腐、焼きおにぎり、そして最後にバニラのアイス。まごうことないのり平フルコースを、二人は勢いよく平らげていった。

料理を堪能する二人を横目に見ていた山ちゃんが呆れ顔で言った。

「小さいのによく食うなあ、あっぱれだ」

剛と亮太は顔を見合わせて、お互いに恐縮といった表情を浮かべた。満足そうな二人に山ちゃんは続けた。

「でも、寂しいだろ。のり平がなくなっちゃうのは」

憲夫が慌てて言葉を発する。

「馬鹿、山ちゃん。子供にする話じゃないだろ」

「おお、ごめんごめん。もしかしてまだ知らなかったかな」

店内に澱んだ空気が流れ始めた。あれだけ四方に上がっていた笑い声が今ではどこにも上がっていない、虚無の空間だった。だがそれは、お酒が進んでいた山ちゃんには関係がないといった様子で、酒気と一緒に吐き出すように言った。

「ちょうどいい機会だからな、おじさんが教えてあげるけど、この辺ではな、区画整理ってのが進んでいてな」

「ほら、飲みすぎですよ」、と幸子が制止する。

「いいや、酔ってなんてない、いたって正常だ。いいか坊主たち、区画整理って言葉だけを聞けばいいことのように聞こえる。住みやすい街にするんだ、新しいものを造るんだ、ってな。でもな、いいことばかりじゃない。古いものを壊すんだ、みんな壊しちまうんだ。今ここで生活をしている人はどうなる？　のり平だって、そこに集まるおじさんだって、行き場をなくしちまうんだよ」

「山ちゃん、いい加減にしろっ！」

憲夫が一喝した。店内の誰しもが体に電気を流したかのようにピリと体を固くした。一瞬の内に、お酒と会話を楽しむはずの酒場が氷の牢獄に姿を変えた。沈黙を破ったのは誰でもない、剛であった。

「なぁんだ、そんなこと知ってるよ」

店内の全員の視線が剛に集中した。しかし剛は全く動じなかった。全校生徒の前で運動会の開会宣言をした時よりも少ない視線じゃないか。

「区画整理のことも、のり平がなくなっちゃうことも、知ってる。だからいつ最後になってもいいように、今日亮太と一緒にここへきたんだ」

「剛、お前……」

言葉をなくす憲夫に剛は続ける。

「山ちゃんのおじさんはさ、のり平好き？」

いきなりの問いに山ちゃんは戸惑いの表情を浮かべて、でもすぐに笑った。「好きだよ。家庭もお金もないおじさんにとって唯一の憩いの場だ」

剛ははにかんだように笑って、そしてたっぷりと息を吸い込んだ。

「よかった、そう言ってくれて。でもさ、オレ、のり平が嫌いだったんだ。だって、そのせいでオレは夜寝る時、ずっと一人だったもん。それにさ、小さい頃から知らない人に『のり平さんの息子』って言われ続けてさ、意味分かんないよね。のり平って、店の名前じゃん。そんなこと言われたらのり平を継がなきゃいけないみたいじゃん。でもお父さんはサラリーマンになれって言うし。もう、よく分からなくなっちゃった」

心配そうな顔で見守る幸子に、剛は満面の笑みを返した。

「でもさ、久しぶりにここへきて気づいたこともあった」

そう言うと剛は、店内の客一人一人に視線を配ってから、胸を張って言った。

「のり平って、皆さんに愛されているんだって思ったよ。だって、オレ今日まで皆さんのことなんて全然知らなかったけどさ、オレとお父さんのくだらない会話でも皆さんは笑ってくれてさ。ううん、違うな。家では全然遊んでもくれないし、すぐ頭を赤くして怒るし、屁は臭いし……」

座敷のアベックの女性の方がクスリと笑うのを剛は無視して続ける。

「本当にどうしようもないお父さんだけどさ、のり平でのお父さんは皆さんを笑顔にする。それって正直、凄いことなんだって思った。だって、皆さんは知らない人でしょ？　そんな人たちを笑顔にしてさ、のり平がこんなに温かい場所だったなんて知らなかった。だから、子供のオレが生意気言うかもしれないけど、のり平を絶対になくさせたくないんだ！」

剛はこの時、自分自身に酔いしれ、そして密かに決心していた。オレはドラゴンクエストの勇者になってやる！

頭に上った熱をそのまま目頭に下ろした憲夫は、

「全く、子供が生意気に」

と言って、右手の親指と人差し指で目の下を押さえた。

「よく言った、のり平さんの息子！」

パンパンパンパン、手を叩きながら山ちゃんが賞賛した。そしてそれはすぐに店内に伝播して、あっという間に拍手が店内に響き渡る。さっき笑っていたアベックの女性は、目の下をハンカチで拭っていた。

剛はなにを褒められたのかも理解できずに、でも恥ずかしさだけが込み上げてきて亮太の方を振り向くと、亮太も笑いながら手を叩いていた。

「皆さんすいません、うちの息子がこんな変な空気にしちまって。今日は皆さんに心ばかりのサービスをさせていただきますので、どうか許してやってください」

「よっ！　いいぞ、マスター」

憲夫の言葉にすかさず山ちゃんが歓喜の声を上げる。座敷の皆もすぐにそれに同調して歓声を上げた。一瞬だった。店内に広がった澱んだ冷たい空気が、あっという間に暖かい南国に変わった。でも温度なんかじゃない、と剛は思った。心の温かさがのり平を温かい場所にしているんだ。

翌日、剛は続けていた平塚駅周辺の下調べを終えた。その帰りしな、剛は去年のクリスマスに坊主にして以来の床屋に行き、二ヶ月間で中途半端に伸びていた髪をもう一度坊主にした。

四

よく晴れた三月の初め。春がすぐそこまでやってきていることを予感させるような暖かな風が剛の頬をそっと撫でた。まるで春の妖精が剛の顔を両手で優しく包んでくれているかのように、剛は目を瞑った顔を空に預けて、ゆっくりと息を吸い込んだ。

平塚駅北口、ロータリーの向かいにある駅前交番のすぐ隣で自転車のサドルによりかかる剛の下に、自転車に乗った亮太がやってきた。

「ごめん、待った？」

「ううん。こっちこそつき合ってもらって悪い」

「別にいいよ。で、今日はなにするの？」

「どうしても行きたい所があってさ。いい？」

「いいよ」

剛が自転車に跨って交番のお巡りさんにヒョイと小さく頭を下げると、お巡りさんが剛に向かって軽く手を上げた。亮太は剛の真似をして頭を下げると、不思議そうに言った。

「お巡りさん、知り合い？」

「いや、なんとなく」

二台の自転車は、駅ビルのラスカの脇にある平塚駅南口へとつながる地下道には入らずに、左に進路を変えた。

剛の自転車を追走する亮太が不安を声にした。「こっちって……大丈夫？」

亮太が心配するのは無理はなかった。剛たちが向かう線路沿いの雑居ビル群は、小学生には無用の場所が数多く立ち並んでいる。飲み屋、麻雀、マッサージ、風俗店。中でもピンサロ店が数多く存在していて、『ラブスープ』『愛マウス』『昼下がりのロマンス』など、やけにピンクを主張した看板が視界と脳内をピンク色に染める。看板に添えられた花びら大回転という小学四年生には理解し難い言葉でさえも、妙にエロチックに感じてしまうだろう。

チラチラと視界が揺れる亮太を、剛が現実の世界に引き戻す。

「大丈夫だよ、まだ明るいし。ごめんな、こんな場所につき合わせて」

「別にいいけど。で、今日はどこ行くの？　こういうお店、じゃないよね」

「もちろん違うよ」

剛は爽やかな春風に混ざり込んだ酒と愛欲にまみれた空気を吸い込んだ。臭い、と思った。そしてそれはある種のスイッチとなって、剛は真剣な面持ちで口を開いた。

「亮太にしか頼めないことがあるんだ。これから行く場所に入るのはオレだけでいいんだ。亮太には外で待っててほしい」

「なにそれ……」、亮太は明らかな疑惑の念を送った。

「なにかあったら、すぐに駅前の交番に行ってお巡りさんを呼んできてほしいんだ」

「なにかって？」

「まずは、三十分経ってもオレが戻ってこなかった時。後は、大きな声とか音がしたとか」、そして剛は一呼吸置いた。「窓ガラスが割れた、とかね」

剛はズボンのポケットに忍ばせた丸くて艶のある石を取り出して亮太に見せた。石は太陽の光を吸収するように、光り輝いていた。亮太は石から剛の顔に視線を移して、一つだけ頷いた。

二台の自転車が速度を緩めた。雑居ビルの二階の窓には『黒岩興業』という張り出しがしてあって、僅かな窓の隙間からでは中の様子を窺い知ることはできなかった。

「ここ？」

亮太の疑問に、剛は黙って頷きを返した。二人は線路沿いの道に、すぐに駅の方向に進めるように自転車の向きを変えて止めた。

亮太は真剣な面持ちで言った。「会社？」

「というより、地上げ屋」

「つまり、ヤクザ？」

「みたいなものかな、知らないけど。ラスボスだよ、のり平の」

「なんでここだって分かったの？」

「何度も家に電話があったからさ。その時、受話器の向こうから電車の音が聞こえたんだ。ヒントはそれしかなかったけど、駅の北口と南口の線路沿いを調べてたら見つかったよ。この通りは気まずくて最後になっちゃったけどさ」

恥ずかしそうに笑う剛を、亮太は未だ浮かない表情で眺めていた。当然である。子供が一人でヤクザの下に乗り込もうとしているのだ、大人でも怖い。それでも、剛が綿密な調査と計画の上で立てた作戦に違いない、そう理解したのか、亮太は次第に表情を緩めた。

そんな亮太の表情の変化を見た剛は、一つ頷いてから言った。

「それじゃ行ってくる。きっと、大丈夫。亮太もさっき言ったこと、頼むな」

「もちろん」

「信じてるぜ……」

剛はこの後に続く言葉を言いかけて、やめた。剛の尊敬する野球部のエース・大島の言葉が剛の脳裏に焼きついていた、『言葉がいるか？』。

「任せてよ……」、と亮太は芽吹き始めた木々のように優しく微笑んだ。「言わなくても分かってるよ」
剛はニカッと笑ってから、亮太に背を向けて、力強く一歩を踏み出した。
(信じてるぜ、親友)
そう心で呟く剛に、はっきりと伝わってきた。
(任せてよ、親友)

ビルの二階へと続く幅の狭い階段の前、剛は深呼吸をして息を整えた。一歩、そしてまた一歩と、階段を上がるにつれて表の世界とは異なる、太陽の当たらない裏の世界に引き込まれるような感覚に襲われる。だが剛の背中には多少の恐怖はあれど、不思議と緊張はなかった。初めてゾーマの城に足を踏み入れる時の勇者はこんな気持ちなのかな、そんなことが脳裏に過った剛は気持ちを入れ直すように両肩を大きく上げて、下ろした。外には亮太が待っているんだ。

二階の廊下には埃臭く乾いてひんやりとした空気が満ちていて、三月の外気よりもさらに冷たく感じる。廊下の一番奥の共同トイレの前には大きな段ボールが何個も積まれていて、剛はトイレに行くのに苦労するだろうなと思った。そうしてすぐに尻の穴をすぼめた。まさか、あの段ボールの中に死体なんて入ってないよな……。

廊下の左右に一枚ずつ白い金属製の扉があり、線路側に位置する右側の扉が黒岩興業につながる扉だった。剛は扉に取りつけられた『黒岩興業』の看板を目の前にして、初めて自分の足が震えていることに気がついた。震えを止めるように右足、左足の順番でパンパンと硬い廊下を踏み叩いた。

恐怖？　違う！　そんなもの、クソ食らえだ。オレにはやらなければならないことがある。黒岩だろうがヤクザだろうが、なんでもかかってこいってんだ。

剛は拳で扉を叩いた。反応がない。さらに強く三回叩くと、拳にジンと痛みを感じた。

「うるせーな！　誰だ、この野郎」

扉の向こうに怒号が聞こえて、剛は扉から一歩分だけ距離を取った。硬く冷たい扉がギイという音を立てて開くと、隙間から男がグンと勢いよく顔を覗かせた。男は真っ黒なサングラスをかけていて、その向こう側の表情を盗み見ることはできない。

「なんだ、ガキかよ。ここはガキのくる所じゃねぇ、別の所で遊びな」

圧倒的な威圧感、剛は無意識の中で拳を固く握り締めていた。

「おじさんが黒岩さん？」

「あん？　うるせーガキだな。トイレなら向こうにあるから勝手に使ってさっさと行け」

扉を閉めようとする男に、剛は慌てて言った。

「ちょっと待ってよ。オレは黒岩興業に用があってきたんだ」

「用、だと？」、男はもう一度顔を出した。「ガキがなんの用があるってんだ」

訳が分からないといった男の苛立ちが小刻みに地を踏む足に如実に表れていた。その振動が少し前に止めた足の震えを呼び起こしそうになり、剛は両足にグッと力を込めて思った。相手はヤクザだ、なにをしてくるか分からない。もしかしたらオレ、死んじゃうのかな……。殺されて、トイレの前の段ボールに詰められて捨てられちゃうのかな？　でも……亮太、後は頼んだぜ。

「のり平は……」、と剛は顔を上げて男を睨みつけた。

「あん？」、サングラスの男がガンをつける。

「のり平は、地上げ屋なんかには絶対に負けないからな！」

「のり平、だと？」

一瞬の硬直の後、男の足が床をパンと強く叩いてから続けた。

「ああ、あの飲み屋か」

「そうだ！　区画整理なんか、絶対にクソ食らえだ！」

冷たい沈黙の後、男が静かに口を開く。

「それで、お前はそののり平のなんなんだ？」

「オレは……」、剛の頭の中に憲夫のツルツル頭と幸子のもじゃもじゃ頭が過った。「オレは、のり平の息子だ！」

「息子、ねぇ……」

男はサングラスの向こうで、フッ、と小さく笑った。そして扉を大きく開けた。

「入りな、坊主」

開け放たれた扉のすぐ向こうには龍と虎の金屏風が置かれていて、中の様子を窺い知ることはできなかった。中には一体何人のヤクザがいるのだろうか、と剛は詮索した。親分はもっともっと怖い人なのではないだろうか。闇の想像に勤しむ剛をよそに、男はズンと部屋の奥に入ってから言った。

「オラ、ガキ、誰もいないからさっさと入ってこいよ」

ヤクザの言うことが信じられるか、中には絶対に何人ものヤクザがいるに違いないんだ。それなら……と剛はポケットの中の石を取り出して右手に強く握ると、勢いよく部屋に飛び込んで、そのまま金屏風を思い切り蹴り飛ばした。金屏風は思いの外軽く、二メートルの距離を舞ってからバタンと音を立てて倒れた。

「おいおい、冗談はよしてくれよ。お前が思ってるより結構するんだぜ、それ」

部屋の真ん中に立つ男の周りにはいくつかのダンボールが積まれているだけで、人はおろか、物という物はほとんど存在していなかった。男は呆れたといった声色で言った。

「だから誰もいないって言ったろ。ヤクザは嘘をつかないっての」

「……今の、嘘でしょ」

「お？　上手いな坊主」

ケラケラと笑う男とは対照的に、剛は右手に握る石に汗を滲ませていた。そして豆腐を踏むような足取りで歩を進めた。相手はヤクザだ、たとえ相手が一人であろうと油断はできない。

ダンボールの一つに腰掛けた男は、上着のポケットから煙草を取り出して火を点けた。

「さっさと入ってドア閉めろ。取って食やしねぇから」

「嫌だ、ヤクザの言うことなんか信じられるか」

「全く……ガキのくせに生意気な奴だな。それにな、俺はもうヤクザじゃねーから安心しろよ」

「また嘘かよ」

「嘘じゃねぇよ」

男はそう言うと、右手に持った煙草で紫煙をくゆらせながら、ゆっくりと左手を上げた。左手にはグルグルと真っ白な包帯が巻かれていた。

「怪我……したの？」

「人生の怪我、ってな所だ」、と言って男は笑った。

「なんだよ、それ。どうせ悪いことでもしたんだろ」

「悪いことをしてきたツケだ、ケジメってやつ。ガキには分かんねーか」

「ふーん……」、剛は仰々しく巻かれた左手の包帯をもう一度眺めた。「痛いの？」

「痛いぞ、信じられないくらいにな。だが一瞬だ。一生心に傷を負って生きるよりよっぽどマシだ」

剛は男の言っていることがどこまで本当でどこまで嘘なのか、あるいは男がよい奴なのか悪い奴なのか、計り知ることはできなかった。だがなんの理由もなく子供に手を出す奴ではない、そう判断してギイと後ろ手で扉を閉めた。

男は段ボールの一つを剛の方に蹴り飛ばすと、「よし、それに座れ」。

剛は言われるがままに段ボールに腰を掛けた。でも決して警戒を解いたという訳ではなかった。男との距離は三メートル、たとえ男が急に襲ってきたとしても、一歩下がりながらサイドスローで石を窓に投げつけられる、そう自負したからだ。

「それで」、改まって男が尋ねた。「本当にお前、なにしにきたんだ？」

「なにって……のり平がなくならないように……」

「武器も持たずに一人でヤクザの事務所に乗り込んだ、ってか。勝てるとでも思ったのか？　全く、ヤクザも舐められたもんだ」

「ちがっ……勝てるなんて思ってないよ。お願いをしにきたんだ」

「お願いったって、アレ蹴り飛ばしてするもんなのか」

剛が蹴り飛ばした金屏風を男が指差すと、剛は慌てて首を振った。

「違うよ、あれは勢いというか……」、ゆっくりと視線が落ちていき、灰色の地面を睨みつけていた。

「本当は、土下座でもなんでもするつもりだった」

そして剛は、そのまま沈黙した。男は剛の小刻みに震える手足を見て、

「虚勢か」

と呟くと、

「はたまた無謀な勇気か」

とつけ加えて、口元を緩めた。そうしてゆっくりと紫煙を吐き出してから言った。

「さて、ガキにどこまで話せばいいのか分からねえが……」

剛は男を精一杯睨みつけて、「ガキじゃない、剛だ」。

「まあそう怖い顔すんなって、俺はもう敵じゃねえ」

「また嘘つくのかよ」

「嘘じゃねえんだ。この部屋の有様を見ても分かるだろ」

剛はなにもない部屋を一周見渡した。「引越ししたの？」

「あぁ、一昨日の夜な」、男はもう一服煙草をくゆらせて、「あのな坊主……」。

「坊主じゃない、剛だ」

「坊主頭じゃねぇか」

「ちがっ、これは、今伸ばし途中で……」

慌てて坊主頭を両手で覆う剛を見た男は、わっはっは、と声を上げて笑った。うふふふふ、剛にも不思議と笑いが込み上げてきた。わっはっは、うふふふふ、わっはっは、うふふふふ。なにもないがらんどうの部屋に笑い声だけが木霊した。一頻り笑った後に男は腹を擦りながら言った。

「お前、面白い奴だな」

「おじさんこそ」、剛は男を指差して足をバタつかせた。

「のり平な、なくならねえから安心しろ」

「えっ？」

思わず立ち上がった剛に、男が続けた。

「色々あったんだよ、こっちも。平塚の計画はなくなるわ、サツのガサは食らうわでさ」

「計画って、区画整理？」

「そう、それだ。平塚のはなくなっちまった、つい先週にな。今度は藤沢でやるってんで黒岩は藤沢に引越したって訳だ」

「ふーん……」、剛は一度奥歯を噛んだ。「今度は藤沢で悪いことをするの？」

「仕事、ならな」

「なにが仕事だよ。のり平は助かっても、今度は藤沢のどこかの店が同じように地上げされるんだろ？ ヤクザなんて、最低だよ」

男は窓の向こうに走る茅ヶ崎方面からやってきたオレンジと緑の電車をぼんやりと眺めながら、

「そうだ、最低なんだ……」。

その刹那、男の頬をシュンと黒い影がかすめた。バンッ、と男の背後で大きな音を立てた後、汗の滲んだ丸い石がコツコツと転がった。呆気に取られた男に向かって剛が言った。

「もうやめろよ、そんなこと」

「お前……」、転がる石、そしてピッチャーがボールを投げ終えたフォームで固まる剛を見た男は呟いた。「俺にも、初めからその勇気があればな……」

男は立ち上がると、静かに煙草を靴の裏で踏みつけた。そして今もなお肩で息をする剛に向かって、真面目な表情で口を開いた。

「なあ、坊主。お願いがあるんだが聞いてくれるか？」

「なんだよ」、剛は男に正体する形で姿勢を正した。

「親父さんとお袋さんに、迷惑を掛けたって謝っておいてくれないか」

「別にいいけど……自分で謝ればいいじゃん」

「できねえ、少なくとも今は」

「なんだよ、それ」

「大人の事情、ってやつだ」

「また子供扱いしやがって」

男が剛の方向に歩を進める。剛は逃げるようなことはせず、ただじっと、男のサングラスの向こう側を睨んでいた。剛の目の前に立ちはだかった男は、包帯の巻かれていない右手でサングラスを取って胸のポケットにしまった。

「すまなかったな、坊……いや、たけす」

そう言った男は笑っていた。何重にも重なった目尻の皺を見つけた剛は、

「おじさんって、悪い人？」

と、不思議そうに尋ねた。

「少なくともいい人じゃねぇ」

「そうかなあ」

「クソガキ」、男が剛の頭に右の手の平を乗せた。「痛ぇな、刺さるぞ」

「うるせぇな、じゃあ触るなよ」

剛は男の手を払って、睨みつけて、そして笑った。男もフッと笑って、すぐに真剣な顔つきで言った。

「よし、用は済んだろ。さっさと行け、やっぱりここは子供のくる所じゃねぇ」

「分かったよ、行くよ」

表と裏の世界の境界とも言える扉を開く。日の当たらない廊下の冷えた空気が部屋の中に入り込んで、剛にはどちらが表でどちらが裏の世界なのかが分からなくなった。振り返ると、ダンボールに腰掛けて煙草に火を点けようとしている男がいた。その男は、自分をいい人ではないと言った。少なくとも、自分のことをいい人だと言う人よりは信用できるのではないのか、と剛は思った。

「ねぇ、煙草やめたら、前原さん」

男はライターに掛けた指を止めた。「お前……なんで俺の名前?」

「家に何度も電話してきた前原さんでしょ。時々、東北の訛りになるんだもん、分かるよ」

「訛り?」、男はふっと笑った。「ガキのくせに、本当に食えない奴だな」

「食えない?」

「生意気だってことだ。でもなんで東北だって?」

「うちのお父さん、福島県出身だもん。オレも何度もおじいちゃん家行ってるし。おじさんくらいの人はオレの名前、『たけし』じゃなく『たけす』って言うんだよ。それに言葉の最後も、なんていうか上がっていく感じだし」

「違いねえ」

わっはっはっは、前原は腹の底から笑った。笑いながら四角い天井を仰ぎ見ると、包帯の巻かれた左手で目頭を押さえた。

「それじゃ行くよ、前原さん」

「あぁ。のり平ポテト、美味かったぜ」

「のり平ポテト?」、剛の脳裏にこんがり揚がったのり平ポテトが浮かんで、そして前原を指差した。

「あっ!　七夕の時のサングラス!」

アーモンドをガリッと奥歯で噛み締めたように笑う前原に、剛も同じような笑い顔で言った。

「食えない人だね、前原さんって」

「さっさと行け、クソガキ」

バタン、重く冷たい扉が音を立てた。それをスタートの合図にして、剛は勢いよく階段を駆け下りた。

太陽が煌々と輝く表の世界で、剛の視界に一番に飛び込んできたのは亮太だった。

「剛、大丈夫だった?」

剛は右の親指を立てて、「余裕！　引き分けだったけど」。

自転車に跨った剛は雑居ビルの二階を見上げると、窓を開けて紫煙を吐き出している前原を見つけて親指を突き立てた。前原は猫でも追い払うかのように、シッシッと右手の甲を動かした。

その様子を見た亮太は不思議そうに、「あの人、ヤクザ？」。

「いや、違った。普通の人」

線路沿いの道を駅に向かって二台の自転車が併走する。表の世界の暖かくて、そして酒と愛欲に満ちた生臭い風を切って行くと、こんなに汚い場所にも春はもうすぐやってくるんだな、と剛はぼんやりと思った。

駅ビルのラスカまで戻ってきた剛は、急に声を上げた。

「あっ！　やべっ、もう一つ行かなくちゃいけない場所があった」

亮太との待ち合わせ場所であった駅前の交番で、剛はキュッと自転車を止めて声を上げた。

「お巡りさん！」

「おお、きたか。用事は済んだのか？」

「うん、だからあれ頂戴。早く早く」、と剛は両手を広げた。

お巡りさんの投げたガチャガチャのカプセルは見事な放物線を描いて、剛の手の平に収まった。

「ストラーイク！　やるね、お巡りさん」

「お前たち、なにか悪いことなんてしてないだろうな」

「うーん、分かんない」、そして笑って、「じゃあね」。

交番を後にして、四ツ角の交差点を渡りながら亮太が言った。

「なに、そのガチャ」

「保険、みたいなもの」

「それって、さっきの黒岩興業の？」

「そう。一時間経っても取りに戻らなかったら、カプセルを開けて手紙を読んでって。手紙に『黒岩興業にすぐにきて』って書いて、地図も描いておいた」

剛は自分と亮太になにかあった場合の最悪のケースに対して保険をかけていたのである。

「河童の悪知恵ってやつだ」、亮太が笑う。

「そんなことわざあったっけ？」

と、剛は右手で自分の坊主頭を撫でた。そして自動販売機に設置されたゴミ箱を見つけると、力強くカプセルを投げ入れた。ゴミ箱の中をカラコロとカプセルが踊った。その踊りが止んだのを確認して剛は思った、これで全部終わりだ。すると神妙な顔つきであった剛は、あれ？　とだらしなく口を開けて宙を見上げた。オレ、黒岩興業に行った意味ってあったのかな？　……まっ、いっか！

あー、と伸びをした剛は解放感に任せて、この上なく清々しい気分で言った。

「折角だから遊びに行こうぜ。つき合ってくれたからジュース奢るよ」

「どこ行く？」

「長崎屋の別館行ってから、ゲーセンかな」

「いいね」

春風が二人の背中をそっと押した。それは齢十歳の少年が、気づかぬ内に誰かの背中を押しているのと同じくらい、優しい暖かさを帯びていた。

五

三学期の終業式を一週間後に控えた最後の国語の授業で工藤先生が言った。

「それじゃ、今日は一つ作文を書きましょうか。題材は『十年後の自分へ』」

四年二組の教室に大ブーイングが巻き起こった。予定調和、無視して工藤先生が続ける。

「ほら、皆覚えてる？　一学期に『将来の夢』って題材で作文書いたでしょ。あれから一年経ってみてなにか気持ちに変化はあった？　それによく考えてみて、夢に向かって頑張ってる十年後の自分を想像して手紙を書くの。どう？　面白そうでしょ？」

工藤先生の必死の説得にも誰も耳を傾けようとはせずに皆下を向いている。一学期の授業参観の時には「自分の夢はお嫁さんになることです」という作文を意気揚々と読み上げていた学級委員の安達さんでさえ渋い顔をしていた。そんな状況を打破すべく工藤先生は、黒板の左側に『昭和』、右側に『平成』と書いた。その二つを線で結んで、線の真ん中に力強く赤いチョークで丸い印をつけた。

「はいはい、嫌な気持ちも分かるけど、でもよく聞いて。あなたたちは今は十歳、もう十年経てば二十歳になるでしょ。二十歳になった時、昭和で十年、平成で十年を過ごすことになるのよ」

剛が思わず、

「へえー」

と反応したのを、工藤先生はテーブルの埃を指でなぞるように見逃さなかった。

「ほら、斉須君は興味を持ってくれたみたいね」

「え、なに？　オレ？」

四方八方から皆の視線が矢のように突き刺さる。針のむしろだ。

「いや、ちょっと待ってよ。面白いとは思ったけど、作文を書きたいとは思ってないよ」

剛が弁解すればする程、皆の視線がジットリと湿度を増していく。剛が救いを求めるように工藤先生に視線を送ると、

「いいじゃない、ねえ。授業の時間余っちゃったことだし」

と、工藤先生は悪戯っぽく笑った。

「ほらやっぱり、そういうことだろ。オレは悪くないよ」

「はいはい、誰も悪くない。それに提出はしてもしなくてもいいから。それじゃ作文用紙を配るから、足りない人は先生の所まで取りにきなさい」

工藤先生が作文用紙を配り始めたのを確認した剛は、後ろの席の亮太に言った。

「十年後の自分へ、だってさ。なに書く？」

「んー、適当にやればいいんじゃない？　提出なしってことは通信簿はつけ終わってるんだと思うし」

「そっか！　で、適当って例えば？」

「立派な河童になります、ってのは？」

「うわ、言ったよ、つまんな！」

回ってきた作文用紙と向き合った剛は、五分間、一行たりとも筆を進められずに悩んでいた。

『将来の夢』の時は自分がなにになりたいとかは一切言わずに、お父さんの悪口とか書いたりしてたっけ。でも、いざのり平がなくなるってことになったら寂しくなった、なんでだろうな。もしのり平がなくなったら、オレはのり平さんの息子じゃなくなるのかな。

「あら、珍しい。斉須君、まだ一行も書いてないじゃない」

工藤先生が、いかにも驚いていますよ、という表情を浮かべてから続けた。

「斉須君はのり平さんを継ぐのかしらね。斉須君は家庭科も得意だし、誰とでもすぐに打ち解けちゃうから接客業にも向いていると思うわ」

「そうかなぁ……」

もしオレがのり平を継いだら、将来生まれてくるオレの息子は『のり平さんの息子の息子』になっちゃうの？

「先生は絶対にそう思う」

違うんだよ、先生。のり平は、お父さんとお母さんの場所なんだ。お父さんがのり平という居場所を自分自身で作り上げたように、きっとオレはオレの居場所を見つけなきゃならない気がするんだ。お父さんがのり平で人を笑顔にするなら、オレはオレの方法で誰かを笑顔にしてみせる！　人に笑顔を与えられる人は……あの人しかいない！

「先生！　書くから向こう行っててよ」、と剛の目には一点の迷いもなかった。

「あら、先生が見ててあげてもいいのよ」

「もー。いいから、早く、あっち行ってよ」

「はいはい」

背中を押されて立ち去る工藤先生を横目に、剛は背筋をピンと伸ばしてからシャーペンを二回ノックした。

『　十年後の自分へ

斉須　剛

十年後の自分よ、生きてるか？　生きているかも死んでいるかも正直分からないよな。分からないから、今の気持ちを正直に書こうと思う。

世の中、分からないことだらけ。この一年間、予想できないことばかり起こったんだ。一人で夜を過ごすようになったり、長い間思い続けていた気持ちが急に変わったり、大人の世界をのぞき見たり、兄の気分を味わったり、色々。四年生で坊主だぜ、笑うよね。昭和が平成になるなんて、誰も考えていなかったでしょ？

たったの一年だけどこんなにもたくさんの事が起きたんだ。十年ならこの十倍。考えられない。だけどこのつみ重ねが未来なら、オレは日々笑っていたいと思う。そうして十年を過ごすことができたら、十年後のオレはきっと幸せになっていると思うんだ。』

剛はそこまで書き上げると、すくっと立ち上がり、教員用の机に近づいた。

「先生、紙もう一枚ちょうだい」

「ノッてきたわね」

ニヤリと笑う工藤先生の手から作文用紙を奪い取った剛は、席に戻るとすぐに集中モードになって続きを書き出した。

『最後に、一年前に書けなかったことを書こうと思う。オレは、人の笑顔が好きだ。どんなに自分が苦しくても、笑って、そして人を笑わせていたいのだと思う。

だからオレの夢はのり平を継ぐでも、野球選手でもない。〈志村けん〉になる。オレは人を笑顔にさせる〈志村けん〉のような人間になりたい。

十年後の自分よ、笑ってる？』

一気に作文を書き上げた剛は宙に向かって、ふっ、と息を吐いた。そして二枚の作文用紙を工藤先生に差し出した。

「先生、終わった」

「あら、もう？」、教室に掛けられた時計をチラと見た工藤先生は、「それじゃ、授業が終わるまで自習しててね」。

剛は席に戻ると、自習どころかなにもする気が起きずに、ただ呆然と黒板に書かれた『昭和』と『平成』の文字を眺めていた。

「早かったね」

と、亮太が剛の背中をシャーペンの頭で突いた。

「なんか疲れた」

「なに書いたの？」

「んー……」、剛は振り返って、「志村けん」。

「なに、それ」

「志村けんだよ、知ってるでしょ」

「いや、知ってるけどさ」

その時、静まり返った教室に、フフフフフ、と奇妙な笑い声が教室の端から漏れ出してきた。生徒同士がお互いに顔を見合わせて、そうして最後に視線を向けた先は、工藤先生だった。安達さんが先陣を切って口を開いた。

「先生、どうしたんですか？」

フフフフフ、工藤先生は顔を伏したまま肩を震わせていた。剛は自分の作文を笑われているという自覚を持って、

「酷いよ先生、人の作文読んで笑うなんてさ」

と、思わず声を荒げた。

「フフフ、ごめんなさい。なんでもないから」

「なんでもないことないでしょ。笑ってんじゃんか」

工藤先生は眼鏡を机に置くと、目の下に指を置いてじわりとあふれ出た涙を拭った。

「あっはっはっは！　斉須君、きっとなれるわ、あなたなら」

「うわっ、酷いよ！　人の作文を笑いものにするなんて」

「馬鹿ね」、工藤先生は太陽の光に照らされてキラリと輝く顔に、満面の笑みを浮かべていた。「あなたの成長に感動してるのよ」

「嘘じゃん。笑いすぎて涙出てるんでしょ」

「嘘じゃないわ。なんならこれをプリントして皆に配ってあげたいくらい」

「やめろよ、もう……」

教室に差し込む光のせいか、四年二組の教室はいつもよりも暖かく感じて、剛は下敷きで顔をあおいだ。

午前授業を終え、談笑しながら帰り支度をする剛と亮太の下に、ランドセルを背負った自慢好きの伊藤君が小走りで近づいてきた。

「ねえねえ、斉須さ、作文なに書いたの？　先生めちゃくちゃ笑ってたじゃん」

「別に、変なことなんてなにも書いてないよ」

「ねえねえ、いいじゃん、教えてよ。お願いだからさ……」

伊藤君が必死の表情で訴えかけた。持ち家も兄妹もサラリーマンの父親もある、ついでに犬まで飼っている、なに不自由ないと思える伊藤君の媚びへつらう姿を見た剛は、七夕の朝に見たルンペンを思い出した。なぜ幸せ一杯の伊藤君とルンペンなのだろうか、と不思議と可笑しくなってしまった。そうなると、自慢好きの伊藤君の憎らしさもなぜだか可愛らしく思えて、剛は微笑みを交えて端的に言った。

「志村けんになりたい、って書いたんだよ」

「志村けん？」

「そ、志村けん。やっぱり可笑しい？」

「いや……」、そして伊藤君は力強く言った。「ならオレは次から田代まさしって書こうかな！」

「マーシー？」

「うん！」

真剣な表情で見つめてくる伊藤君に、剛もなんだか嬉しくなった。「いいんじゃない、マーシー。オレも好きだし」

「よかった！」

伊藤君はひまわりのようにパァッと表情を明るくして、手を振りながら教室から出て行った。教室の天井を仰ぎ見た剛は、伊藤君か、と呟いてから、あっと思い出したように亮太に言った。

「亮太、今日遊べる？ 街行こうよ、カードダスやりに。飯食ったらオレん家集合でいい？」

嵐のような剛の申し出に、亮太はただ一つ、もちろん、と頷いた。


剛が学校を後にしてアパートの階段を上ると、キッチンの窓から豚肉とキャベツの焼ける甘い匂いが漂っていた。今日は野菜炒めかな、と剛は予想した。ただいま、玄関を上がる剛に幸子が、おかえり。居間では憲夫がスポーツ新聞と睨めっこ。一時も目を離すことなく憲夫が口を開いた。

「ただいまは？」

「言ったよ」

「いいや、言ってない」

「言った！」

ブリッ！

区画整理の話がなくなって気の抜けた憲夫が、スポーツ新聞を四つ折りにして浮かせた尻をあおいでいる。剛は思った、やっぱり作文にお父さんみたいな人になりたいって書かなくてよかった、と。

そんな剛の軽蔑の視線など気にする様子のない憲夫が言った。

「学校はどうだった？」

「別に」

「別にってことはないだろ。なにやってきたんだ」

「んー……国語で作文書いたよ」

「作文だと？　お前、また俺の悪口を書いたんじゃないだろうな」

「書いてないよ。今日のは『十年後の自分へ』って題だし」

「十年後、ってことはお前が二十歳になってるってことか。それで、なにをやってるんだ、十年後のお前は」

剛は言葉を詰まらせた。志村けんになるなんて言ったら絶対バカにされるに決まってる！

「オレさ……お笑い芸人になろうかな」

「馬鹿コノッ！」、そして憲夫は笑うでも怒るでもなく、ただ一言、「サラリーマンになれ」。

「サラリーマンってそんなにいいの？」

「そりゃいいに決まってる」

「じゃあなんでお父さんはサラリーマンやらないの？」

「なんでって……」

憲夫の視線が宙を泳いだ。福島生まれの次男坊である憲夫には実家を出なければならないという自覚があった。十五歳の時に集団就職の流れに乗って東京に出て、工場勤務を経て、料理人になることを決意したのだ。学のなかった憲夫は、憲夫の小さい頃と違ってテストで百点を取ってくる剛に、自分と同じような道には進んでほしくないと心のどこかで望んでいたに違いない。その気持ちが、サラリーマンになれ、という言葉に凝縮されているのを、十歳の剛は知るはずもなかった。

剛は憲夫が言葉を詰まらせた意味を見つけてやろうと、憲夫のツルツル頭を凝視してみたのだが、やはり答えは見つからなかった。憲夫の頭を見て思うことはただ一つ、将来オレもツルツルになるのかな？　そんな不安を掻き消すように剛が口を開いた。

「うーん……よく分からないけどさ」

「けど、なんだ？」

「つまり、やりたいようにやれってことでしょ？　オレが二十歳になった時になりたいと思っていたらなるよ、サラリーマンに。けどもしそうじゃなかったら、その時はオレが決めるから」

お父さんが料理人になったようにね、と剛は心の中で呟いた。剛の言葉に納得できなかったのか、憲夫はさも訝しげに眉をひそめた。

「全く、気持ちの悪い奴だな。誰に似たんだか」

「お父さんでしょ」

「似てるか！　コノッ」

「似てるんじゃない？」

ブリッ！

パタパタパタと憲夫が新聞で尻をあおぐ。

剛は鼻をつまんで、「やっぱ似てないや。オレのはそんなに臭くないし」。

「馬鹿コノッ！」

そこへ幸子が引き戸を開けて居間に顔を出した。

「フフ、楽しそうね。ご飯の準備ができたから剛手伝って」

昼ご飯は剛の予想通り、野菜炒めであった。剛が漬け物のきゅうりをポリポリと噛み締めていると、野菜炒めを半分食べた憲夫が言った。

「お母さん、お椀持ってきて」

剛もすかさず便乗して、「お母さん、オレも」。

二人は慣れた様子でお椀に野菜炒めの具と汁を入れると、その中にお湯を注いだ。簡易的なお吸い物である。憲夫と剛がお椀にフウフウと息を吹きかけて、ズズズとすするのを横目に見た幸子は、呆れた様子で言った。

「全く。やめなさいよ、そんな食べ方」

地蔵のように物言わぬ憲夫に代わって、剛が代弁した。

「いいじゃん、美味しいからお母さんもやってみなよ」

幸子は、フフフ、と笑って首を横に振った。

昼ご飯を食べ終えた剛がダラリと横になっていると、程なく亮太がやってきた。剛は勉強机の引き出しから財布を取り出して、じゃらじゃらと小銭を詰め込んでからポケットにしまった。

「あら、亮君。上がっていく?」、と幸子。

「おー亮太君か、また店に遊びにおいでな」、と憲夫。

「あーもう、行ってくるね」、と剛。

一足先にアパートの階段を下りていた亮太が、鬱陶しがる剛に笑いながら言った。

「なんかいいね、剛のお父さんとお母さん」

「なにがー?」

「なんとなく」

そう言って朗らかに笑う亮太に、剛は理解できないというような渋い顔で、

「なんだよ、それ」

と吐き捨てると、自転車のスタンドをロックごと蹴り上げた。

長崎屋の別館へと自転車を走らせた二人は、真っ直ぐにカードダス売り場へと足を運んだ。同年代の先客がカードダスの前を囲んでいて、二人はカードに一喜一憂する小学生たちを静かに眺めていた。順番がきた剛はポケットから財布を取り出して、キラリと輝く十円玉を二枚投入口に入れた。財布の中には同じように銅色に輝く十円玉ばかり、それに気づいた亮太がなにかを察知して口を開いた。

「その十円玉ってもしかして……」

剛は財布の小銭入れを広げて亮太に向けた。「昭和六十四年の十円」

「いいの？　持っとかなくて」

「いいよ」、先のことなんてなにも分からないから、そう思いながら剛は出てきたカードに目を輝かせた。「やった、キラキラ出た！　キラキラの十円玉でやったからかな」

「なにそれ」

亮太の笑い顔を見て、剛は改めて思った。先のことなんてなにも分からないから、オレは亮太といつも笑顔でいる。今が楽しくなくちゃ、未来なんて楽しいはずがないじゃん。

長崎屋別館を後にした二人は、歩行者天国となっているパールロードを自転車で疾走した。平塚の街のメインストリートであるパールロードには、平日の昼間にもかかわらず多種多様の人々がいる。マクドナルドの前にたむろする高校生、井戸端会議の主婦、杖をつきながらゆっくりとした時間が流れているお爺さんやお婆さん、難しい顔つきでパチンコ屋から出てくるスーツ姿のおじさん、出勤前のホストやホステス、きつい香水を纏った外国人、フルスモークの高級車の前で煙草を吹かす強面のヤクザ。有象無象、乱雑にも思える平塚という街を優しく包み込んでいるのが、海から吹く浜風なのである。

様々な人々の放つ匂いの中に微かに潮の香りを感じた剛は、空の方向に言った。

「なあ亮太。なんか変な街だよな、平塚って」

「今、オレも思ってた」

「臭いよな」

「臭いね」

「でもさ……」

「嫌いじゃない、でしょ？」

「さすが！」

顔を見合わせた二人は、ゆっくりと自転車のスピードを緩めて両足でコンクリートを踏んだ。そしてお互いなにが可笑しいのか分からないけれど、腹を抱えて笑った。春の暖かな陽気は、人の気持ちをも陽気なものへと変えるのだろう。

腹の震えが収まった剛の足元に丸まった紙が転がってきた。力強い文体で書かれた『反対！』という文字が気になった剛はそれを拾い上げ、読み上げるように言った。

「平成元年、消費税導入、断固反対、だって」

「四月からだっけ。三パーセントとか意味分かんないよね」

うーん、と剛はどこか気の抜けた返事をしながら、紙とじっと睨めっこをしていた。そして数秒の沈黙の後、

「平成の『平（へい）』と平塚の『平（ひら）』って同じ字だね」

と、これ以上ないくらい当たり前のことを口にした。

「だね、でもどうして？」、と呆気に取られた亮太が剛の顔を覗く。

「まあいっか。さて、どこに行こうか」

と、いつもの阿呆面に戻った剛は、丸め直した紙をゴミ箱に投げ入れた。

「のり平？」、亮太がニヤリと笑う。

「バーカ、まだやってないし……」、と言った剛は、なにか引っ掛かりを覚えた。

そうして二人はまたゆっくりとペダルを踏んだ。だが剛はどこか上の空で、いつもなら焼き鳥屋から流れ出る香ばしく甘い匂いに足を止めるのだが、この時は視界にも入っていない様子で通り過ぎてしまった。ふと亮太の口にした『のり平』という言葉が、繰り返す波のように何度も何度も剛の脳内に打ち寄せていたのである。


ザブーン、ザブーン、ザブーン……

のり平、のり平、のり平……

波、か。憲夫と、サザエさんの波平さんを合わせたのかな？　でも波平さんは一応髪もあるから違うよな。なんだろう、気持ち悪い。平成……平塚……なにかが引っかかるんだよな。

ザブーン、ザブーン、ザブーン……

平成、平塚、のり平……

憲夫……平塚……憲平…………………のり平！

「だから『のり平』か！」

突然声を上げた剛に、亮太が驚きと疑問を口にした。

「どうしたの？　急に」

「いや、別に……」

剛は過去に何度か、なぜ店の名前が『のり平』なのかと考えたことがあった。やっと疑問が解けた、と剛は思った。憲夫の『のり』に、平塚の『平』を取って『のり平』なんだ。一つの謎が解けた爽快さ、そして同時に、新たな疑問が剛の胸中に湧いて出た。のり平さんの息子のオレって、憲夫と平塚の息子ってことなの？

コロコロと表情を変える剛は見慣れたもの、と言わんばかりに亮太が言った。

「変……なのはいつもか」

「それはお互い様だろ」

するると突然、二人の少年を青い世界が包み込んだ。雑居ビルで囲まれたパールロードを抜けた先、平塚駅北口はバスやタクシーが行き交う広々としたロータリーとなっていて、圧迫された視界から解き放たれる形で春の青空が飛び込んでくる。

剛は心まで青に染めてしまおうかと言わんばかりに、大きく大きく息を吸い込んでから一伸びすると、

「あー気持ちいいなーーー！」

と、人目もはばからず声を上げた。普段ならわざとらしく他人の目を向ける亮太でさえ、この時は剛の言葉に同調するように笑いながら、伸びた。得てして、春の陽気は人をそのようにさせるものである。そして剛だけではなかったはずだ、隣にいた亮太も、周囲の人々も、きっと同じ感情を抱いていたに違いない。

「さて、どこ行こっか」、空を見上げながら剛が言う。

「ゲーセンとかの気分じゃないね」、空を見上げながら亮太が返す。

そこへ、ふわっ、と剛の鼻孔をくすぐった。春風が運んできた、潮の香り。剛が亮太の顔を見ると、亮太も同様に剛の顔を見た。そうして目を丸くした二人は同時に、

「海！」

と叫んで、お互いの顔を指差して笑い合った。二人の笑い声がどれくらい続いたのかなんて計り知ることはできない。春の陽気は……。

亮太が改めて剛の頭を指差して、「でも川じゃなくて大丈夫?」。

剛が坊主頭をさすりながら、「河童じゃねーし、ってかすぐ伸びるし」。

「どっちでもいいよ」、と微笑む亮太が、「よし、行こう!」。

「どっちでもいいか」、そして剛が指差す方向へ、「ヨーイ、ドンッ!」。

地下道を通って駅の南側に出ると街並みはガラリと姿を変える。建物が密集した都会じみた北口と比べるとまるで異世界、時の流れすら変わってしまったのではないかと錯覚させるようなのんびりとした住宅街が広がっている。

海へと続く道は、真っ直ぐで、二人の少年の気持ちを反映するように伸び伸びと清々しい。だんだんと潮の香りが濃くなっていく。もうすぐ、海が二人の少年を優しく包み込んでくれるのだろう。

著者プロフィール
紗雪　剛（さゆき　たけし）
1979年、神奈川県生まれ。
専修大学経済学部卒。システムエンジニアに従事した後、小説の世界へ。
良くも悪くも人間臭い昭和終期を現代に伝えたいと思い、出版に至る。

のり平（へい）さんの息子

2024年７月15日　初版第１刷発行

著　者　紗雪 剛
発行者　瓜谷 綱延
発行所　株式会社文芸社
〒160-0022 東京都新宿区新宿1－10－1
電話 03-5369-3060（代表）
03-5369-2299（販売）

印刷所　株式会社晃陽社

ISBN978-4-286-25506-4

料金受取人払郵便

新宿局承認

2525

差出有効期間
2025年3月
31日まで
（切手不要）

郵便はがき

160-8791

141

東京都新宿区新宿1－10－1

(株)文芸社

愛読者カード係 行

ふりがな お名前			明治 大正 昭和 平成 年生 歳
ふりがな ご住所	□□□-□□□□		性別 男・女
お電話 番 号	（書籍ご注文の際に必要です）	ご職業	
E-mail			
ご購読雑誌(複数可)		ご購読新聞	新聞

最近読んでおもしろかった本や今後、とりあげてほしいテーマをお教えください。

ご自分の研究成果や経験、お考え等を出版してみたいというお気持ちはありますか。

ある　ない　内容・テーマ（　　　　　）

現在完成した作品をお持ちですか。

ある　ない　ジャンル・原稿量（　　　　　）

書　名				
お買上 書　店	都道 府県	市区 郡	書店名	書店
			ご購入日	年　月　日

本書をどこでお知りになりましたか?

1.書店店頭　2.知人にすすめられて　3.インターネット(サイト名　　　)

4.DMハガキ　5.広告、記事を見て(新聞、雑誌名　　　)

上の質問に関連して、ご購入の決め手となったのは?

1.タイトル　2.著者　3.内容　4.カバーデザイン　5.帯

その他ご自由にお書きください。

(　　　)

本書についてのご意見、ご感想をお聞かせください。

①内容について

②カバー、タイトル、帯について

弊社Webサイトからもご意見、ご感想をお寄せいただけます。

ご協力ありがとうございました。

※お寄せいただいたご意見、ご感想は新聞広告等で匿名にて使わせていただくことがあります。

※お客様の個人情報は、小社からの連絡のみに使用します。社外に提供することは一切ありません。

■書籍のご注文は、お近くの書店または、ブックサービス(0120-29-9625)、セブンネットショッピング(http://7net.omni7.jp/)にお申し込み下さい。